ORA
SSE
NOSSO
NDO

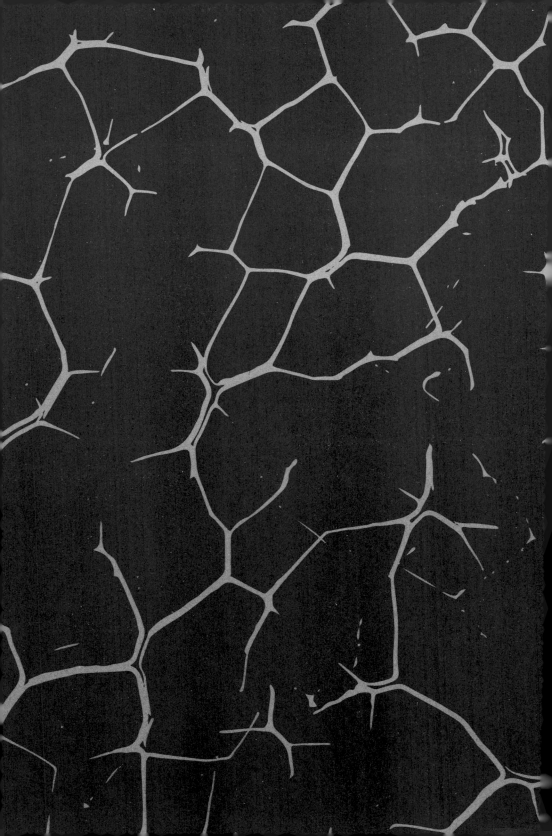

ERIK J. BROWN

AGORA ESSE É O NOSSO MUNDO

TRADUÇÃO

FERNANDO SILVA

COPYRIGHT © FARO EDITORIAL, 2023
All that's left in the world Copyright 2022 by Erik J. Brown
First published by Balzer + Bray an imprint of HarperCollins Publishers.

Todos os direitos reservados.
Nenhuma parte deste livro pode ser reproduzida sob quaisquer meios existentes sem autorização por escrito do editor.

Diretor editorial **PEDRO ALMEIDA**
Coordenação editorial **CARLA SACRATO**
Assistente editorial **LETÍCIA CANEVER**
Tradução **FERNANDO SILVA**
Preparação **JOÃO PEDROSO**
Revisão **CRIS NEGRÃO** e **THAÍS ENTRIEL**
Ilustração de capa **NATALIE KIM**
Ilustração de miolo ©**FREEPIK**
Capa e diagramação **VANESSA S. MARINE**

Dados Internacionais de Catalogação na Publicação (CIP)
Jéssica de Oliveira Molinari CRB-8/9852

Brown, Erik J.
 Agora esse é o nosso mundo / Erik J. Brown ; tradução de Fernando Silva. -- São Paulo : Faro Editorial, 2023.
 256 p. : il

 ISBN 978-65-5957-258-8
 Título original: All that's left in the world

 1. Ficção norte-americana 2. Homossexualidade 3. Título II. Silva, Fernando

22-6745 CDD 813

Índices para catálogo sistemático:
1. Ficção norte-americana

1ª edição brasileira: 2023
Direitos de edição em língua portuguesa, para o Brasil, adquiridos por FARO EDITORIAL.
Avenida Andrômeda, 885 - Sala 310
Alphaville — Barueri — SP — Brasil
CEP: 06473-000
www.faroeditorial.com.br

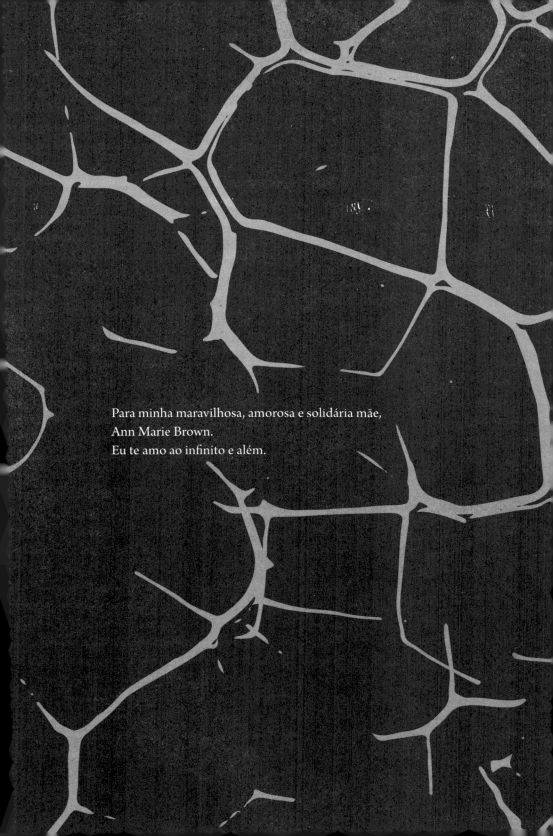

Para minha maravilhosa, amorosa e solidária mãe,
Ann Marie Brown.
Eu te amo ao infinito e além.

ANDREW

Espero que exista um pequeno cinema no além, onde seja possível se sentar em silêncio para assistir, com uma trilha sonora melancólica, à sequência de eventos que levaram aos momentos decisivos da vida. Tomando meu caso como exemplo: uma possibilidade remota após a descoberta do paciente zero, o primeiro pássaro que pegou o vírus e depois pula a pandemia e todas as coisas — tipo minha família e meus amigos morrendo—, e se concentra num sobrevivente maluco na floresta, montando uma armadilha para ursos, onze meses atrás.

O tempo passa, ursos caminham perto da armadilha, um galho grosso desaba sobre ela — e de alguma forma, não a aciona —, folhas caem, cobrindo-a.

E então, enquanto estou sentado lá, no além, comendo jujubas e pipoca com manteiga, pensando comigo mesmo *aonde é que isso vai dar?*, aí o idiota aqui perambula pela tela e pisa na armadilha.

Ah, isso mesmo.

Lembro que passei quase três horas gritando e chorando, tentando descobrir uma maneira de abrir a armadilha. Finalmente, acabei amarrando algumas camisetas que havia na minha mochila nas travas de metal e usei o galho — aquele que impedia que a armadilha decepasse minha perna — para abrir as mandíbulas enferrujadas.

Agora, estou apenas pulando pela floresta, com uma camiseta amarela amarrada na perna ferida. Pelo menos, ao assistir a isso na vida após a morte, vou estar comendo pipoca.

Ao contrário desse momento, em que tudo o que tenho é a comida enlatada que peguei em Nova Jersey antes de ter tido a ideia estúpida de sair das estradas principais.

Estremecendo, mudo meu peso na muleta debaixo do meu braço. Na real, é só um galho de árvore comprido que encontrei. Ontem à noite, enrolei um suéter em volta da forquilha em forma de Y para acolchoá-la, mas não está funcionando. Agora, parece que tem um hematoma enorme na minha axila.

A dor na minha perna é pior. Cada passo que dou com a perna boa causa uma distensão na perna machucada e faz minha panturrilha queimar. Tentei descansar durante a noite, depois que encontrei o galho-muleta, tremendo com o frio úmido que deixou minha perna dormente. Cochilei algumas vezes, meio que esperando morrer assim, mas despertei logo que o sol nasceu.

Agora, aqui estou eu, mancando pela floresta, sem absolutamente nenhuma ideia de onde fica a estrada mais próxima. Só espero que, se continuar andando em linha reta, isso me leve a *algum lugar*. Uma estrada, uma cidade, um riacho para limpar minhas feridas. Qualquer coisa, antes que a infecção se instale. E é claro que agora estou atento a mais armadilhas para ursos, então isso também me deixa mais lento.

Por causa das nuvens, não tenho ideia de que horas são quando tropeço em uma cabana. É bonitinha. Modesta. Pelo que posso dizer do lado de fora, talvez tenha dois quartos. Há uma pequena varanda com duas cadeiras sob uma ampla janela. As cortinas estão fechadas, e a entrada está coberta por folhas, que se empilham nos degraus da escada.

Não há carros na garagem. Talvez esteja vazia. Abandonada. O proprietário pode estar morto em seu apartamento em uma cidade qualquer. Ou em uma vala comunitária.

Ou pode ter sido morto a tiros na beira da estrada, por outro sobrevivente.

Dou alguns passos hesitantes. Não parece que alguém tenha ocupado esse lugar recentemente. No pé da escada, há uma estátua de fêmea de gnomo de jardim pequena e robusta, com uma ovelha fofa no colo. Ela está sentada em um cogumelo, sorrindo para a entrada, como se estivesse esperando por alguém.

Meio assustador.

Ainda mais porque as folhas não a estão cobrindo. Como se ela mesma tivesse acabado de sacudi-las sozinha.

Porém, não penso muito nisso — gnomos de jardim, que ganham vida quando não há ninguém olhando, são o menor dos meus problemas. Há quatro degraus até a varanda da frente. Talvez eu consiga subir para ver se a porta está destrancada.

Claro que não está, seria perfeito demais. Uma bela cabana aberta e livre para ser tomada? Talvez até com algo para comer. Deixo minha mente fantasiar com comida por um tempinho, como um presente. Depois, caminho até os degraus.

JAMISON

A casa está silenciosa demais. Eu deveria ter colocado uma música, algo para me distrair desse silêncio absoluto. No entanto, agora não posso parar para colocar um disco.

Dezessete. É a quantidade de latas de feijão preto que me resta. Anoto no bloco amarelo no meu joelho e risco o número dezenove, que constava na semana passada. Faço isso toda segunda-feira pela manhã: conto a comida que tenho e vejo os números diminuírem, lentamente. Foi enlouquecedor no começo, mas agora é quase terapêutico.

Oito latas de milho. Risco o número nove e escrevo o novo número à direita. Em mais ou menos duas semanas não vai haver mais espaço na folha, e aí vou precisar iniciar uma nova. E desta vez tudo terá minha caligrafia, não a da minha mãe.

Molho de macarrão. Está escrito em seu rabisco quase indecifrável. E depois seus números perfeitos — zeros cortados e setes com uma linha no meio, para não correr o risco de um mal-entendido —, antes que sua escrita seja interrompida, e a minha a substitua.

Não preciso contar os potes de molho de macarrão, porque não fiz macarrão na semana passada. Por isso, deixo o número onze lá e continuo descendo.

No entanto, algo me detém. Um som do lado de fora, como o de folhas sendo pisadas.

Levanto em um pulo e olho pela janela da cozinha. O mundo lá fora é cinzento e frio, enquanto o fogão a lenha atrás de mim mantém a cozinha agradável e quente. O deck nos fundos da casa está coberto de folhas, mas não há animais ou pessoas à vista. As árvores ainda estão nuas, e os botões da primavera ainda não estão prontos para desabrochar do inverno rigoroso.

— Você está ouvindo coisas de novo — digo ao silêncio da cozinha.

Falo muito comigo mesmo hoje em dia. Algo que costumava me fazer pensar que estava ficando louco, mas agora pode ser a única coisa que *me impede* de ficar louco.

Na semana passada, eu podia jurar que ouvi alguém andando pelo caminho de cascalho. Entretanto, quando me empolguei para olhar, não havia ninguém lá.

Só de pensar no som do cascalho já o ouço em minha mente, desta vez, sem sombra de dúvidas, vindo da frente da casa. Só que não é real — estou inventando de novo. Talvez seja um animal, mas é um farfalhar muito alto para ser o de um esquilo ou uma raposa.

Normalmente, basta lembrar rápido que, sim, estou sozinho, e não, não há ninguém aqui, para que o barulho desapareça, mas não desta vez. O som é estranho. Não há um padrão de passos; em vez disso, é uma trituração desigual de cascalho e um clique curto e silencioso.

Em seguida, o primeiro degrau na varanda da frente range.

Meu coração salta, e o suor se acumula em minha nuca. Prendo a respiração, e meu corpo queima de medo, mas não consigo me mexer. Há um grunhido e um baque do lado de fora. O segundo degrau.

Definitivamente tem uma pessoa lá fora.

Finalmente, me liberto da paralisia e corro para a sala. Não tenho ideia de quando foi a última vez que saí pela porta da frente; provavelmente algumas semanas atrás. Antes de ouvir os barulhos pela última vez.

Do lado de fora há outro baque quando quem está lá chega ao terceiro degrau, ruidosamente. O rifle está encostado na parede, ao lado do armário de casacos próximo à porta da frente. Pego-o, e me encosto à parede, diante da porta. Ele pode nem estar carregado, mas não tenho tempo para verificar. *Deve estar. Afinal, eu não o usei.*

A porta da frente.

Merda.

Não faço ideia se está trancada ou se isso importaria. Talvez essa batida alta seja um aríete ou algo assim.

Não é coisa da minha cabeça. Não sou eu inventando coisas por causa das sombras e do silêncio.

A maçaneta gira. Não está trancada.

Há alguém lá fora, e agora essa pessoa está entrando aqui.

A porta se abre, e eu miro.

ANDREW

Ele está com a arma apontada para mim antes mesmo que eu perceba que ele está lá. Não sou desatento: só estou distraído pela dor latejante na minha perna. No entanto, assim que olho para o cano de algum tipo de rifle, tudo fica dormente.

— Espera — digo, jogando meus braços para cima.

Coloco todo o peso em minha perna boa e largo a muleta improvisada.

O garoto na minha frente deve ter mais ou menos a minha idade. Talvez dezesseis, dezessete. Mas ele tem aquele tipo de expressão. Vi isso acontecendo comigo, quando as pessoas que eu conhecia começaram a morrer — ficava pior a cada vez que olhava no espelho. Eu era jovem, mas comecei a parecer abatido. Cansado. Derrotado. Ele tem aquele mesmo olhar dilacerado.

É por isso que sei que ele não vai hesitar em atirar em mim.

— Espera — digo novamente. — Eu só vim aqui à procura de suprimentos. Eu não sabia que teria alguém aqui.

— Bem, tem — diz ele.

Ele não está me olhando nos olhos; em vez disso, está focado no meu peito, apontando o rifle para o meu coração.

Isso está se tornando corriqueiro para mim, e não é algo que me agrade. Eu me lembro da última vez que tive uma arma apontada para mim, em Nova Jersey, à beira da estrada. Da violência impensada e sem sentido, que poderia ter sido facilmente evitada. Sinto meu estômago embrulhar. Não quero que as coisas piorem assim novamente.

— Desculpa — digo. — Posso ir embora.

Contudo, não tenho tanta certeza de que possa. Andei mancando pela floresta por um dia e meio, procurando algum abrigo e uma maneira de limpar minhas feridas. E não seria nada mal encontrar alguns suprimentos médicos, uma despensa cheia de comida e Tom Holland.

Em vez disso, aqui estamos. E não há nenhum Tom Holland à vista.

— Então se vira, devagar — é tudo o que ele diz.

Tento me curvar para pegar a muleta, mas ele solta um aviso que soa como "ei". Em seguida, acrescenta:

— Deixe isso.

— Eu preciso para andar — digo. — Estou ferido.

11

Ele olha para minha perna machucada e fica encarando o jeans rasgado durante algum tempo. Seu olhar se desvia para cima, e finalmente encontra meus olhos.

Ele tem olhos bonitos. Azul-escuros. Brilhantes, mas assustadores. Como se estivesse preparado para puxar o gatilho se for preciso. Entendo bem.

— Se vira o melhor que puder — diz ele. — Vou pegá-la e jogá-la para você, quando estiver lá fora.

Quero mais do que tudo soltar um suspiro frustrado, dizer a ele que é um idiota.

Mas é o idiota que tem uma arma, então não falo nada. O mundo acabou, mas os idiotas continuam um passo à minha frente.

Rá-rá. Um passo. E eu estou manco.

Pelo amor de Deus, nem depois do apocalipse eu consigo resistir a um trocadilho.

Viro meu pé, como se estivesse fazendo uma versão toda fodida da dança "Pop pop". *Você põe o pé para a frente, põe o pé para o lado, põe o pé para a frente* e leva uma bala no peito.

Finalmente estou de costas para ele e então me dou conta: ele poderia estar mentindo o tempo todo. Talvez ele não queira me olhar nos olhos enquanto atira em mim.

— Por favor — digo, olhando para trás. — Preciso de ajuda. Não consigo ir muito mais longe lá fora. Por favor, só me ajuda, depois vou embora. Preciso limpar a ferida e fazer um curativo que não seja a merda de uma camiseta do Walmart, antes que infeccione.

— Não tenho nenhum suprimento — diz ele, e sua voz falha.

Será que é uma deixa? Ele está mentindo?

— Mentira. Então você quer me convencer de que está aqui, sozinho, sem um kit de primeiros-socorros?

— Estou. Agora um passo para a frente.

— Como?

— Pule.

— Pelo amor de Deus.

Solto o suspiro irritado que estava segurando. Finalmente, coloco minhas costas contra sua parede e, aos poucos e com cuidado, deslizo para baixo.

— O que você está fazendo? — pergunta ele.

Uso minhas mãos para me apoiar, tomando cuidado para manter a perna direita levantada, até minha bunda bater no chão. Em seguida, lentamente, eu a abaixo.

— Pode atirar se quiser — digo.

A dor é insuportável e, a essa altura, que diferença ainda faz? Sobrevivi ao vírus, quando pessoas melhores que eu não conseguiram. Pessoas como minha irmãzinha.

Agora, tudo o que resta são pessoas como eu. Eu me concentro novamente na arma apontada para meu peito e no garoto que a segura.

Pessoas como *nós*, acho.

— Mas é bom lembrar que, se atirar — digo —, é você quem vai ter que me carregar para fora daqui.

— Levanta.

Ele aponta a arma bem na minha cara.

Que bom. Vai acabar rápido, então.

— Eu faria uma referência ao filme *Dreamgirls* e diria que "não vou, não", mas esse não parece ser o público certo para isso. — O silêncio e o olhar confuso que ele me lança provam meu argumento. Solto uma risada sem um pingo de humor. — Só atira, cara.

A ideia de uma morte rápida está começando a parecer atraente. Isso me livra de responsabilidade. Chega de culpa. Quem sabe o que vem a seguir — talvez um cinema que me mostre todos os momentos decisivos na vida *desse cara*, que o levaram a atirar em mim —, mas mesmo que seja apenas escuridão, é melhor do que a dor. Melhor do que viver ciente de como tudo no mundo está fodido.

Ainda assim, ele não puxa o gatilho. Vejo seu rosto mudar, de raiva para medo.

Ele não vai atirar.

— Levanta — repete, mas sua voz vacila.

Espere. O que é essa sensação? Será que é... esperança? Talvez antes eu estivesse errado sobre seus olhos. Eles estavam assustados, e não assustadores.

— Eu. Preciso. De. Ajuda. — Toda aquela postura de confronto e o desejo de brigar sumiram. Dá para ver que ele não quer atirar em mim, tanto quanto eu não quero levar um tiro. Ele vai me ajudar, se eu conseguir convencê-lo. — Estou sozinho — digo. — Faz mais de cinco meses. Por favor.

Ele está abaixando a arma agora.

— Por favor — imploro. — Meu nome é Andrew. Não estou infectado, e o último membro da minha família morreu faz cinco meses. Minha irmã. Ela tinha doze anos. Você é a primeira pessoa com quem falo desde então.

A última parte é mentira, mas não quero pensar nos Foster. Afasto o olhar, enquanto meus olhos queimam com lágrimas.

— Droga — diz ele, baixinho. Ele coloca a arma contra o encosto do sofá, e estende a mão para mim. — Vamos.

Pego sua mão, e ele me ajuda a ficar de pé. Meus músculos ficam tensos; respiro, para não gritar. Ao passarmos pela porta da cabana, ele a fecha com o pé.

Meu garoto misterioso é forte e consegue fazer a maior parte do trabalho sozinho. Caminhamos até uma sala de jantar, passando pela sala de estar. Há uma grande mesa de madeira, com seis cadeiras ao redor.

Com a mão livre, ele aperta o interruptor na porta, e o lustre pendurado acima da mesa se acende.

Ele tem eletricidade?

— Senta aí em cima — diz ele, girando meu corpo. Faço o que ele diz e me ergo sobre a mesa. — Já volto, espera aqui.

— Ah, mas é que eu estava pensando em fazer um sanduíche.

Ao sair do cômodo, ele olha para mim como se não percebesse que estou brincando. Abro a boca para me desculpar, mas ele fala primeiro.

— Para o seu azar, o pão acabou.

Quando sai, juro que vejo um sorrisinho nos lábios dele.

Desculpa, garoto novo, mas ter um senso de humor pós-apocalíptico é o *meu* lance. Porém, sua piada consegue me deixar um pouco mais à vontade.

Jogo meu casaco no chão e olho para a cabana pela primeira vez. Aprendi que uma arma na cara tende a desligar a atenção aos detalhes. A lareira está fria e vazia. Eu esperava ver cabeças de animais na parede, um robalo com uma boca enorme empalhado, um tapete de crochê embaixo do sofá na sala de estar. Em vez disso, o tapete da sala é branco e felpudo, e o sofá é de couro cinza, grande e de aparência cara. Há duas poltronas também de couro na sala de estar e uma TV de sessenta polegadas coberta de poeira acima da lareira.

Não há armário de porcelana nem aparador na sala de jantar. Em vez disso, há fotos emolduradas nas paredes. Estão espalhadas de uma maneira que faz parecer que quem as organizou se esforçou muito para que tudo parecesse sutil.

Olho mais de perto a foto de uma criança com a mãe na praia. Ambos são brancos, mas a mãe está bronzeada como se estivesse no sol há algum tempo. Sortuda. Toda vez que eu tentava me bronzear, minha pele simplesmente queimava. Parece que o filho é parecido, pois sua pele ainda está clara, e há uma gota de protetor solar não absorvida em seu ombro.

A mãe tem cabelos castanhos, está usando óculos escuros com uma armação vermelha e um maiô listrado de branco e azul-marinho. Ela segura um chapéu na cabeça, com a aba levantada pelo vento.

O menino deve ter uns sete anos ou menos; seu sorriso é largo e alguns dentes de leite caíram. Sardas polvilham seu nariz e suas bochechas. Ele está com um dos olhos fechado por causa do sol forte; o outro é azul brilhante.

Reconheço esse menino, só que dez anos mais velho.

Ele entra na sala de jantar com uma pequena caixa de plástico nas mãos, a coloca na mesa e olha para a foto que me pegou encarando.

— Aquela é sua mãe? — pergunto.

Ele franze a testa e não responde.

— Desculpa — digo. — Sou intrometido. Vou calar a boca.

Ele puxa a tampa do recipiente branco e o coloca em uma das cadeiras, enquanto vasculha os suprimentos médicos. Meus olhos se arregalam.

Ele não tem apenas gaze, álcool e pomada antibacteriana. Ele tem um pequeno frasco de gel para queimaduras, seringas estéreis embaladas individualmente, chumaços de algodão, água oxigenada, alguns bisturis estéreis e instrumentos que reconheço das séries médicas que costumavam passar na TV o tempo inteiro antes do vírus.

Cacete, talvez Tom Holland *esteja* aqui!

Ele desamarra a camiseta marrom — que antes era amarela — da minha perna, depois estende a mão até a barra do meu jeans. Ele tenta puxá-lo para cima, mas o sangue e a umidade fizeram com que encolhesse, e ele não sobe mais. Respiro fundo, enquanto a dor se espalha pela minha perna.

— Não acho que jeans tenha sido uma boa escolha hoje — diz ele.

— Isso aconteceu ontem.

— Tira.

— Você não deveria me levar para jantar primeiro? — pergunto.

Só percebo que estou contando uma piada depois de já ter contado. Meu rosto aquece. No entanto, meu constrangimento é de curta duração, pois ele finalmente deixa seu sorrisinho se transformar em um sorriso de verdade.

Desafivelo o cinto, puxo a calça até os joelhos e tiro a perna esquerda primeiro. Ele me ajuda com a perna direita, enquanto nós dois puxamos em lados opostos, para que o jeans não encoste na minha ferida.

— Caramba!

Seus olhos se arregalam com o que resta da minha panturrilha. É a primeira vez que a vejo sem o jeans obstruindo a visão, e sinto meu estômago se revirar. Ele sai da sala, correndo em direção à cozinha, mas não consigo tirar os olhos da minha perna. Meu peito aperta, e meus braços e pernas formigam de medo.

Está bem pior do que eu pensava.

Parece carne crua. A parte de trás da minha perna, desde logo abaixo do joelho até os cortes da armadilha, está inchada e com um tom de roxo horrível. Minha perna esquerda está suja, mas tem mais ou menos metade do tamanho da direita.

O garoto volta com um pequeno frasco de vidro e outro de comprimidos em uma das mãos. Na outra, está um caderninho gasto com capa de couro e páginas amareladas. Ele coloca o frasco de vidro e o de comprimidos na mesa, junto com o caderno. Pego o vidro; está gelado e cheio de um líquido claro. A palavra *bupivacaína* está impressa no rótulo. Seja lá o que isso signifique.

— Onde conseguiu isso? — pergunto a ele, pegando o frasco de comprimidos.

O sufixo *-ilina* no rótulo me diz que são antibióticos. Mesmo no pós-apocalipse, aqueles cursos preparatórios para o vestibular não foram um desperdício, afinal.

Ele desembrulha uma seringa estéril, a enfia no frasco, enche o tubo de plástico e a coloca sobre a mesa, antes de se levantar e voltar para a cozinha.

— Você não é alérgico a penicilina ou a qualquer antibiótico, né? — grita ele.

Ouço o som de água sendo colocada em um copo.

— Acho que não. Como descubro? — pergunto.

Ele volta e me entrega o copo e dois comprimidos.

— Acho que o negócio é tomar primeiro e descobrir depois.

— Isso não vai me matar, vai?

— Se você for alérgico, provavelmente vai.

Uau, esse cara nasceu para ser médico.

Ele olha para a minha perna.

— Mas você disse que aconteceu ontem. Então, se não tomar, a infecção definitivamente vai te matar. E aí é pior.

Talvez ele esteja certo. Se já estiver infeccionado, e eu não fizer nada, vou morrer. Será que tenho escolha? Pois é, acho que a solução é arriscar, mas... isso não funcionou até agora. E amputação sem anestesia — bom, espero que nem *eu* mereça isso. Engulo os comprimidos e bebo toda a água.

Ele pega a seringa cheia de líquido do frasco de vidro que trouxe.

— O que isso faz? — pergunto, ainda nervoso.

Por que é que estou tomando comprimidos e remédios de um garoto estranho na floresta?

— Você vai ver.

Antes que eu possa detê-lo, ele a enfia na minha perna, e eu grito de dor. Ele a puxa e a enfia de novo, mais para baixo.

— O que você está fazendo? — grito.

— Só mais um pouquinho.

Ele me espeta várias vezes enquanto segura minha perna logo acima do joelho. Lágrimas escorrem pelo meu rosto, e posso sentir meu coração pulsar nos ouvidos. Xingo e grito, até que ele finalmente para.

Ele volta para a cozinha, com o frasco e a seringa usada. A queimação na perna começa a diminuir, mas ainda sinto o eco da dor. O chiado de uma chaleira vem da cozinha, e olho para a porta, com a visão turva pelas lágrimas.

Ele logo surge com uma grande tigela de cerâmica, e, sem pressa, põe na mesa.

— Você também tem um fogão? — pergunto.

— Depois te mostro. Como está sua perna agora?

Dormente. A dor na perna está quase indo embora. Meu cérebro voltou a se concentrar na dor na axila, por me apoiar na muleta.

— Bem — respondo.

— Eu não diria "bem" — diz ele, puxando uma cadeira e se sentando. Ele pega o recipiente médico. — Mas pelo menos você não vai precisar morder um pedaço de pau para lidar com a dor, enquanto faço a sutura.

Ele coloca algumas agulhas e uma linha preta na mesa e pega a garrafa de álcool. Mergulha uma toalha na água quente e a torce com uma mão de cada vez. Depois, estende-a na mesa e espera em silêncio.

— Ainda está quente — diz ele, ao erguer o olhar para mim.

— Quem é você? Algum tipo de médico precoce?

Ele abre aquele seu sorriso triste; não é nada como o sorriso largo do garoto nas fotos penduradas na parede.

— Desculpa. — Ele estende a mão, vermelha por causa da água quente. — Sou o Jamison.

— Andrew. Prazer em te conhecer.

Nos cumprimentamos. Suas mãos estão quentes, e fico com inveja — parece que nunca vou conseguir tirar o frio dos meus ossos. Quando ele solta, despeja álcool em uma mão em concha e depois as esfrega uma na outra.

Jamison pega a toalha quente, e começa a limpar a área ao redor da minha ferida. Estremeço, esperando a dor surgir, mas não há nenhuma.

Ao vê-lo limpar o machucado, fico imediatamente grato por Jamison, o dr. Criança, ter me dado algum tipo de anestésico local. A toalha branca fica marrom-avermelhada. Porém, enquanto ele limpa as feridas, não parece ser algo tão assustador. Nojento, talvez, mas não assustador.

— Então, o que rolou aqui? — pergunta. — Um cachorro te atacou?

— Não. — Balanço a cabeça e solto um gemido. — Foi a merda de uma armadilha de urso.

Jamison me encara enquanto continua a limpeza.

— Você está brincando.

— Não estou.

Seu sorrisinho retorna.

— Estamos no meio do apocalipse, e você decide virar inimigo do Coiote do *Papa-Léguas*.

Solto um suspiro.

— Na verdade, eu não fazia ideia de que as pessoas ainda usavam essas coisas. Tenho certeza de que foi montada antes do vírus, mas, sério, quem é que monta uma maldita armadilha para ursos?

— Como é que essa coisa não decepou sua perna? — pergunta ele, olhando para os cortes.

— Pura sorte? — digo. — Não fechou totalmente.

Ainda não entendo como o galho caiu entre as mandíbulas da armadilha e não a disparou. Eu mesmo mal pisei no gatilho.

Jamison passa a linha na agulha. Ele a encharca com álcool e espeta a ponta em uma das feridas na minha perna.

— Alguma sensação já voltou? — pergunta ele.

Nego com a cabeça, e ele desliza a agulha para dentro da minha pele. Fico tenso com a visão, mas não sinto dor.

— Não vai ficar a coisa mais linda do mundo, já que a agulha é plana — diz ele, sem desviar o olhar. — Mas deve ajudar a curar mais rápido.

Observo enquanto ele puxa o fio pelo primeiro furo.

— Sério, como você sabe fazer isso? Fez o primeiro ano de medicina ou algo do tipo antes do vírus?

Talvez ele seja mais velho e só pareça muito jovem.

— Não — responde ele. — Minha mãe me ensinou a costurar botões nas minhas camisas, a remendar um tecido descosturado. É o mesmo princípio, né?

Olho de volta para as fotos na parede. Com o canto do olho, vejo Jamison olhar para mim, seguir meu olhar para a foto, depois olhar de volta para a minha perna. Não insisto mais no assunto.

— Por que você decidiu não atirar em mim? — finalmente pergunto, depois que ele costurou três das seis feridas na minha perna.

Como ele pode ser tão bondoso, quando nenhum de nós, sobreviventes, é?

Ele solta um suspiro.

— Acho que… Sei lá. — Ele meneia a cabeça. — Provavelmente porque sou estúpido demais para perceber quando preciso cuidar de mim mesmo.

— Se isso te torna estúpido, então eu sou cento e cinquenta por cento burro.

— Eu percebi essa parte quando você disse que pisou na merda de uma armadilha de urso.

Dou uma risada, e parece que é a primeira vez em meses que rio. Talvez seja mesmo.

Ele amarra o ponto final, e limpa o sangue. Em seguida, joga a toalha molhada de volta na tigela de água ensanguentada e estende a mão para mim.

— Acha que consegue andar? Você pode tomar banho, se quiser.

Eu o encaro.

— Banho?

— Aham. N… eu tenho água de poço.

Peguei aquele quase "nós". Então ele está sozinho.

— Água encanada *e* eletricidade?

— E um aquecedor de água, que funciona com essa eletricidade.

Sinto frio na barriga de empolgação. Este lugar parece incrível. Por apenas um instante, chego a pensar se eu seria capaz de tirar isso dele. Será que depois dele não ter atirado em mim, de ter me ajudado, eu teria a capacidade de tomar este lugar? Mas esse instante já é o suficiente para me fazer sentir mal.

— Você está bem? — pergunta Jamison.

— Sim. E sim, eu adoraria poder tomar um banho.

Só um banho de chuveiro e depois vou embora.

Estico a perna na minha frente, e coloco o calcanhar no chão. A dor aumenta um pouco, mas é suportável.

Coloco um pouco mais de peso para baixo. Um pouco mais de dor.

Um pouco mais de peso... e ... nem um pouco mais de dor. Isso é bom, né?

Coloco o resto do peso no chão, e cometo o segundo maior erro da minha vida.

JAMISON

Assim que Andrew grita, é como se o tempo não significasse nada de novo. Quando ele entrou, eu recuei e quase atirei nele ali mesmo. No entanto, não consegui: meu dedo não se movia. Estava bem no gatilho, mas era como se minha mão estivesse paralisada. Mesmo quando ele disse que não iria embora, e que eu teria que matá-lo, não consegui. Assim como o cervo que eu nunca conseguia matar, quando minha mãe tentou me mostrar como caçar. Como as armadilhas para animais, que ficam na garagem, sem uso. E é como o rosto roxo da minha mãe. Os vasos sanguíneos estourados em seus olhos horrorizados, e a respiração áspera. A doença, e o cheiro, e...

Andrew está no chão, gritando em agonia. Talvez eu tenha feito algo errado. Ele pode ser alérgico aos antibióticos ou ao anestésico local e está tendo um problema cardíaco... ou o que quer que aconteça, quando as pessoas são alérgicas a essas coisas. Isso não está no caderno da minha mãe.

Ai, Deus. Acabei de matar alguém.

Ou pode ser um truque. Ele pode estar fingindo, chamando quem quer que esteja do lado de fora, esperando por ele. Esperando para tirar este lugar de nós.

Não, de mim.

Porque eu sou tudo o que resta.

Porém, não parece um truque. Ele parece estar em pura agonia. Me abaixo ao lado dele.

— O que dói? — grito para ele. — Você consegue dizer o que está errado?

Lágrimas escorrem pelo seu rosto vermelho. Ele puxou a perna para cima e a segura pela coxa. Não há mais sangue em suas feridas, mas... ah, não. Eu me movo ao redor de sua perna e coloco minhas mãos em seu joelho. Ele se encolhe, agarra um dos meus pulsos e consegue dar um grunhido:

— Não, não!

— Está bem, está bem. — Coloco minhas mãos para cima. — Mas vamos tentar te colocar no sofá. Só estica a perna e não a deixe bater em nada.

Ele faz o que digo, e eu deslizo meus braços sob os dele, para levantá-lo. O cheiro de sujeira e suor invade minhas narinas.

Consigo carregá-lo para o sofá da sala, e ele abaixa a perna direita com cuidado, soltando várias respirações curtas.

— Você está bem? — pergunto, mas soa estúpido. Claro que ele não está.

Ele abre os olhos, e dá um sorriso falso.

— Esplêndido.

Embora ele ainda pareça estar sofrendo, já voltou a contar piadas. Isso deve ser bom.

Corro de volta para a sala de jantar e pego o caderno da minha mãe. As páginas parecem sem sentido, porque minha mente não se aquieta. Não consigo. É tudo demais.

— O que é isso? — A voz de Andrew me distrai dos meus pensamentos.

— Um livro.

Ele parece fascinado.

— Oh! Não temos esses... como você chama? "Livus"? Lá no Norte.

Franzo a testa, porque não há a menor chance de eu rir daquela piada horrível.

— Certo — diz ele. — Sou eu quem está com a perna ferrada. Ok, vou calar a boca agora.

— É um caderno. Minha mãe era médica, e este é o caderno que ela começou a escrever, depois que tudo... Quando as coisas ficaram ruins.

— Ela o escreveu para você — diz ele.

Seus olhos estão focados em mim e parecem tristes. Porque ele sabe que ela o escreveu pensando que não sobreviveria à supergripe. Ela estava certa sobre isso.

— Sim. — Volto minha atenção para o livro. — Quando ficou ruim na cidade, quando o hospital ficou lotado e as remessas de remédios pararam de vir, e eles perceberam que ninguém estava sobrevivendo à gripe, ela começou a pegar suprimentos. Todo mundo pegava... médicos, enfermeiros, pessoal de manutenção. E não demorou muito...

Paro de falar porque ele sabe o que aconteceu. Os caminhões refrigerados para os corpos, as valas comuns sem identificação — não tinha como cavá-las, ou preenchê-las rápido o suficiente. E nenhuma autoridade fazendo nada para ajudar ou impedir. Eles continuaram tentando forçar todos a seguir a vida, como de costume. Para voltar à ideia de normalidade.

Era como se ninguém tivesse aprendido nada com os outros vírus que vieram antes. Gripe espanhola, gripe de Hong Kong, Ebola, HIV/AIDS, gripe suína e, mais recentemente, Covid-19. Os jornais ficavam comparando o vírus a todas essas doenças, mas *nada* era parecido. Eles achavam que a civilização ficaria bem, porque estava bem antes. O mundo nos deu avisos, mas eles foram ignorados. Isso custou tudo.

Aqui, nem tentamos a quarentena obrigatória, como na Holanda ou um *lockdown*, como na França e na Espanha. Nos Estados Unidos, todos estavam em modo Viva Livre ou Morra. E assim eles o fizeram.

Decido mudar de assunto.

— Acho que sua perna pode estar quebrada. Mas...

— Mas o quê?

Quebrei o braço quando tinha dez anos. Foi dobrado em um ângulo estranho, e a perna dele não se parece nada com aquilo. Inchada, sim. Machucada, com certeza. Porém, não notei nenhum inchaço que indicasse a quebra do osso, embora ele tenha pisado em uma armadilha de urso. Viro para a frente do livro, onde minha mãe escreveu o acrônimo DGCE: descanso, gelo, compressão, elevação. Descanso, gelo e elevação ele poderia fazer. No entanto, as bandagens elásticas estão no galpão com alguns outros suprimentos, por isso a compressão pode ter que esperar.

— Já vai anoitecer. Tudo bem se você ficar parado até amanhã?

Não, Jamie, cale a boca!

Ele não pode ficar aqui; é um estranho, que poderia me matar e roubar tudo. O rosto de Andrew se ilumina.

— Neste sofá confortável? Pode apostar! — Em seguida, o sorriso desaparece. — Por que é que você está me ajudando, Jamison?

Não faça o mal. Era o slogan da minha mãe para "seja legal com as pessoas". E agora posso imaginá-la me dando aquele olhar de Jamison-o-que-foi-que-eu-te-disse? Estou ajudando porque é a coisa certa a fazer, embora o mundo esteja diferente agora. A coisa certa a fazer pode mudar, de pessoa para pessoa. A coisa *certa* de Andrew pode ser me matar quando eu virar de costas.

— Acho que só espero que você fizesse o mesmo por mim.

Seus olhos se desviam dos meus, então talvez ele não o fizesse. Em seguida, algo me ocorre.

— Ah! Espere.

Andrew pula, e volta a prestar atenção em mim. Contudo, já estou fora da sala, indo pelo corredor em direção ao armário de roupa de cama. Movo os lençóis para poder ver o cofre, que escondi na parte de trás da prateleira de cima — onde nem mesmo minha mãe, de um metro e setenta e três, conseguia alcançá-lo — e digito o código. A primeira coisa que vejo quando a porta se abre é o contorno escuro da arma, que me deixa tão nervoso. Eu a empurro de lado e tiro o grande frasco de comprimidos laranja.

Volto à sala de estar, sacudo a embalagem para tirar dois comprimidos e os entrego para Andrew.

— O que são? — ele pergunta, pegando-os e segurando-os na palma da mão aberta.

— Analgésicos. Dos bons.

Andrew olha de volta para o corredor.

— Por que eles não estavam com seus outros suprimentos?

Porque minha mãe destruiu a casa procurando por eles, quando o vômito começou. Ela sabia o que estava por vir. Geralmente é a febre que mata, mas tudo o que acontece antes disso é a mais pura agonia.

Minha mãe estava tentando evitar toda aquela dor. Àquela altura, ela me disse o que faríamos, caso ficássemos doentes. Tomar quantos analgésicos conseguíssemos e adormecer. No entanto, fiquei pensando no que aconteceria se fôssemos diferentes das outras vítimas da supergripe; imunes ou apenas sortudos. Diziam que um vírus tão mortal poderia sofrer mutações para se tornar menos letal à medida que a infecção se espalhasse.

Não queria que ela desistisse e não queria ficar sozinho. Por isso, eu os escondi. Primeiro, no reservatório de água do vaso sanitário. Era uma ironia doentia que ela tenha passado tanto tempo vomitando perto deles, até não conseguir mais sair da cama. Depois, eu os coloquei no cofre.

Conto uma mentira para Andrew, porque ele não precisa saber tudo o que aconteceu antes de ele vir para cá.

— Minha mãe os guardava lá. Provavelmente algum protocolo médico ou algo assim. Vou pegar um pouco de água e gelo para a sua perna.

Vou para a cozinha, passando pela sala de jantar e pegando o copo vazio que dei a ele antes, quando ele grita:

— Não precisa, Jamison! Posso tomar sem água mesmo.

Ótimo. Aí é capaz de ele engasgar até a morte com aqueles comprimidos de cavalo, e depois vou acabar tendo que carregar outro cadáver para a fogueira. Esse pensamento enche de tristeza qualquer brilho que a presença de Andrew possa trazer. Tê-lo aqui está me dando algo para fazer, além de contar minha comida e me preocupar em caçar.

Quando chego à sala, as pílulas já sumiram. Mesmo assim, lhe entrego o copo, uma toalha e um saco plástico com quase oito litros de gelo. Ele olha para a água, e a coloca na mesa de centro. Digo a ele para embrulhar o saco na toalha e colocar debaixo da perna. Ele estremece ao fazê-lo, mas não uiva de dor.

— Eu provavelmente devia fazer algo para jantar. Esses remédios não caem bem em estômago vazio. Também vou pegar alguns moletons para você vestir.

— Jamison, espera aí.

Eu me viro, e ele está se apoiando nos cotovelos. Ele acena com a cabeça, em direção à porta.

— Você pode pegar minha mochila para mim?

Pego a mochila, trago-a para ele e o deixo vasculhá-la. Ele pega algumas roupas sujas, e as coloca no colo, junto com uma caixa de band-aids, uma escova de dente suja, pasta de dente, uma pequena garrafa de água e um isqueiro.

— Aqui vamos nós.

Ele pega três latas, uma a uma, e as entrega para mim. Grão de bico, azeitonas e sopa de legumes.

— Não, esta é a sua comida, fique com ela.

— Você me ajuda, e eu te ajudo. E como não tenho formação médica, é isso que você recebe. Ah... e esses.

Ele remexe dentro da mochila novamente, e percebo que deve ser onde está sua arma. Meu coração salta na garganta, mas minhas mãos estão cheias. Ele entregou as latas para me distrair, para que eu não pudesse revidar.

Mas então, ele pega três livros e os estende na minha direção. Coloco as latas no encosto do sofá e olho para os livros. A primeira capa está desgastada e tem a imagem de um velho navio de cruzeiro. Chama-se *A Viagem*, de Virginia Woolf. Já ouvi falar dela, mas não desse livro.

O próximo livro da pilha é *O Iluminado*, de Stephen King. Esse, eu conheço. Vi o filme, mas nunca li o livro. E, finalmente, há um atlas rodoviário com espiral, desgastado.

— Comida e histórias — digo.

— Não é só disso que a gente precisa?

XXX

Termino o jantar — só sopa com legumes enlatados — e levo para ele. Nos sentamos em silêncio enquanto comemos. Enquanto *eu* como. Andrew ainda não deu uma colherada sequer. Ele me encara.

— Quente — diz ele, soprando a tigela.

— Desculpa.

— Pelo quê? — diz ele. — Esta vai ser a primeira refeição de verdade que como em um bom tempo. — Porém, ele está olhando para a sopa, como se fosse uma tigela cheia de aranhas. — Como tudo continua funcionando?

Engulo um bocado de sopa.

— Você quer dizer a eletricidade?

— Não, não, estou falando do parque aquático lá no fim da rua. Ô, minha gente, é inverno, estão fazendo o que aí? — Estou começando a pensar que Andrew é incapaz de ficar sem fazer uma piada. — Mas sim, isso também. Você disse que é água de poço, mas os aquecedores de água não são a gás natural?

— Não há tubulações de gás aqui. É tudo elétrico. A gente vinha para cá nas férias. Uma tempestade forte no verão podia cortar a energia durante dias. Uma tempestade de neve no inverno também. Dirigir três horas até aqui, e descobrir que algumas vezes não tínhamos energia era o suficiente para fazer a minha mãe se enfurecer contra a natureza.

Andrew ri e sopra a colher de sopa.

— Então ela gastou uma porrada de dinheiro para instalar um painel solar, e também tem uma bateria reserva, que armazena o excesso de energia.

A última vez que dirigimos para cá, comecei a me perguntar se minha mãe havia pressentido que tudo isso iria acontecer. Como se ela tivesse alguma intuição de que o mundo seria exterminado pela praga e que acabaríamos tendo que sobreviver aqui por conta própria. Foi por isso que ela me ensinou a caçar. Ou *tentou* me ensinar a caçar.

Antes da supergripe, esse lugar parecia outra casa, um anexo do que tínhamos na Filadélfia. Vir para cá na última vez foi diferente, como se, pelo fato de estarmos deixando nossa casa para sempre, isso cortasse a conexão com este lugar. E agora este lugar é só isso. Um lugar. Parece errado.

— Três horas? — pergunta Andrew. Ele toma uma colherada de sopa. — De onde vocês vinham?

— Filadélfia. De onde você era?

— Connecticut.

— Você veio andando de Connecticut até aqui?

Ele concorda com a cabeça e olha para a sopa, como se não soubesse se quer continuar a comer. Mas ele come mais uma colherada e diz:

— O inverno foi muito ruim por lá. Por isso, no primeiro dia em que o tempo ficou bom em janeiro, eu fui embora.

— Você disse que ficou sozinho por cinco meses.

Estamos em março.

— Eu fiquei, você está certo.

Há algo na voz dele que faz parecer que há mais na história, mas eu o deixo parar por aí.

Terminamos o jantar em silêncio. Ele ainda parece desconfortável, então pergunto como está a perna enquanto pego a tigela. Ele olha para ela, morde o lábio e depois olha para mim.

— Vou ser honesto com você, Jamison. Eu... — Ele faz uma pausa, e estende a mão para debaixo das almofadas do sofá. Merda. Será que ele escondeu uma arma enquanto eu estava na cozinha? Ele estende dois comprimidos.

— ... não tomei os comprimidos que você deu.

— Você... Por que não?

— Porque eu pensei que você estivesse tentando me matar.

Olho para as tigelas em minhas mãos.

— Foi por isso que você não tomou a sopa logo de cara?

Ele franze o rosto, como um garoto que acabou de ser pego em uma mentira.

— Meio que foi.

Não posso deixar de sorrir. Quase dou uma risada. Quase. Aparentemente, nós dois pensamos que o outro estivesse o tempo todo tentando nos matar.

— Você lembra daquela vez, cerca de duas horas atrás, quando apontei uma arma para você, né? Eu poderia ter te matado naquela hora. — Mesmo que seja mentira. Ele não sabe que eu não conseguiria. Ou que, desde que tenho aquela arma do outro lado da sala, nunca consegui puxar o gatilho quando ela aponta para uma criatura viva. Alvos de papel são tranquilos, mas qualquer coisa com batimentos cardíacos… — Prometo não te matar se você prometer não me matar — proponho.

Andrew pega o copo de água.

— Melhor negócio que fiz em todo apocalipse.

Em seguida, toma os comprimidos. Eu sorrio e vou para a cozinha lavar os pratos.

Quando volto para a sala, o sol já se pôs. Acendo duas velas e as coloco nas mesas laterais, ao lado do sofá e da poltrona.

Andrew está quase dormindo. Quando pergunto se está bem, ele dá um grunhido. Talvez os analgésicos tenham sido uma boa ideia. Ele vai ficar inconsciente por tempo suficiente para que eu durma, sem me preocupar com a possibilidade de ele se levantar para me matar. Acho que ele está sendo sincero, mas não posso ser ingênuo. Vai saber se essas promessas valem de alguma coisa…

Os roncos suaves de Andrew preenchem o silêncio. Eu o chamo baixinho, mas ele está totalmente desmaiado agora. Pego o livro de Virginia Woolf. Estou folheando as páginas, quando algo cai no meu colo.

É um pedaço de papel fino, arrancado do que parece ser uma agenda de endereços. Nele está escrito: *Marc e Diane Foster. Rua Lieper, 4.322, Alexandria, Virgínia*. Seus números de telefone estão listados também, mas isso não é muito útil agora.

Observo Andrew dormir, imaginando por que ele teria algo de uma agenda de endereços. Minha mãe tinha uma, mas nunca usou. A maioria das pessoas usava os celulares para armazenar essas informações.

Coloco o pedaço de papel na mesa, mais perto dele, para que ele veja quando acordar. Abro o livro mais uma vez e começo a ler.

ANDREW

Quando acordo, o sol está invadindo a sala. A lareira foi acesa. Eu me estico no sofá, e a dor na perna me faz arquejar.

Há um cobertor em cima de mim.

Jamison me deu um cobertor, enquanto eu estava desmaiado. Sinto meu rosto esquentar, mas percebo que ele não está na sala comigo.

Me sento, e algo na mesa de centro chama minha atenção. O endereço que carrego há semanas está lá, ao lado dos meus livros. Deve ter caído quando eu estava vasculhando minha bolsa. Eu pego, e enfio rapidamente no bolso da calça de moletom que Jamison me deu ontem à noite.

— Jamison? — chamo.

— Pode me chamar de Jamie.

Eu me assusto com sua voz, já que não o tinha visto, e estremeço novamente com a dor na perna. Ele está sentado no chão, perto da porta da frente. Há uma bacia nova e maior do que parecem ser suprimentos médicos, que certamente não estavam aqui ontem à noite. Jamie está amarrando um grande pedaço de espuma de borracha no topo do galho que eu usava como muleta.

Sério, de onde ele está tirando essa merda? Há uma loja de tecidos no quintal, por acaso? Quer saber? Nem vou perguntar. Ele tem eletricidade, água e uma geladeira — *claro* que também tem espuma de borracha. Ele provavelmente pegou do vizinho, Tom Holland. Pelo menos seu acolchoamento é melhor do que uma camiseta. Quero fazer uma piada de drag queen sobre acolchoamento, mas sei que vai passar batida.

Todo o meu bom repertório é desperdiçado com esse garoto.

— Por que você está *escondido* atrás do sofá?

Ele para de amarrar e volta sua atenção para mim.

— Ah, desculpa. Então quer dizer que você gostava de ter uma madeira dura cavando sua axila?

Ele não ouve a si mesmo? Garotos heterossexuais são imunes a trocadilhos? Como eu disse. Bom repertório. Desperdiçado.

— Parece ótimo. Continue.

Jamie volta para a espuma, e não posso deixar de sorrir enquanto o vejo trabalhar. Os músculos das minhas bochechas ficam até doloridos por serem usados com tanta frequência pela primeira vez em meses.

Pode ir acordando, sorriso: o apocalipse forneceu um menino fofo para nos trazer de volta à sanidade.

Jamie tem um visual que simplesmente não combina com sua personalidade. Ele é alto, ombros largos. Observo suas mãos se moverem; elas são grandes, mas, de alguma forma, delicadas. Ele não olha para mim nem uma vez sequer enquanto trabalha, portanto eu o encaro livremente. Mesmo com o rosto virado para baixo, posso ver seus belos traços.

Ele não deveria estar me ajudando. Ele é como tantos caras que eu conheço da escola, gente que pega no pé de pessoas como eu.

Só que ele não é assim. Ele não fica na defensiva, como outros caras da nossa idade. Aqueles que se preocupam que, se chegarem muito perto, podem *virar* gays também. Um cara me disse isso uma vez. Olhei para ele de cima a baixo, apontei para mim mesmo e falei:

— Você não teria chance de pegar esse gay aqui nem se tivesse ingressos para *Hamilton*.

Ele me deu uma joelhada no saco e me empurrou na lama. Apesar disso, depois eu tive a satisfação de dizer a todos que o joelho dele tocou o meu saco — através de duas camadas de roupas, e todos sabem que *gayzisse* se espalha ainda *mais rápido* através de tecidos naturais.

— Tudo bem — diz Jamie, enfim, afastando esses pensamentos. Ele se levanta e apoia a muleta na parede. — Então, com relação à sua perna.

— O melhor é amputar, né?

Ele abre um meio-sorriso, pega o caderno que sua mãe escreveu e o folheia.

— Podemos tentar algo menos drástico primeiro?

Jamie estende o livro aberto, e eu o pego. Há um desenho horrível de uma pessoa com o braço dobrado — a mãe de Jamison *não* era uma artista —, e a sigla DGCE ao lado. Descanso, gelo, compressão, elevação.

Suspiro.

— *Descanso*, Jamie? Parece um pouco extremo, não é? — Mas, na real, parece incrível. Descanso. Sinto que não descansei desde...

Jamie concorda.

— Tem razão, vou pegar a serra.

Solto uma risadinha educada e começo a folhear o caderno. Na frente estão várias anotações de diário, do início de junho do ano passado. Nessa época todo mundo ficava dizendo: "É só uma gripe de verão! As pessoas morrem de gripe o tempo todo!".

Pelo visto, a mãe de Jamison sabia que algo estava acontecendo. No final de uma anotação de vinte e nove de junho, sublinhada em sua caligrafia quase ilegível, está escrito: *cento e sete mortos em um dia!*

Suponho que seja apenas no hospital dela, porque em agosto nem era mais possível acompanhar o número de mortos. Quando a internet caiu, havia estimativas de que quase cento e setenta e oito milhões de pessoas haviam morrido só nos Estados Unidos. Mais da metade do país. Menos de sete meses, desde os primeiros relatos de mortes em massa de pássaros na Croácia, no Nepal e na Guiana em meados de maio, até o vírus acabar com quaisquer traços de civilização em novembro.

Quem diria que levaria mais tempo para gestar um minúsculo ser humano do que para destruir o mundo?

Continuo folheando. As entradas vão ficando cada vez piores, antes de terminarem abruptamente, em agosto. Depois disso, são apenas textos médicos e notas endereçadas a Jamie. Há uma tabela de cálculos para remédios, dando a dosagem correta para cada quilo; diagramas de talas para braços, pernas, dedos das mãos e dos pés. Paro na última parte do caderno. Manchas marrons sujam as páginas, e parte da caligrafia está manchada com ela.

Sangue.

A mãe de Jamison ainda estava escrevendo, quando o vírus a infectou. Viro mais algumas páginas, e os respingos de sangue ficam maiores. A caligrafia se torna mais difícil de ler. Em seguida, abruptamente, as páginas ficam em branco.

— Isso é incrível — digo, voltando para uma página menos mórbida.

São pequenos diagramas de uma apendicectomia? Nossa, a mãe do dr. Jamison tinha muita fé no filho, não tinha?

— Gostaria que meus pais tivessem sido médicos. Meu pai não deixou *nenhum* livro de "Contabilidade do fim do mundo" para trás, e tudo o que minha mãe me deixou foi senso de humor.

Tento sorrir, mostrar esse tal senso de humor, enquanto devolvo o livro para Jamie.

— Acho que sua perna pode estar quebrada, o que faria sentido, já que ficou presa em uma armadilha de urso e tal. Mas não dá para ter certeza sem um raio-X, e minha mãe não trouxe uma máquina dessa do hospital.

— Que falta de visão da parte dela, com todo o respeito, é claro.

Jamie estende a mão para mim.

— Aqui, é melhor fazermos isso no chão.

Seguro a língua para não contar outra piadinha — viu? É muito desperdício —, e deixo que ele me ajude a levantar do sofá. Desta vez, suas mãos estão frias, e as minhas, quentes.

Ele me ajuda a ir para o chão, onde há menos de vinte e quatro horas eu me sentei e decidi deixá-lo atirar em mim.

Há uma pilha de roupas limpas e uma grande bacia de água com sabão no chão, ao lado de algumas bandagens. Quando olho, Jamie cora.

— Certo, já que você não tomou banho ontem à noite, pensei que você poderia querer se lavar, antes de enfaixarmos sua perna. Além disso, provavelmente é assim que você precisará se limpar nas próximas semanas, até que consiga ficar de pé.

Dou um grunhido.

— Verdade, você tem aquecedor de água.

A ideia de um banho parece encantadora agora.

Ele aponta para a bacia.

— Acho que essa é a segunda melhor coisa, né? Enfim, vou esperar lá fora. É só me chamar quando terminar.

Depois que ele me deixa — levando a caixa de suprimentos de volta para o galpão —, demoro muito para me despir e, quando o faço, a água com sabão já ficou fria. Eu me apresso a esfregar minha pele até que a água fique turva e eu exale menos como uma lixeira apocalíptica. Em seguida, coloco as roupas que Jamie separou e o chamo.

Ele volta e leva minhas roupas sujas e a bacia para a cozinha. Quando retorna, ele se agacha ao meu lado e me pede para levantar a perna. Então ele puxa a barra da calça de moletom até o meu joelho.

— Tá, pode abaixar de novo.

Seus olhos estão focados nos pontos que ele fez ontem à noite. Minha perna continua inchada. Ele coloca a mão no meu joelho gentilmente, e o calor explode em todo o meu corpo. Minhas bochechas esquentam, e eu engulo em seco.

Ele é a primeira pessoa que me toca em... Não faço ideia de quanto tempo. O vírus estragou os abraços, e todos os toques em geral. Isso parece tão... não estranho, mas... errado. E certo ao mesmo tempo.

— Você está bem? — pergunta ele.

Claro que não.

— Sim.

— Vou tocar sua perna, mas prometo que não vou apertar. Me fala se doer em algum lugar.

— Aham.

Ele coloca as mãos em cada lado da minha perna, e meu corpo aquece. Suas mãos se movem para baixo do meu joelho até a canela e, lentamente, seus dedos deslizam sobre os pelos da minha perna — que estão claramente arrepiados. Ele levanta as mãos quando se aproxima dos pontos, e minha pele parece que está tentando tocá-lo de volta. Implorando por aquele toque mais uma vez. Quase dou um suspiro de alívio quando sinto a ponta de seus dedos novamente.

Minhas mãos tremem, e eu cerro os punhos na tentativa de não deixar tão na cara assim.

Olho para Jamie, que está com toda a atenção voltada à minha perna. Graças a Deus. Pelo menos não percebe minha reação.

— Hum — murmura ele.

— O quê? — pergunto.

— A maior parte do inchaço é na panturrilha, não na canela.

Ele tira a mão e pega o caderno. Eu estremeço, sentindo meu corpo esfriar imediatamente. Querendo que ele me toque de novo.

— O que isso significa? — pergunto.

Ele encontra a página do livro que estava procurando.

— Sua… fíbula pode estar quebrada. — Olho confuso para ele. — O osso mais fino, que fica do lado do grande que compõe a canela.

Ele gira o caderno, onde há uma forma de esqueleto muito claramente traçada, com os principais ossos classificados com a caligrafia da mãe de Jamie.

— O que isso significa para mim?

— Espero que não precise ser colocado de volta no lugar, porque se precisar… — Ele para e balança a cabeça. — Vamos nos preocupar com isso depois. Por enquanto, descanso, gelo, compressão.

Merda. Um osso quebrado e nenhum hospital para ajudar.

— Quanto tempo leva para o osso cicatrizar?

Não quero saber a resposta. Nunca quebrei um osso na vida. Quando eu tinha quatro anos, meu vizinho de treze acertou meu queixo com um taco de beisebol acidentalmente, mas nem assim quebrei alguma coisa. No entanto, tenho uma cicatriz protuberante na parte de baixo do queixo.

E não pense que não ouvi todas as piadinhas sobre ter levado na cara! Bom, na real não ouvi mesmo, o que é bem decepcionante, eu diria. Tipo, gente, olha essa cicatriz *bem aqui*.

Jamie dá de ombros e diz:

— Eu quebrei o braço quando tinha dez anos…

Ah, eu sabia que ele era uma dessas crianças. Tento não sorrir, enquanto imagino o garoto da foto da praia na sala de jantar pulando cercas e subindo em árvores, como se fosse invencível.

— Demorei um pouco mais de dois meses para me curar. Para você, talvez leve umas seis semanas.

— Seis semanas?!

— Pode ser menos. Mas também pode ser mais.

— Droga. — Eu me sento. Mas o que é esse outro sentimento? É alívio? Significa mais seis semanas para adiar o inevitável. Aperto o pedaço de papel no meu bolso. Mais seis semanas para fingir que sou outra pessoa. — Que dia é hoje?

Ele consulta outra página do caderninho, a que está marcada com uma fita de seda, presa à lombada.

— Dia vinte e três... de março.

Faço as contas na minha cabeça. Seis semanas dariam no início de maio. Talvez até o meio de maio dê para o gasto. Meu prazo — o último dia que sei que os Foster ainda vão estar em Alexandria — é dez de junho.

No entanto, não vou poder evitar rodovias. Vou ter que voltar às estradas novamente, as estradas *principais*. Chega de vagar por pequenas cidades e bosques. Quer dizer, o lado positivo disso é que não há mais armadilhas para ursos.

Oba.

E depois há o risco de encontrar outras pessoas novamente.

— O que foi? — pergunta Jamie, desviando-me dos meus pensamentos.

Olho para ele, e seu rosto está gentil e preocupado.

Isso faz meu estômago se revirar e meu peito doer. Esse garoto estava aqui sozinho havia meses antes de eu invadir. E agora, está me ajudando. Ele é uma pessoa melhor do que eu. De alguma forma, o apocalipse não o mudou, como fez comigo. E com todo mundo lá fora, por sinal.

Como ele escapou ileso? Talvez seja este lugar. E se isso for verdade, eu não mereço nem seis semanas de descanso. Seis semanas é muito tempo. Chega de atrasos. Tenho que melhorar, e seguir em frente. Alexandria espera.

— Nada — respondo.

Porém, já sinto um buraco se formar no meu estômago, que sei que se tornará um abismo quando eu precisar me despedir de Jamie.

JAMISON

Assim que termino de enfaixar a perna de Andrew, eu o ajudo a se levantar e estendo a muleta improvisada para ele.

— Vou tentar encontrar uma muleta de verdade quando for à cidade em busca de suprimentos. Mas, por enquanto, isso aqui vai te ajudar a se locomover um pouco.

— Fabuloso. Nem acredito que vou ter que dar uma de múmia paralítica.

Ele diz isso com uma pitada de frustração, então ergo as sobrancelhas.

— Desculpa — diz ele. — Ficou ótimo. Quer dizer, muito obrigado por toda essa ajuda.

Ainda nem se passou um dia inteiro, mas tê-lo aqui é algo bom para me ocupar. Algo para me distrair do silêncio, das lembranças e do medo.

E ter alguém para conversar também não é nada mal.

Só por estar aqui, Andrew me ajuda de uma maneira que não imaginei que eu precisasse.

— Vamos — convido. — Vamos tomar café da manhã.

Eu o ajudo a caminhar até a cozinha e a se sentar em uma das cadeiras altas de bistrô no canto. Ele se senta na beirada, e sua perna se projeta em direção ao fogão, que ainda está quente, por causa das toras que joguei mais cedo.

Andrew pega um dos jornais velhos que uso para acender o fogo. Ele não vai encontrar muita informação neles. É do início de agosto, antes de minha mãe e eu chegarmos aqui. Está cheio de obituários resumidos e rumores sobre a criação de uma possível vacina pelos Institutos Nacionais de Saúde.

Cantarolando, Andrew dá uma longa olhada no jornal.

— Bem, vou querer ovos mexidos cobertos com queijo e ketchup, bacon de peru e uma torrada integral com manteiga de amêndoa caseira. E um copo de suco de laranja, por favor.

Sorrindo, ele me devolve o jornal. Escondo meu próprio sorriso e jogo o jornal de volta na pilha.

— No caso vai ser feijão cozido enlatado e Pop-Tarts mesmo.

— Você tem Pop-Tarts?

Abro um armário e puxo uma das caixas que peguei de uma loja na cidade vários meses atrás.

— Esquece os feijões, vou comer a caixa inteira.

Ele estende as mãos e a agarra como uma criança.

— Você precisa aumentar sua ingestão de proteínas, para ajudar na recuperação.

— É meio difícil encontrar boas fontes de proteína no apocalipse, Jamie.

Abro o freezer e mostro a ele os estoques de carne do outono.

— O que é aquilo? — pergunta Andrew.

— Cervo.

Pego um dos pacotes pequenos e o coloco na geladeira. Vou fazer um chili com ele hoje à noite, para o jantar.

— Você sabe caçar?

— Minha mãe me ensinou.

Tecnicamente, não é mentira, porque ela ensinou. Há carne suficiente para nos sustentar por pouco mais de oito semanas. Depois disso, serei *obrigado* a caçar. A ideia me causa uma ansiedade imensa. Ainda assim, entre morrer de fome e matar um animal, eu mato o animal. Eu não era vegetariano antes do apocalipse, portanto isso não deveria ser um problema agora.

Papo furado. Acabar com uma vida é diferente de comprar um quilo de carne embrulhado em plástico no mercado. Quem sabe em outra busca por suprimentos, eu encontre um restaurante com painéis solares que tenha mantido um freezer abastecido com carne para anos a fio ligado.

Pois é, vamos morrer de fome.

A ansiedade no meu estômago se contrai como uma cobra. Talvez eu possa mostrar ao Andrew como caçar, quando ele melhorar. Dizer a ele o que fazer, e ele pode ser aquele que puxa o gatilho.

Jogo uma panela de feijão no fogão e coloco um pacote de Pop-Tarts na bancada. Caímos num silêncio que me desagrada. Por isso, começo uma conversa fiada, enquanto mexo.

— Você saiu de Connecticut, e para onde estava indo? — Eu me lembro do endereço em Alexandria que caiu de seu livro. Com o canto do olho, vejo-o se empertigar levemente.

— Você não ouviu? — pergunta ele.

Ouvi o quê?

— Cheguei aqui no final de agosto. Se aconteceu depois disso, então não.

— Você sabe sobre a quarentena da Holanda e do Reino Unido, né?

Concordo com a cabeça. Quarentena total, com fronteiras fechadas, quem desobedecesse era baleado. A Itália fez isso depois — usando sua experiência com a covid-19, para tentar se antecipar à supergripe — e a Alemanha seguiu o exemplo.

— Aparentemente funcionou. Os números caíram, e dizem que eles estão enviando ajuda. Achei que deveria ir para o sul, e ver se a ajuda realmente vem.

— Onde você ouviu isso?

Ele fica em silêncio por um momento.

— De algumas pessoas na estrada. E há grafites em todos os lugares. Dizem: "DCA 10/6."

— O que isso significa?

— Eu não sabia no começo, mas aparentemente é o código de aeroporto para o Aeroporto Nacional Reagan, nos arredores de Washington. E 10/6 é dez de junho, a data em que a nova União Europeia deve chegar.

Então, Alexandria deve ser uma parada no caminho, ou apenas um marcador aleatório, e não significa nada.

— Se for a União Europeia chegando, não significaria seis de outubro?

Ele solta um suspiro alto atrás de mim.

— Foi o povo daqui que fez o grafite, Jamie.

Viro para olhar para ele, tentando descobrir se tudo isso é uma piada.

— Você realmente acha que tem alguém vindo?

Ele dá de ombros e, quando finalmente fala de novo, parece ficar na defensiva.

— Melhor do que não fazer nada. É o fim do mundo, *você* tem outro compromisso?

— É por isso que você decidiu andar pela selva e ser pego em uma armadilha de urso? — Eu quis dizer isso como uma piada, mas soou como se eu o estivesse repreendendo.

Por um momento, parece que ele fica prestes a gritar comigo. Porém, quando fala, sua voz é firme, calma.

— Saí da estrada principal porque não tem nada de melhor lá. *Nada* melhorou. Você está aqui há quanto tempo? Você não sabe como está lá fora.

— Desculpa, não foi isso que eu quis dizer.

— As pessoas lá fora não são como você, e talvez eu tenha tentado sair da estrada, para não ter que continuar... — Ele solta um suspiro frustrado e desvia o olhar. — Podemos mudar de assunto?

— Sim. Desculpe. — Mexo o feijão. — Você quer mais remédios para dor?

Ele não responde, a princípio, mas depois diz:

— Sim — e acrescenta, baixinho, quando saio da cozinha: — Por favor.

Não sei o que aconteceu com ele para fazê-lo sair da estrada. Ainda assim, o que quer que tenha sido, não parece ser algo de que queira falar, então acho melhor deixar para lá. Não é da minha conta. Ele está preso aqui até que se cure, e depois vai embora, de volta à estrada. Então, posso inventar outras maneiras de me distrair das lembranças e dos pesadelos.

Volto para a cozinha, entrego a Andrew os comprimidos — adicionando dois antibióticos — e um copo de água. Ele os engole e fica calado, enquanto continuo a reaquecer o feijão. Com o canto do olho, vejo que há pouca lenha empilhada no balde ao lado do fogão. Restam apenas mais três toras divididas.

O silêncio é constrangedor, e esta é a desculpa perfeita para sair.

— Tenho que ir pegar mais uns paus lá fora.

Assim que digo isso, espero que ele faça uma piadinha sacana.

Porém, tudo o que diz é:

— Tudo bem.

Eu estaria mentindo se dissesse que não fiquei um pouco decepcionado.

Quando saio para o pequeno deque da sala de jantar, o ar está denso de neblina. O deck brilha com a umidade, o que significa que a madeira também estará úmida. Foi bom ter saído para isso agora; dessa forma, ela tem algum tempo para secar em casa.

Abro caminho pela grama molhada até o galpão. A madeira continua empilhada em duas fileiras, ao longo de todo o comprimento de pouco mais de três metros do galpão. Desfaço o nó de uma das cordas elásticas que prendem a lona azul que cobre a madeira. Não derrubamos árvores para isso; foi tudo uma compra errada, de mais de um ano atrás. No inverno antes da supergripe, minha mãe encomendou quatro lotes de madeira, sem perceber que um lote tinha quase quatro metros cúbicos de madeira. Costumava cercar todo o galpão, mas agora só restam algumas fileiras.

Puxo parte da lona, para pegar alguns troncos partidos. Quando me abaixo para pegar a corda elástica da grama, para prender novamente a lona, paro.

Ali, na grama, ao lado da corda elástica, há quatro bitucas de cigarro. Engulo em seco e olho para as árvores que cercam nosso quintal. O nevoeiro está denso e inerte. Eu escuto, ignorando a pulsação de sangue em meus ouvidos, tentando ouvir galhos estalando, ou pés se arrastando, ou até mesmo a exalação áspera de uma respiração esfumaçada. No entanto, não há nada. Nenhum pássaro — todos provavelmente mortos pela supergripe —, nenhum inseto, ninguém.

Volto a olhar para as bitucas de cigarro. Quem as deixou deve ter ido embora há muito tempo. Mesmo assim, ficou aqui tempo o bastante para fumar quatro. E sabia o suficiente para se esconder atrás do galpão.

Talvez tenha me visto pela janela da cozinha e decidido ir embora. Sinto um aperto no peito.

Talvez Andrew tenha mentido e não esteja sozinho, afinal.

Recolho a madeira e sigo para a porta dos fundos novamente, procurando por movimento nas árvores ou na lateral da casa. Meus sentidos estão em alerta máximo. Empurro a porta de vidro deslizante com as costas da mão e uso minhas costas para fechá-la atrás de mim.

Andrew está mexendo o feijão, com a perna enfaixada mal tocando o chão. Ele se vira e ergue uma das sobrancelhas para mim.

— Achei que você tivesse se perdido no nevoeiro, e eu teria que comer sozinho essa caixa inteira de Pop-Tarts.

Sua brincadeira alivia um pouco a tensão no meu peito. Se ele estivesse com alguém, imagino que estaria mais preocupado com quem quer que fosse, e menos em fazer piadas sobre Pop-Tarts. E, além disso, não o deixariam entrar em uma casa estranha sozinho, enquanto ele estava ferido.

— Pobrezinho — digo, deixando cair a lenha no balde de metal, ao lado do fogão. — Pode se sentar de novo. Eu assumo daqui.

Ele pula, com cuidado, de volta ao seu lugar. O feijão está borbulhando. Em seguida, coloco dois Pop-Tarts na torradeira, e continuo mexendo, pensando nas bitucas de cigarro no quintal.

E no fato de que alguém poderia estar vigiando esta casa.

ANDREW

Depois do nosso brunch de Pop-Tarts e feijão — pois é, eca — Jamie pega nossos pratos e começa a lavá-los, o que faz eu me sentir um inútil.

— Posso ajudar? — pergunto, desesperado para que ele me dê algo para fazer. Mesmo que eu dê conta de nada, certamente vou tentar.

— Não, eu mandei você deitar e colocar o pé para cima — diz ele, olhando para mim, enquanto esfrega. — Se você quebrar sua outra perna, vou ficar muito puto.

— Deixe de ser egoísta, Jamie! — grito. — *Eu* sou a vítima aqui.

É uma piada arriscada, considerando que ele pode ainda não entender meu humor.

Felizmente, seu sorriso deixa claro que ele entende, sim.

— Sou eu quem vai ter que ficar ouvindo você gritar como uma menininha por causa da dor. Então a vítima sou *eu*.

— Não se fala mais "como uma menininha". Isso insinua que as meninas são fracas.

— Minha mãe solteira me criou sozinha por dezesseis anos. Depois, enquanto o mundo pegava fogo à nossa volta, ela me ensinou como administrar a medicação que você está tomando agora, a fazer esses curativos aí e a enfaixar uma perna. *Depois*, durante pelo menos as últimas trinta páginas do caderno em que ela escreveu como fazer tudo isso, ela estava doente e morrendo. E nem por um instante ela fez os sons que você fez ontem.

Seu sorriso é forçado agora.

Todos nós perdemos pessoas, portanto eu sei como ele se sente. Mais do que qualquer coisa no mundo, quero lhe dar um abraço. Quero correr pela sala, puxá-lo na minha direção, apertá-lo e agradecê-lo. Quero agradecer à sua mãe, por tudo que fez para preparar Jamie para esta vida. Quero contar a ele sobre minha família também; compartilhar nossa dor.

Provavelmente fico em silêncio por muito tempo, porque ele fala em seguida:

— Desculpa. Parecia muito menos sombrio na minha cabeça.

— Não. Na verdade, eu quero saber mais sobre ela.

— Minha mãe? — pergunta ele, surpreso.

— Ela parece ter sido uma moça inteligente. Além disso, talvez você possa compartilhar algumas das dicas de sobrevivência dela comigo. Já que sozinho não tem dado muito certo.

Quero saber mais sobre a mulher que criou esse menino gentil e doce, e, uau, esses comprimidos fazem efeito rápido.

— Talvez quando você realmente puder andar.

Ele seca as mãos e vem me ajudar a levantar e ir até a sala para deitar no sofá.

— Quanto tempo até eu esgotar minhas boas-vindas aqui? — pergunto.

— Se eu tivesse que chutar, diria doze horas atrás. — Ele me lança um sorriso, e eu semicerro os olhos para ele, tentando segurar meu próprio sorriso. — Não vou te expulsar enquanto você estiver pulando por aí em um galho de árvore. Que tipo de monstro você acha que eu sou?

Ele não é um monstro. Provou isso quando não atirou em mim. Aquele momento por si só foi suficiente para provar que ele não é como os outros que conheci. Não é como eu. Contudo, ele foi além disso. Ele continua me ajudando.

— Obrigado, Jamie.

Não sei mais como dizer. Há mais a ser dito, mas meu cérebro não está funcionando. Estou feliz demais. E dopado. Porque, mais uma vez — valeu, mãe do Jamie —, ela tinha só remédios de altíssima categoria.

— Não precisa me agradecer. Qualquer um faria isso.

Não é verdade. E ele sabe que não é, mas está bancando o indiferente. Como se ele não fosse o único a me ajudar desde que o mundo se tornou um lugar obscuro e o vírus matou todos que já amamos na vida.

Ele joga mais lenha no fogo. Em seguida, volta para a cozinha para terminar de limpar, e eu fecho os olhos por um tempo.

Minha barriga está cheia — quase —, estou aquecido na frente do fogo, os comprimidos estão criando uma agradável tontura na minha cabeça e, embora o latejar da perna não tenha ido embora, pelo menos agora não me importo com isso. Sorrio e, pela primeira vez em muito tempo, sinto gratidão por estar vivo. Por não estar sozinho.

Abro os olhos quando Jamie entra. O sorriso pateta continua no meu rosto.

— Você está bem? — pergunta ele, também sorrindo.

— Estou bem — respondo.

Ele parece estar tentando não rir, enquanto se senta na poltrona à minha frente. É a poltrona dele. Todos os móveis desta casa são dele, mas aquela é a poltrona dele. Eu tenho meu sofá, e ele tem a poltrona dele.

Ai, meu Deus, muda de assunto.

— O que é que você ficava fazendo aqui todos os dias antes de eu aparecer? — pergunto, imaginando-o sentado em *sua* poltrona, sozinho.

Ele pensa por um momento.

— Hum... caçando? Passei muito tempo estudando o caderno da minha mãe.

— Sempre preparado. Todo escoteirinho você, né? — Minhas palavras estão saindo arrastadas ou é impressão minha?

— Não fiz muita coisa além disso.

— Não pode ser isso. Você descreveu, tipo... uma hora de atividades. Nove da manhã, acordar, atirar em Bambi, estripar Bambi, congelar Bambi, cagar, tricotar um suéter, ler o caderno; dez da manhã, olhar para as paredes.

Seu sorriso se alarga, mostrando os dentes bonitos e retinhos, e sinto vontade de perguntar se ele usou aparelho quando criança. Imagino que sim. Azul-escuro, para combinar com seus olhos.

Ele dá um tapa na testa e diz:

— Esqueci a hora do tricô das nove e quarenta e cinco da manhã.

— Sério. Você ficou por aqui, sozinho, sem fazer nada além de caçar cervos? E no inverno, quando fica frio demais para sair?

Ele faz uma pausa, franzindo os lábios.

— Você tá bem chapado, né?

— Estou flutuando em órbita, com a Estação Espacial Internacional, não muda de assunto. — Faço uma pausa, *mudo de assunto* e arregalo meus olhos.

— Você acha que eles ainda estão lá em cima? Sozinhos no espaço, sem poder voltar para cá? Sem nenhuma ideia do que aconteceu com a família deles?

A família deles. Minha mente sempre volta para as famílias espalhadas pelo mundo, sem saber quem ainda está vivo e quem morreu. Ou como morreram. Todo o calor e conforto que eu estava sentindo se foram, porque meu foco voltou à minha perna. A única coisa que me impede de sair deste lugar e deixar outra família saber quem morreu.

E como.

As sobrancelhas grossas de Jamie se erguem.

— Eu nem tinha pensado neles antes deste momento, para ser sincero. Mas, sim, eu acho que estão.

— Merda.

— Eles devem saber pelo menos um pouco do que está rolando. Talvez tenham sido trazidos de volta, antes que o pessoal da NASA começasse a faltar ao trabalho por causa da doença.

— Pode ser.

Agora não consigo parar de pensar nisso. E as pessoas embaixo d'água, em submarinos que passam meses a fio sem vir à superfície? E as pessoas em um centro de pesquisa na Antártida? Me lembro de ler sobre uma ilha protegida na costa da Índia, que abrigava a comunidade mais isolada do mundo. E eles? Será que alguém lá sabe o que aconteceu?

— Espera, tem mais uma coisa que eu fazia.

Jamie se levanta e caminha até um console sob a janela, com vista para a varanda da frente. Me apoio nos cotovelos e o observo, enquanto ele abre os armários centrais e levanta a tampa de plástico de um toca-discos. Percebo, pela primeira vez, os alto-falantes na parte superior do console.

— Discos de vinil... uma vibe bem hipster do Brooklyn. Espera, qual é a área mais hippie da Filadélfia?

Ele ergue os ombros e dá meia-volta, as narinas dilatadas.

— Como você ousa?!

Dou uma risada, porque até as tentativas de Jamie de parecer ofendido são engraçadas. Ele sorri e volta a folhear os discos.

— Você tem alguma preferência?

— Qual é o seu favorito?

Ele tira um disco. Sem me mostrar, o coloca na vitrola, liga e posiciona a agulha no vinil giratório. Suas mãos grandes e delicadas se movem lentamente e com muito cuidado. Como se estivesse desarmando uma bomba, que poderia explodir a qualquer momento.

Ele coloca a capa do disco em cima do console e volta para a sua poltrona. O silêncio antes da música soa estranho, crepitante e cheio de estalos. Como se tivesse sido tocado com frequência. A voz profunda de uma mulher chega primeiro, depois o som de um baixo, piano e gaita entram em ação.

Deito no sofá, ouvindo a letra e a música. É lenta e relaxante. Olho para Jamie. Ele está com os olhos fechados, e seus lábios se movem suavemente.

Sorrio, enquanto o vejo pronunciar as palavras. Ele só abre os olhos quando a cantora solta a nota longa final. Ao me ver, ele fica vermelho, sorri e desvia rapidamente o olhar. A segunda música começa com baixo e gaita, e é um pouco mais animada.

— Desculpe, essa era a cantora favorita da minha mãe, por isso cresci ouvindo esse disco.

— Quem é? — pergunto.

— Nina Simone. Adoro a voz dela. Ela deveria ter ido para uma faculdade de música na Filadélfia nos anos 1950, mas não a deixaram entrar porque era negra. Ela arrasou na audição, mas eles não queriam aceitar uma cantora de *jazz* como a primeira aluna negra — ele diz *jazz* como se fosse uma palavra suja.

— Cretinos racistas.

— Só que ela deu uma lição neles. Conseguiu um emprego num bar e acabou se tornando um dos maiores nomes da música. Você certamente já ouviu as músicas dela. Mesmo que esta seja a primeira vez que você ouve a sua voz.

Paramos de falar e ficamos ouvindo. De vez em quando, ele canta um trechinho e acena com a cabeça ou move os lábios durante a parte favorita. Ele me conta sobre as músicas e performances dela. Enquanto fala, sei que deve ter sido assim que sua mãe falava dela também. Compartilhando esse conhecimento com o filho.

— Se eu fosse menina, minha mãe disse que meu nome seria Nina, por causa dela.

— Então posso te chamar de Nina?

— Se você acha que deve.

A música corta para arranhões e estouros de vinil, e ele se levanta para virar o disco. Quando se senta de volta, pergunto:

— Bom, Nina, como você era, antes de ter que se tornar uma sobrevivente fora do sistema?

Ele sorri.

— Um estudante com médias 8,5, às vezes 9,0, com um emprego de meio período em uma sorveteria. E você?

— Um estudante com pretensões artísticas, uma veia rebelde e uma significativa falta de supervisão dos pais.

— Parece divertido.

Faço uma pausa e digo:

— Na época, acho que era. Minha mãe morreu primeiro. Foi bem no começo. Eles sabiam do vírus, mas quando descobriram como era grave, ela já estava praticamente morta. — Nina Simone continua cantando enquanto falo. — Depois disso, até que ficamos de boa. A gente fazia tudo certinho: limpava as compras, mantinha distância de outras pessoas. Mas depois de um tempo, meu pai ficou doente e foi embora. Não sabíamos para onde ele tinha ido. Eu o ouvi tossindo no meio da noite. Aquela tosse, sabe?

Claro que sabe. É uma pergunta idiota.

— Enfim, teve uma hora que a tosse parou, e eu deduzi que ele tinha caído no sono. Quando acordei, a casa cheirava a água sanitária, e havia um bilhete na mesa da cozinha. Dizia que ele estava doente e tossindo sangue. Ele nos disse para não procurá-lo e para ficarmos em casa. Acho que foi... em agosto, talvez setembro? Sei lá, o tempo estava meio nebuloso naquela época. Minha irmãzinha ficou doente em novembro.

Disso eu lembro, porque foi depois que a internet caiu.

Pensando assim, pode não ter sido uma boa ideia deixar meu único abrigo no meio do inverno. Isso eu admito. Tentei evitar o máximo que pude, mas ficar sozinho naquela casa... Eu não tinha como enterrá-la, porque o chão estava congelado, e não podia deixá-la do lado de fora, sujeita ao clima e aos animais.

Depois, quando não aguentei mais, eu a deixei em seu quarto, debaixo das cobertas. Disse meu adeus e fui embora.

— Então... você não vê ninguém desde novembro? — pergunta ele.

Há uma hesitação em sua voz que não consigo entender direito.

— Sim.

Parece rude mentir — ainda mais com uma mentira tão deslavada assim —, mas é melhor manter a positividade.

— Qual era o nome dela?

A pergunta me pega desprevenido.

— Da minha irmã?

A maioria das pessoas pararia, com medo de arrastar uma conversa mórbida e desconfortável. Jamie não — ele me pergunta à queima-roupa.

Fico feliz em dizer o nome dela.

— Elizabeth.

— Como ela era?

Dou um sorriso. Isso é ainda melhor.

— Muito esperta. E *engraçada*. Meus pais... — estou falando demais e paro de forma abrupta. Lágrimas deixam minha visão turva, para combinar com minha mente dopada de comprimidos. — A Lizzie me entendia. Não era como eles.

— Sinto muito.

Dou de ombros.

— Já passou. Não podemos fazer nada quanto a isso agora. Eu estava ao lado dela, por todo o tempo em que ela ficou doente. Limpei sangue, merda e vômito, e ainda estou aqui. Se eu não for imune... então não entendo mais nada.

Não quero continuar falando disso. Os remédios atenuam a dor física, mas não fazem nada pela emocional. Na verdade, parecia piorá-la. Tudo parece mais pesado.

— Pensamentos felizes — digo. — Não estou mais voando, e preciso de pensamentos felizes para voltar lá para cima antes que minha perna comece a doer outra vez.

Ele sorri.

— Filme favorito?

— Você primeiro.

Ele dá de ombros.

— Sei lá ... *Vingadores: Ultimato*?

— Eca. — Meneio a cabeça. — Típico de héteros. *Tsc-tsc... Ultimato*.

E pronto, a informação foi lançada, simples assim. Fora do armário e dentro do mundo. Meu coração dá um pulo, e estou com medo. E se ele me expulsar? Merda, e se ele me matar? Não dá para exigir direitos humanos quando não há lei nenhuma rolando. No entanto, ele nem se abala. Talvez não tenha percebido o que falei?

— Então, fala — diz ele. — Qual é o seu?

— *Um Corpo Que Cai*.

— Nunca vi.

Lógico que não.

— Não me surpreende. Eu sou esquisito. Só conheço esse porque meu pai era um grande nerd de cinema. Ele fazia a gente assistir aos velhos clássicos em família nas noites de sábado. Cada um de nós tinha uma semana para escolher, mas a única regra do meu pai, quando era a minha vez ou a da minha irmã, era que o filme tivesse mais de dez anos.

— Por que dez anos?

Dou de ombros.

— Começamos quando eu tinha dez anos, e ele queria me expor a filmes feitos antes de eu nascer. Virou regra.

— Então você não tinha chance de assistir a nenhum filme novo? — Ele semicerra os olhos. — Você chegou a ver *Ultimato*?

— Filmes novos eu via com amigos. Para a noite de cinema em família, eram apenas os mais antigos, a menos que ele ou minha mãe escolhessem. *Um Corpo Que Cai* foi um dos poucos que meu pai escolheu que eu realmente curti. É do Hitchcock, feito em 1958. Todo mundo adora *Psicose* ou *Intriga Internacional*, mas *Um Corpo Que Cai* é todo sobre masculinidade tóxica, pelo próprio Mestre da Masculinidade Tóxica.

— Eu vi o remake de *Psicose*, na Netflix.

Faço uma careta.

— Você me enoja.

Ele sorri.

— Comida favorita?

— Lasanha. E a sua?

— Sorvete.

— Sorvete não conta, *Jamie*, é sobremesa.

— Não significa que não seja comida.

— Vou repetir, você me enoja. — Ele ainda não falou sobre o meu deslize.

— Tipo de encontro favorito.

— Cinema, depois jantar.

— Muito inspirador. Você deve ter sido um grande sucesso com as mulheres.

Será que esse é meu jeito de investigá-lo? Será que estou tentando ver se Jamie tem algum possível interesse em mim? Que primeiro encontro mais adorável para contar aos nossos netos adotivos pós-apocalípticos! *Vovô apontou uma arma para o vovô, depois de ele ter pisado numa armadilha de urso!*

Não, seria loucura, porque quais são as chances de eu pisar numa armadilha de urso *e* conhecer outro cara gay no meio da floresta da Pensilvânia, depois do apocalipse viral? Antes da tv sair do ar — porque a internet foi primeiro —, a maioria das estimativas dizia que mais de dois bilhões de pessoas haviam morrido no mundo. Estou chapado demais para fazer as contas, mas com esses números, quantas pessoas *queer* da minha idade poderiam ter sobrado?

— Tudo bem, espertinho — diz ele, me puxando para fora daquela espiral descendente de pavor existencial *queer*. — Como seria um grande encontro para você?

— Vinte e cinco de abril.

Ele me encara, como se não entendesse.

— Pelo amor de Deus. Jamie, você entenderia essas referências se assistisse a qualquer coisa fora do Universo Cinematográfico da Marvel.

— É um filme? Não entendi.

Dou um grunhido e me apoio nos cotovelos mais uma vez.

— Piquenique sob as estrelas, em um parque.

— Ah, verdade, você é de Connecticut. Não dá para ver estrelas na Filadélfia.

Os analgésicos encapsularam totalmente meu cérebro em uma onda de dormência, então falo antes mesmo de perceber o que estou fazendo.

— Você tinha namorada, antes de tudo isso acontecer?

Ele para por um instante.

— Tinha.

— Ela morreu?

— Morreu.

— Sinto muito.

— E você?

Observo seu rosto. Ele realmente está me perguntando se namorava uma garota? Será que ele não percebeu mesmo o comentário do "cara hétero"?

— Eu era solteiro, felizmente… ou infelizmente. Depende do ponto de vista.

— Felizmente.

— Será que eu devia perguntar sobre ela?

Sei que a resposta provavelmente é não, mas ele responde mesmo assim.

— O nome dela era Heather. Começamos a namorar em abril do ano passado. Ela morreu na primeira semana de junho. Ainda estava bem no início de tudo, então liberaram o corpo para um funeral. Uma semana depois, e provavelmente a teriam jogado em uma vala comum, assim como os outros. — Ele faz uma pausa, enquanto Nina continua a cantar. — Ninguém mais apareceu. Éramos só eu e os pais dela. Todo mundo estava doente ou com medo de ficar doente.

A imagem de Jamie sentado sozinho no funeral dessa coitada, vestindo um terno mal-ajustado, parte meu coração.

— Eu me senti mal por eles, mas depois não sabia o que fazer, por isso simplesmente não falei com eles. Eles ainda podem estar vivos. Eu deveria ter falado com eles, antes de vir para cá com minha mãe.

Sei como é. Essa necessidade de ver como as pessoas estão porque sentimos que devemos algo a elas. Penso no endereço em Alexandria e sou inundado por um tsunami de culpa. Talvez eu esteja ficando acomodado demais aqui.

— Desculpa — diz ele, olhando para mim. — Pensamentos felizes.

A névoa confusa de analgésicos me ajuda a esconder a culpa. Não, não esconder. Ela continua aqui, mas posso ignorá-la um pouco mais. Parece mais fácil fingir que não há nada de errado.

— Sim, felizes. — Paro e dou um sorriso quando uma ideia surge na minha cabeça. — Tá, é o seguinte: você vai fazer um curso intensivo de filmes que não são da Marvel.

— Eu *já vi* outros filmes.

— O *Miss Simpatia*, não.

— Esse é o título do filme?

Ah, pelo amor de Deus. Esse garoto não tem jeito. Ele tem é muita sorte de eu estar aqui com a perna toda estourada.

— Sim, Jaime. Esse é o título. E você tem que imaginar Sandra Bullock, quando... Você sabe quem é Sandra Bullock, né?

— A moça daquele filme dos olhos vendados.

Fico boquiaberto. *Essa* é a referência de Sandra Bullock que ele tem?

— Enfim! *Miss Simpatia*... Sandra Bullock está em um restaurante russo, disfarçada. Não, não, espera, há um flashback com algum desenvolvimento de personagem importante, que eu tenho que explicar primeiro.

— Esse filme é *ótimo*.

— Cala a boca, você vai adorar.

Em seguida, conto a ele o filme inteiro, do começo ao fim. Ele não me interrompe nem uma vez sequer, para dizer que é estúpido ou que está entediado, nem mesmo quando as drogas atrapalham um pouco minha memória, e eu estrago a estrutura por causa de uma piada ou quando tenho que pensar um pouco mais, para lembrar o que acontece em seguida.

O único problema é que ele não ri. Ele sorri ou solta aquele arzinho pelo nariz, mas não ri nenhuma vez.

É como se ele não conseguisse mais.

JAMISON

É esquisito ter Andrew aqui em casa, mas no bom sentido. Ele está aqui há pouco mais de uma semana, e nós meio que entramos numa estranha rotina doméstica. É como se ele estivesse aqui há muito mais tempo.

Na verdade, acho que é porque ele me lembra do meu amigo Wes. Não que sejam parecidos, de maneira nenhuma. Eles, inclusive, têm o senso de humor bem diferente um do outro — Andrew é sarcástico e tem um humor ácido, enquanto Wes adora contar piadas dignas do tio do pavê. Porém, quando Andrew conta uma piada brega, é divertido reagir da mesma maneira que eu fazia com Wes.

Ainda há algo em Andrew que parece familiar, como se fôssemos amigos desde crianças. Porque é isso que somos agora. Amigos.

Pelo menos é o que eu espero, já que estou em uma loja de materiais de construção saqueada, procurando um presente para ele. Essa não é a principal razão de eu estar aqui — está ficando mais quente, e eu queria encontrar sementes para plantar no quintal —, mas pensei em dar uma olhada já que estou aqui.

Me sinto meio mal por ter que deixá-lo sozinho na cabana, mas achei que seria bom dar a ele algum tempo sozinho.

O inchaço na perna dele diminuiu, mas vejo quando estremece e faz caretas por causa da dor. Ele nunca desacelera. É como se não se permitisse descansar. Posso estar errado, mas parece que ele está ansioso para ir embora, e tentando aprender a lidar com a dor para poder ir embora mais cedo. Tentei lhe dar alguns comprimidos antes de sair, mas ele recusou, porque eles o estavam deixando com prisão de ventre na semana passada.

E agora sei por que parece que somos amigos desde sempre. Andrew não consegue deixar de falar *tudo* o que lhe vem à mente. Até mesmo as coisas mais íntimas.

Dou um sorrisinho quando tenho uma ideia. Deixo a seção de jardinagem interior — com as sementes farfalhando dentro das embalagens de papel na minha mochila — e sigo para o corredor de encanamento. No meio do corredor, encontro os desentupidores, e meu sorriso aumenta. Ele definitivamente vai fingir ficar ofendido enquanto pensa que é a coisa mais idiota e engraçada do mundo. Uma combinação do humor de Andrew e Wes. Sarcástico e brega.

Agora, só tenho que decidir se levo o mais barato, US$ 2,99 em preços pré-pandemia, ou o mais caro, US$ 17,99.

Contudo, antes que eu possa começar a pesar os prós e contras humorísticos, o som de vidro sendo pisado me arranca dos meus pensamentos.

Depois, vozes. Abafadas, mas claras.

Me agacho, corro na direção oposta pelo corredor e contorno a ponta de gôndola desarrumada. As vozes ecoam pela loja, mas não consigo ouvir o que estão dizendo. Meu coração dispara, e, devagar e silenciosamente, ponho a mochila no chão, abro o zíper e tiro a arma.

Andrew ficou com o rifle na cabana; verifiquei duas vezes se estava carregado e expliquei como atirar, mas na hora ele parecia que mal estava prestando atenção. Eu deveria ter contado a ele sobre as bitucas de cigarro, dito que havia alguém por perto. Todos os dias, quando saía para pegar mais lenha, eu contava as bitucas. Sempre quatro.

Deduzi que, quem quer fosse, tinha parado ali e saído já fazia muito tempo. Talvez estivessem à procura de uma casa vazia e saíram quando perceberam que não estava.

Agora, no entanto, estou começando a pensar que há mais sobreviventes na área do que eu pensava inicialmente.

Há pelo menos duas pessoas conversando. Não consigo contar seus passos. Ainda assim, dois já me superam em número, e isso é o suficiente para fazer minhas mãos tremerem, enquanto puxo a mochila.

— Ei, Howie! — A voz me faz pular, porque não é um dos dois que estão sussurrando. Este está a apenas alguns corredores de mim. — Por aqui.

As vozes começam a soar mais próximas. Levanto a arma ligeiramente, pronto para atirar, se for preciso. Sinto um aperto no peito, e fica difícil respirar. A pulsação nos meus ouvidos bloqueia o som de seus passos.

Examino os corredores vazios e escuros. A seção de pintura está à minha esquerda, atrás de mim fica a de madeira — mas toda a madeira se foi, e os corredores estão vazios.

Há um breve som de plástico se arrastando, e o barulho de metal caindo no chão quase me faz pular para fora da minha pele. Eles estão no próximo corredor.

Pego o final de uma conversa de mais longe. É uma mulher.

— ... mais em fortificar do que nisso.

— Não podemos fazer as duas coisas? — pergunta um homem.

— Aparentemente, não. — Ela parece irritada. E mais próxima. Eles estão dois corredores à frente.

E vindo em minha direção.

Os fachos de suas lanternas passam rapidamente pelo chão, cada vez maiores. Eu viro, e entro no corredor mais próximo, enquanto a luz passa sobre o chão onde eu estava parado.

— Quer dizer — continua a mulher. Sua voz é mais baixa, como se, quanto mais perto ela estivesse do corredor de encanamento, menos ela quisesse que o primeiro cara ouvisse. — Precisamos fazer algo. O inverno provavelmente fez as pessoas ficarem em casa, mas elas podem começar suas buscas agora que o clima está esquentando.

— Mas Chad também diz que temos um pequeno intervalo para configurar a irrigação, se quisermos obter as colheitas de que precisamos. Não dá para ter cem pessoas andando com regadores o dia todo.

Cem pessoas.

— Howie — diz ela em tom de aviso.

Howie responde no mesmo tom.

— Raven. — Eles param de andar a poucos metros de mim, prestes a entrar pelo corredor de encanamento. — Sim, há mais gente por aí, mas precisamos de comida.

Raven interrompe.

— Não estou dizendo que não, mas precisamos ser capazes de *proteger* o que temos.

— Ou aumentamos nossos números, trazendo mais pessoas para se juntar a nós. Mas elas não irão, se não tivermos como alimentá-las. Ou a nós mesmos.

Raven suspira, como se não estivesse convencida.

— Além disso — diz Howie, com certo tom de provocação na voz —, já votamos. Foi você que quis a opinião de todos.

Raven ri.

— Pois é, para você ver como o tiro saiu pela culatra.

— É para hoje, gente! — chama o primeiro cara, do final do corredor.

Parece que ele está fazendo força. Há som de plástico batendo contra plástico.

— Calma aí, Jack, estamos chegando — diz Howie, virando no corredor.

— Está tentando ferrar suas costas, é? — pergunta Raven.

— Não estou tentando fazer parte da equipe de escavação de trincheiras — diz Jack. — Além do mais, foi você quem deixou o garoto na caminhonete.

— Ele é um atirador melhor do que Raven — diz Howie, enquanto resmunga e pega algo.

— Ele teve sorte *uma vez*.

Raven e Howie discutem sobre um dos membros de sua equipe ser melhor atirador, enquanto carregam o que parecem ser canos de PVC. Enquanto eles levam a primeira carga para a picape e as vozes ficam quase inaudíveis, corro para os fundos da loja.

Não quero esperar que eles voltem e decidam o que mais podem precisar pegar. Especialmente quando dois deles estão aparentemente prontos para atirar em qualquer um que aparecer.

Uma pequena fresta de luz do dia se infiltra através do batente da porta dos fundos. Estico as mãos na escuridão, e procuro a maçaneta, esperando que ela esteja trancada. Contudo, a porta se abre facilmente e guincha nas dobradiças enferrujadas.

Pisco sem parar enquanto meus olhos se ajustam à luz do sol. A fechadura parece ter sido arrancada com um pé de cabra; a porta está entortada e quebrada por fora. Puxo um bloco de concreto quebrado, e o apoio contra a porta, para que não feche. Em seguida, dou uma última olhada dentro da loja escura.

Por um momento, penso nas pessoas lá dentro. Elas devem morar perto. Também estão cultivando alimentos. Elas têm planos e votações e, ao que parece, líderes.

No entanto, também têm armas e esperam ter que usá-las. Elas até têm um "garoto" lá na frente, cuidando da picape, porque ele é um atirador melhor do que os outros. A ideia me deixa enjoado.

Posso ouvir Raven e Jack conversando da frente da loja. Então me viro e me abaixo nas árvores atrás do shopping, olhando ao redor rapidamente e atento a qualquer movimento. Mesmo quando chego à estrada do outro lado, fico abaixado.

São duas horas de caminhada de volta para a cabana — teria sido mais rápido se eu tivesse pegado uma das bicicletas do galpão. No entanto, eu queria poder me esconder na estrada, caso visse alguém. Além do mais, assim dá tempo para pensar no que poderia significar nos juntarmos a outra comunidade.

Talvez Andrew e eu fôssemos bem-vindos, mas depois imagino nós dois posicionados do lado de fora de outra loja ou de uma mercearia que não tenha sido completamente saqueada. Armados e com o compromisso de atirar em qualquer outra pessoa que passasse.

Mesmo sob a luz do sol quente, essa ideia me dá calafrios.

Eu nunca seria capaz de me juntar a um assentamento tão disposto a acabar com a vida de outras pessoas, depois de tudo o que passamos com a supergripe. Se as notícias estavam perto da verdade quanto às estimativas de número de mortos, então restou pouquíssima gente. Talvez Andrew pudesse se juntar a elas. Afinal, ele estava indo para o Reagan National.

E aí, talvez, eu fosse ficar sozinho.

Os calafrios retornam, só que acompanhados de algo mais. Um pesar. A ideia de Andrew ir embora e eu ficar sozinho novamente cria um buraco no meu peito, como se todos os meus órgãos vitais tivessem desaparecido.

Tenho que contar a ele, deixar que ele decida se deve sair e se juntar a esse grupo, se quiser. Porque é claro que ele iria querer.

Não vou dizer nada. Pelo menos ainda não. Não quero preocupá-lo com a possibilidade de haver outros sobreviventes ao nosso redor. Porém, mais importante ainda, não quero que ele vá embora.

ANDREW

JAMIE ESTÁ ATRASADO. EU ME LEVANTO DA cadeira na varanda em frente à casa e vou mancando para dentro, para verificar a hora no relógio pendurado na parede da cozinha. São quase três e meia da tarde. Ele deveria ter voltado uma hora atrás.

Volto para a varanda e me sento no topo dos degraus da entrada, de modo que minha perna fica logo acima da fêmea de gnomo de jardim. Flexiono os músculos da perna ferida, e há aquela pulsação familiar de dor, mas que agora não passa de um incômodo persistente. Dobro meu joelho e coloco um pouco de peso no calcanhar. A dor aumenta um pouco, mas é suportável.

Penso em ficar de pé e tentar caminhar. Se não estiver realmente quebrada, talvez seja apenas uma lesão muscular, e andar seria melhor. Posso ir embora agora... ou amanhã, e voltar à estrada. No entanto, se *estiver* quebrada — como Jamie supõe —, e ainda não totalmente curada, posso arruinar qualquer progresso que já fiz.

E não posso arriscar isso. Especialmente porque Jamie está atrasado.

— Ele está bem, né? — pergunto ao gnomo.

A estátua não responde, porque provavelmente tem um sexto sentido de gnomo e sabe que ele foi baleado, e largado em uma vala na beira da estrada. Talvez a ovelhinha em seu colo tenha dito a ela.

Meu estômago se embrulha, em uma combinação de medo e fome. Não almocei, porque seria uma grosseria comer a comida de Jamie sem ele, mas eu também estava ansioso demais. Ele pegou o revólver, e deixou o rifle para mim — e eu provavelmente sou péssimo em atirar, de qualquer maneira —, mas ainda estou preocupado com ele.

Só que eu não deveria estar. E daí? Quem se importa se ele acabar assassinado por alguém, e se eu ficar em sua casa para me recuperar sozinho, até que possa encontrar os Foster em Alexandria? O problema é que a preocupação em meu interior me diz que, sim, com toda a certeza do mundo, eu me importo.

Me importo, porque Jamie me ajudou quando ele não precisava fazer isso; e porque é gentil, meigo e tem um sorriso adorável; e... E às vezes, quando ele coloca o braço ao meu redor para me ajudar, fico com aquela sensação palpitante no peito, que torna difícil respirar.

E depois, às vezes, quando não consigo dormir, imagino ficar aqui para sempre e deixar de lado minha missão em Alexandria. Por que eu deveria viajar para tão longe, apenas para dar más notícias para uma família? Todos nós tivemos más notícias. A má notícia é o único tipo de notícia pós-vírus. *Ô, gente, sinto muito que seus pais estejam mortos, mas só queria que vocês soubessem!*

A culpa deixa meu estômago ainda mais embrulhado. Porém, ficar aqui, com Jamie, é uma bela fantasia. A culpa é substituída pela sensação palpitante novamente, e isso não é tão ruim...

Não. É uma fantasia idiota. Desço os degraus e coloco meu pé no cascalho, ao fim da escada. Só vou testar. O negócio é usar o corrimão para me equilibrar, e colocar um pouco de peso na perna. Se chegar perto daquele primeiro dia de dor, vou me sentar.

O cascalho estala no final da entrada, e eu fico tenso. Meu corpo queima, com uma mistura de empolgação e medo. Jamie chegou em casa ou...

No entanto, são os olhos de Jamie que eu vejo, quando ele faz a curva lá na frente. Depois, seu sorriso que, pois é, traz a sensação palpitante novamente.

Ele me dá um aceno rápido, e seu olhar cai para minha perna.

— Você está atrasado.

Cruzo os braços.

— Desculpa.

— Eu queimei o jantar.

— Bom, mas só porque você é um cozinheiro de merda.

Eu bufo, e ele me dá um sorrisinho enviesado.

— Sério — digo. — Deu tudo certo?

Ele abre a boca, como se fosse dizer algo, mas se detém. Em seguida, tira a mochila das costas e a coloca no pé da escada. Ele se agacha, abre o zíper e tira um punhado de livros de bolso com adesivos de biblioteca.

— Parei na biblioteca da cidade, no caminho de volta — diz ele, entregando os livros para mim, e, com sorte, sem perceber como fiquei todo vermelho. — Eu não tinha certeza do que você queria, então meio que julguei pela capa.

— Você sabe que é errado fazer isso, né? — Dou-lhe um olhar presunçoso, e ele encolhe os ombros. Esse menino fofo salvou minha vida, me deu comida e agora me dá histórias. Sério, do que mais alguém poderia precisar? — Valeu. — Aponto um dos livros para ele. — Mas isso não significa que você possa economizar na sua educação cinematográfica. Você é carente de uma forma repugnante, em termos de cultura pop.

Ele pega os livros.

— Tá bom, tá bom. Então vamos fazer algo para comer, e você pode explicar mal outro filme para mim.

— Cuidado com a boca!

Ele tenta esconder outro sorriso, e falha. Em seguida, estende a mão para me ajudar a levantar. E, bem na hora, chega o trem expresso da dificuldade-para-respirar. Ele me deixa subir as escadas primeiro e estende as mãos para me segurar caso eu caia.

— O resto de sua viagem foi *frutífero*? — pergunto.

— O quê? Como assim?

Viro para olhá-lo, porque ele parece desconcertado. E, sim, até mesmo seu rosto parece confuso, sem saber se ele deveria estar sorrindo, preocupado ou com medo.

— As sementes? — digo. — *Frutí*fero. Tipo, encontrou vegetais e frutas, sabe?

— Ah. Sim.

Ele deveria ter tirado sarro de mim por essa piada. Revirado os olhos ou fingido ânsia de vômito, como sempre faz.

— Você está bem?

Jamie dá um sorriso educado.

— Sim, apenas cansado. E faminto.

— Então você relaxa, e eu vou fazer o jantar.

— Eu não acabei de dizer que você é um cozinheiro de merda?

— Meu Deus do céu. Jamie, você vira uma megera quando está com fome.

Ele ri — apenas uma risada leve pelo nariz — e deixa a mochila na porta.

— Ei — diz ele, quando chego à porta da cozinha. — Por que você não trouxe a arma aqui para fora com você?

Olho para ela, encostada na parede da porta da frente, e dou de ombros. Porque eu realmente não queria ter que usá-la. E se eu a tivesse trazido, e outra pessoa viesse naquela calçada, eu teria usado.

— Estamos no meio do nada. Quem iria aparecer? — Jamie apenas encara o rifle. — Eu não gosto... — Ele para. — Deixa para lá.

— Não gosta do quê?

Ele abre a boca e olha para mim. Suas bochechas ficam rosadas, e ele balança a cabeça.

— Nada. É que eu fico preocupado, só isso.

Ele se preocupa? Comigo? Minha boca fica seca, e eu entro na cozinha, para esconder minhas bochechas coradas.

— Senta aí — grita Jamie, enquanto pendura o casaco em um gancho atrás da porta. Depois, me segue até a cozinha. — Você me deixa nervoso, andando por aí o tempo todo. Não vai melhorar se não descansar.

Então ele *realmente* se preocupa comigo.

— Você é um paciente muito teimoso — diz ele, jogando uma tora de lenha no fogão. — Por que é que continua forçando essa perna?

Porque, no fundo, eu sei a verdade. Que não posso ficar aqui para sempre. Por mais maravilhoso que seja ter um garoto fofo e legal cuidando de mim, eu tenho que ir. Quanto mais tempo fico, menor fica minha chance de chegar a Alexandria, até dez de junho. E já tive tantos contratempos.

Fico obcecado com todas as possibilidades que terei depois de sair daqui e ir para Alexandria. Eu poderia chegar e encontrar a casa vazia; talvez os Foster já tenham partido para encontrar seus pais. E há também essa nova opção que venho considerando, de ir direto para o Reagan National e tentar viver como foragido. Depois, eu me imagino encontrando os Foster em qualquer comunidade que a União Europeia ajude a estabelecer, e tentando ignorar a culpa. Tentando fingir que minha vida está bem enquanto eles sofrem, sem nunca entender o que aconteceu.

Outra possibilidade é eu chegar lá, e eles estarem vivos, e eu ter que contar o que aconteceu em Nova Jersey. Como seus pais morreram.

Ou então, posso chegar a Alexandria e os Foster já estarem mortos desde antes mesmo de eu conhecer seus pais.

Porém, não posso contar nada disso a Jamie, porque ele vai me expulsar, ficar com medo de mim ou vai tentar me fazer sentir melhor. E não sei qual dessas seria a pior opção.

— Porque me sinto um peso morto por não fazer nada — digo.

— Bom, aceita que dói menos e supera de uma vez. — Seu tom é de brincadeira, mas talvez ele esteja certo. Sento-me à mesa da cozinha, enquanto ele vasculha os armários. — Que filme você vai me contar, enquanto preparo nossa comida?

— Por que você não me conta um? — digo. — Pode ser até o *Ultimato*, se quiser.

Ele finalmente abre um sorriso.

— Não sei contar que nem você. Só lembro das cenas importantes, tipo quando todo mundo que morreu volta no final.

E não seria bom se isso pudesse acontecer na vida real?

— Tá bom — digo. — Mas você tem que me ajudar. Eu só vi, tipo... trinta vezes, por isso não me lembro de tudo.

Ele olha por cima do ombro.

— Ao contrário das oitenta vezes que você assiste a todos os outros filmes, para memorizá-los?

— Exatamente. Então vamos começar. O Capitão América está na reunião do Blipados Anônimos, certo?

— Não. — Ele olha para mim. — O Homem de Ferro está preso no espaço, com a Nebulosa.

— Viu? Você é um talento nato!

E conversamos sobre a maior parte do filme juntos. Fico surpreso quando Jamie realmente me ajuda com a cena que esqueci — especificamente, a cena do taco, com Banner e Homem-Formiga. Mais ou menos na metade do salto temporal, e depois do nosso almoço, Jamie começa a parecer um pouco entediado.

— Qual é o problema? — pergunto.

— Só estou cansado, desculpa.

— Então vai se deitar, eu limpo aqui.

Estendo a mão para pegar seu prato, mas ele segura meu pulso gentilmente.

— Vou limpar mais tarde, não se preocupa com isso.

Ele me solta, mas minha pele ainda parece estar em chamas onde tocou. Quando olho em seus olhos, ele parece cansado, e agora sou eu que me preocupo com ele. E me preocupo com o que vai acontecer se eu for embora.

Ele se levanta e coloca nossos pratos na pia. Em seguida, estende a mão, para me ajudar. Eu a aceito.

E começo a pensar no que vai acontecer, se eu ficar.

JAMISON

Há pacotes de sementes espalhados pela mesa lá de fora, organizados com base em quando devem ser plantados — e uma pilha que deve ser semeada dentro de casa, no início da primavera, que terei que guardar para o próximo ano. Escrevo cada tipo no tablet, anotando quando elas precisam ir para o solo.

Andrew olha por cima do livro que eu trouxe da biblioteca para ele, quando fui buscar as sementes há algumas semanas. É uma romantização de um filme, que nunca foi lançado por causa da supergripe. Eu disse que ele precisava ler para me dizer o que acontece.

Ele está aqui há cerca de seis semanas. Passamos a maior parte de nossas noites com Andrew recontando filmes para mim, cena por cena.

— Você é tão organizado —diz ele. — Eu teria simplesmente jogado todas elas no chão e esperado para ver o que germinaria.

— E depois você teria morrido de fome.

Ainda não estamos morrendo de fome, mas a comida na cidade está ficando cada vez mais escassa. Acabei plantando um monte de sementes que peguei na loja, e os vegetais já estão começando a brotar. O clima tem sido bom para nós — devemos ter uma primeira safra pronta em junho. Essas sementes são as sobras que precisam ser planejadas mais adiante, incluindo alguns repolhos de inverno.

— Ou eu pegaria escorbuto.

Ele se volta para o livro, e eu olho para sua perna apoiada na cadeira à frente. Ele agora consegue se mover um pouco melhor. O inchaço desapareceu, e o hematoma está amarelado e desbotado. Talvez ele só precise de mais uma semana para se recuperar por completo.

Volto para o tablet e anoto que a mostarda deve ser plantada no final de julho.

— Jamie. — Sua voz é fria e assustada.

Ouço um galho estalar e vejo movimento com o canto do olho. Pulo, pego o rifle e o aponto para o homem no limite do bosque. Ele tem cabelo e barba longos e grossos, pretos com partes grisalhas. A pele do rosto está levemente avermelhada pelo sol. Posso ver seu sorriso sob a barba. Ele também tem um rifle, que mantém baixo, mas apontado para nós.

— Parado aí.

Estou me esforçando ao máximo para fazer minha voz soar intimidadora, para parecer que posso puxar esse gatilho. Contudo, a arma está tremendo, e minhas mãos já estão suadas.

— Não precisa começar a atirar — diz o barbudo. — Quantos de vocês estão aí?

Ele dá um passo à frente.

— Eu mandei parar.

Minha voz falha, e eu pareço uma criança.

— Jamie — sussurra Andrew.

Ele não precisa dizer mais nada, porque o movimento chama minha atenção. Há mais pessoas emergindo da linha das árvores. Uma mulher negra de mais ou menos trinta anos, com um colete e cabelo curto. Uma mulher branca mais velha, com cabelo grisalho preso em um rabo de cavalo. Há mais três homens. Dois são brancos mais velhos, talvez na casa dos quarenta, enquanto o terceiro é um garoto alto e atarracado, com pele marrom, que parece ter a mesma idade que Andrew e eu.

Todos eles têm armas. Três rifles, três revólveres.

— Vocês estão em menor número — diz o homem de barba. — Então, que tal abaixarmos as armas e conversarmos?

Parece uma boa alternativa.

Viro para Andrew, tentando ver sua reação. Seu rosto tem uma expressão cética e, se não estou enganado, parece não querer que eu abaixe a arma. No entanto, não tenho escolha. Há mais deles, de fato. Não sei se as armas estão carregadas, mas se estiverem, estamos ferrados.

E ainda acho que não conseguiria atirar. Meu estômago está embrulhado, e não consigo nem *pensar* em usar essa arma, que dirá atirar de fato.

Encosto o rifle no parapeito do deque, e o restante dos intrusos abaixa suas próprias armas. Solto um suave suspiro de alívio quando o homem barbudo entrega seu rifle para a mulher com o rabo de cavalo e vem em nossa direção.

Ao chegar ao último degrau do deque, ele estende a mão suja.

— Howard.

Howie. Agora tenho um rosto para o nome. Olho de volta para as pessoas perto das árvores. Será que algum deles é Jack ou Raven? Meus olhos caem sobre o garoto, e me pergunto se ele é o tal melhor atirador do que os outros.

— Jamison.

Pego a mão de Howard com firmeza e a aperto, meus olhos fixos nos dele.

Howard olha para Andrew, que diz seu nome. Em seguida, pergunta:

— Se importa se eu me sentar?

Sim, eu me importo, senhor. Gostaria que todos vocês saíssem daqui e nunca olhassem para trás. Além disso, sintam-se à vontade para pisar em algumas armadilhas para ursos por aí.

Me viro para Andrew, que ainda me olha como se estivesse pronto para incendiar o mundo. Dou um passo para o lado, tentando ser diplomático, mas pego o rifle de qualquer maneira e o carrego para o outro lado do deque. Com o canto do olho, consigo ver os outros do grupo de Howard movendo suas armas para cima, depois abaixando-as, assim que pouso o rifle. Eu me sento entre Andrew e Howard.

Howard se senta.

— Lugar legal — diz ele.

— Obrigado — digo.

Legal, mas meu, Howard.

Como se estivesse lendo minha mente, ele diz:

— Não se preocupe, já estamos estabelecidos, não vamos tomar sua casa.

Ele enfia a mão no bolso da frente, e vejo Andrew se encolher. Porém, Howard apenas retira o maço de cigarros.

As bitucas de cigarro. Devem ter sido dele ou de alguém de seu assentamento. Eu me pergunto há quanto tempo estão nos observando.

Howard sorri para Andrew, provavelmente percebeu que ele se encolheu, assim como eu vi. Em seguida, estende o maço e ergue as sobrancelhas.

— Não, valeu — digo.

— Isso só vai te matar.

Sutil, Andrew, muito sutil.

Howard ri, mas continua a acender.

— Que nem quase tudo hoje em dia.

Ele deixa a fumaça sair pelas narinas, como um dragão nos avisando que pode cuspir fogo. Enfia o maço e o isqueiro no bolso, e se inclina para trás, relaxando.

— O que podemos fazer por você, Howard?

— A cidade próxima... suponho que você a frequenta, né? — pergunta ele.

— Não tanto, agora que a indústria do turismo acabou — responde Andrew.

— Para com isso — digo a ele.

Ele está cutucando a onça com vara curta — ou o dragão, para manter a metáfora.

Howard dá um sorrisinho e continua. Seus olhos caem nos pacotes de sementes espalhados sobre a mesa.

— Bom, *havia* muita coisa lá. Mas já não há tanto. — Ele dá outra tragada no cigarro e diz: — Há mais de nós. — Ele acena para as pessoas ao longo das árvores. — Muitos mais.

Quero dizer que é mentira, mas não adianta. Já estamos em menor número, então ele não tem motivos para mentir para nós. Os seis são suficientes para intimidar a mim e a Andrew.

Howard continua.

— São muitas bocas para alimentar, e não há muito mais, em termos de entrega de comida. Então, começamos a ver, a bisbilhotar, quem poderia estar na área. Indo de porta em porta para cobrar.

Isso não é ir de porta em porta, é uma emboscada.

— Cobrar? — pergunta Andrew.

— Impostos. Reivindicamos essas terras para nosso assentamento, e você está morando nelas. Está morando na casa, por isso não queremos tirar isso de você. Mesmo assim, aqui são os Estados Unidos, e se você mora na nossa terra, precisa pagar impostos.

— Você quer *dinheiro*? — pergunta Andrew.

— O dinheiro não vale mais o papel em que é impresso. Estamos procurando comida.

— Não temos comida.

Howard levanta uma mão.

— Para aí. Você não precisa começar nosso relacionamento com o pé esquerdo, mentindo. Sabemos que você saqueou a cidade próxima, e deixou os restos. Muita gente saqueou. Os restos que depois pegamos. Porém, vou repetir, há mais de nós do que de vocês, e acho que podemos chegar a algum tipo de acordo mútuo. Talvez você precise de remédios ou proteção, no futuro. Por isso, você tem que pagar agora. Vocês nos ajudam, nós ajudamos vocês.

— E se dissermos não? — pergunta Andrew.

Não falei uma palavra. Estou congelado de medo, e não posso deixar de olhar para a fila de pessoas na beira do quintal.

— Acho que você sabe o que acontece se disser não.

Sei, sim, eles vão nos matar. Pode não ser agora, mas vão nos matar do mesmo jeito. Vão voltar com mais gente, e vai ser pior.

— Você sabe o que significa o termo "nenhuma tributação sem representação", Howard? — pergunta Andrew.

Quero dar uma cotovelada nele, mandá-lo calar a boca, e deixá-los pegar um pouco da nossa comida. No entanto, não consigo me mexer.

Howard ri, e dá outra longa tragada no cigarro.

— Eu *sou* sua representação.

— Não votei em você.

— Para, Andrew — finalmente digo, mas não olho para ele.

Ainda estou observando os outros com as armas. Eles vão pegar o que quiserem, e não podemos impedi-los; eles têm as pessoas e as armas.

Howard olha entre nós, de um lado para o outro. Depois, dá uma última tragada no cigarro, antes de esfregar a bituca âmbar contra a grade do deque. Ele joga a bituca no quintal, e se estica para pegar outro...

Mas, em vez disso, pega uma arma.

Está apontada para Andrew. Firme, inabalável. Todos os outros ao longo do quintal também levantam suas armas. Meu batimento cardíaco acelera, e eu ergo as mãos e me inclino para Andrew — *me coloco* na frente de Andrew —, mas ele ainda não se move, e eu me pergunto se ele previu isso.

— Vamos levar sua comida — diz Howard. Toda a pretensão de gentileza se foi, junto com seu sorriso. Ele assobia, e três de seu grupo avançam. — Você pode ir atrás dela se quiser; mas acredite em mim, quando digo que vamos lutar por ela. Já lutamos antes.

Quando ele diz isso, há algo estranho em seu olhar — não tenho certeza se é tristeza ou raiva. Talvez Raven estivesse certa, e eles deveriam ter se concentrado mais na segurança do que nas colheitas. Alguém pode ter aparecido em seu assentamento e feito o que estão fazendo conosco. Agora, eles estão com pouca comida. Os três que sobem as escadas puxam sacolas das mochilas em seus ombros. A mulher negra entrega uma das sacolas a Howard, e dá alguns passos para trás; ela está com a arma em punho, mas não apontada para nós.

Howard diz:

— Fique de olho neles, Rave.

Ela concorda, e Howard se junta aos outros na casa.

Então essa é a Raven.

Ouço-os abrindo armários, saqueando, pegando o que é nosso. *Só não os deixe fazer uma busca no resto da casa. Não os deixe levar os suprimentos médicos. Não os deixe tentar acender as luzes ou usar a água. Não deixe que encontrem o cofre, e me obriguem a abri-lo, e peguem a arma e a munição.* Eles não podem nos deixar sem nada.

— O que devemos fazer? — pergunto a Raven.

Ela dá de ombros.

— O que todos nós fazemos agora: o que for necessário para sobreviver.

— E isso é o que vocês têm que fazer? — pergunto.

Ela respira fundo e com firmeza, depois diz:

— Nós temos. Mas....

Raven desvia a atenção de nós e lança um olhar em direção a casa. Em seguida, dá um pequeno passo à frente e sussurra.

— Isso é mais... atuação do que qualquer outra coisa.

— Atuação? — pergunta Andrew, sem se preocupar em manter a voz baixa.

Raven parece incomodada, mas continua de qualquer maneira.

— Vocês *acham* que sobreviveriam aqui sozinhos? Apenas vocês dois?

— Como você sabe que somos apenas nós dois? — pergunta Andrew.

— Porque eles têm nos observado — digo. — É isso mesmo, não é?

Raven concorda. Então, tudo isso é para nos deixar desesperados o suficiente para nos juntarmos ao grupo, porque eles precisam de pessoas. Precisam de números e segurança, e talvez até de pessoas para trabalhar em suas plantações, em troca de comida e proteção. E querem que pensemos que precisamos deles tanto quanto eles precisam de nós.

Eles são rápidos. Quando voltam, os três carregam sacolas, cheias de nossa comida. Raven retorna para perto das árvores do bosque, e Howard volta sua atenção para nós.

— Deixamos um pouco. O suficiente para mantê-los por alguns dias.

Alguns dias. Isso sem contar o cervo no freezer, que deveria durar mais do que vai durar agora. E eles já levaram o resto da comida da cidade.

— Lembrem-se do que eu disse. Não venham atrás de nós. Não joguem a vida de vocês fora por nada. Agora, se quiserem vir e se *juntar* a nós, sem armas, são mais do que bem-vindos. Encontraremos uma maneira de vocês ajudarem, e uma maneira de serem pagos.

Raven estava dizendo a verdade. Isso *é* apenas uma atuação. Será que eles sequer precisam dessa comida?

— Se começarmos a morrer de fome, o que você acha que seremos forçados a fazer com vocês? — pergunta Andrew.

Howard dá de ombros novamente.

— Sugiro que pensem em outro plano, antes que isso aconteça. Porque vocês vão perder.

Ele se vira, e se dirige para os outros. Andrew sussurra para mim.

— Pegue a arma.

— Não.

— Jamie...

— Não, Andrew. Só... para.

Apenas um dos homens continua com a arma apontada para nós; os outros voltaram para a floresta e desapareceram na folhagem. Se eu fosse outra pessoa, poderia fazer o que Andrew está pedindo. Se fosse mais forte.

Mas não posso fazer nada disso. E agora vamos morrer de fome. Tenho certeza de que todos eles fariam isso em um piscar de olhos. Na verdade, eu *sei* que fariam. Os olhos de Howard me disseram tudo.

Viro para Andrew e fico surpreso ao ver que ele está com os olhos úmidos. Ele parece frustrado, e eu posso ver sua mandíbula se retesar e relaxar. Ele provavelmente está com raiva. Talvez agora ele tenha percebido como sou fraco, e esteja envergonhado por ter tido medo de mim.

Ele se levanta agarrado à sua muleta. Eu observo, enquanto ele entra mancando na casa, para fazer um balanço do que resta, e calcular quanto tempo falta até morrermos de fome.

XXX

Pulamos o jantar naquela noite, e Andrew vai para a cama cedo. Sigo logo depois e deito na minha cama pensando na comida que temos. Há comida enlatada suficiente para uma semana. Mais, se pudermos manter a carne de cervo. E as sementes do jardim estão começando a germinar, então talvez possamos tomar vitaminas, até que seja o momento da colheita.

Vou caçar de manhã. Agora vou fazer o que preciso, porque não tenho outra escolha.

Mas, além disso, há algo mais me distraindo. Continuo tentando voltar à comida, focar no que é importante, mas minha mente vagueia para Andrew. Para a minha reação instintiva quando Howard puxou a arma.

Tentei ficar na frente dele. Não importava, porque os outros perto das árvores estavam com as armas apontadas para nós dois, mas meu foco estava apenas na arma de Howard, apontada para Andrew. Passo a maior parte da noite imaginando o que teria acontecido se Andrew se machucasse, se o matassem. E se eu sobrevivesse.

Penso incessantemente em todas as possibilidades. Acima de tudo, porém, não consigo entender por que o incidente está me afetando tanto. Andrew, que conheci há seis semanas, é alguém por quem eu estava disposto a pular na frente de uma arma.

Meus pensamentos se agitam novamente. Howard não atirou, então não importa. É o que fico repetindo para mim mesmo. Estamos bem, não aconteceu nada mais grave, vamos sobreviver. Vou fazer o que for preciso de manhã.

Quando acordo, o sol ainda não nasceu, mas a luz azul do amanhecer atravessa as cortinas.

Eu me levanto, tomo banho, me visto e saio pela porta dos fundos em direção ao campo em que ando tentando — sem nunca conseguir— caçar. Deito no chão, puxo uma lona marrom sobre minhas costas e olho através da mira do rifle para as sombras projetadas pelas árvores. Fico esperando o sol nascer.

À medida que a manhã passa, continuo dizendo a mim mesmo que não preciso estar aqui. Ainda temos *um pouco* de comida, depois do que Howard nos deixou.

Mesmo assim, ainda vamos precisar de alguma proteína, e isso significa esperar aqui, por *alguma coisa*.

Em seguida, escuto — o estalar de galhos, o farfalhar de folhas mortas. Há um flash de marrom e branco, quando uma grande corça salta para o campo pela orla da floresta. Meu coração salta.

Meu dedo flutua contra o gatilho, enquanto ajusto as linhas pretas na mira do rifle bem no coração da corça. Ela olha ao redor, e suas orelhas se contorcem acima da cabeça.

Eu consigo fazer isso. Eu preciso fazer isso. Não tenho *escolha, não tenho escolha*. Meu dedo aplica mais pressão. As árvores atrás da corça farfalham, e um filhote salta da floresta. Manchas brancas salpicam sua pelagem marrom. Meu dedo se afasta do gatilho.

A pequena corça brinca ao redor de sua mãe despreocupadamente, saltando para cima e para baixo sobre as pernas finas. Não faz ideia do projétil de metal, a ponto de tirar a vida de sua mãe.

Ora, faça-me o favor, isso não muda nada. Coloco o dedo de volta no gatilho, enquanto a corça dobra seu longo pescoço para baixo e mordisca a grama. O filhote para de pular e se abaixa também, farejando. Sua cauda se contorce de empolgação, com todos os novos odores e sensações. Eu movo a mira para ele, seguindo-o enquanto ele explora o novo mundo em que acabou de nascer.

Vejo o rosto da minha mãe mais uma vez. Desta vez, seus olhos estão abertos e implorando para mim, e mal consigo ouvi-la quando ela me pede, novamente, para colocar um ponto final em sua dor.

Não consigo. Não posso matar a mãe corça, na frente de seu bebê. Esse não. Vou pegar outro. Talvez amanhã, ou... Não sei.

— Droga — sussurro baixinho. A corça e o cervo erguem os olhos do chão e suas orelhas se contorcem. Deixo escapar um suspiro, me levanto e tiro a lona das minhas costas. — Pois é, eu disse "droga"! — grito com eles através do campo.

Nenhum dos dois se move.

— Vão — digo, acenando com a mão outra vez. Eles permanecem onde estão, olhando para mim. — Saiam daqui!

Aponto a arma para eles, que nem sequer vacilam.

Seguro o rifle com firmeza. Se estão tão ansiosos para morrer, então, que seja. Melhor. Teremos o que comer. Só que desta vez não consigo nem levar o dedo ao gatilho. Enquanto as corças me observam, e eu as observo, deixo cair o rifle, me agacho e ergo a mão em direção ao filhote.

O cervo olha para sua mãe como se pedisse permissão, mas a corça já está examinando o resto do campo. O filhotinho dá um passo hesitante à frente enquanto abaixa a cabeça.

Ele se aproxima de mim lentamente. Quando chega à minha mão, fica para trás, mas estica o pescoço para a frente, me farejando. Dou um sorriso quando seu nariz molhado toca a ponta dos meus dedos.

Estico a outra mão, e toco seu pelo. É macio e ainda não cresceu muito. Olho para a mãe, que me observa como um falcão. Ela confia em mim, mas só até certo ponto. Seus olhos me dizem: *Machuque meu bebê, e eu machuco você.*

— Está tudo bem. Não vou machucar seu filhote.

Acaricio a corça da cabeça até as costas, que balança o rabinho. É como se soubesse intuitivamente que algo aconteceu com a população humana. Como se o silêncio das estradas e a significativa falta dos bichos-gente andando sobre dois pés, revelasse que as coisas mudaram. Como se o mundo deles estivesse menos perigoso.

— Tudo bem, acho que sua mãe quer que você volte agora.

Tiro a mão, e seus olhos arregalados parecem estar se perguntando um milhão de coisas ao mesmo tempo.

A brisa da primavera esfriou o suor nas minhas costas. Dobro a lona, coloco-a debaixo do braço, pego o rifle e o jogo por cima do ombro. A corça fica tensa, pronta para correr.

— Está tudo bem, carinha, por hoje já deu.

O filhote se vira e começa a caminhar de volta para sua mãe, mas vai parando a cada poucos metros para cheirar o chão.

— Se cuida — digo à corça.

Sorrio e volto para casa.

***

Há um livro na mesa de centro. É a primeira coisa que vejo quando entro na sala, e minha boca fica seca.

É *A Viagem*. Chamo Andrew, mas não há resposta. Há um pedaço de papel amarelo pautado saindo do topo. Sei que é de Andrew, e estou com medo de tirá-lo, mas não posso deixá-lo ali. Não posso ignorá-lo. Ele não estava no deque dos fundos me esperando como de costume, e ele não é o tipo de pessoa que dorme até tarde.

Lentamente, eu puxo o papel e o desdobro.

Ver sua caligrafia dói como uma faca. O bilhete diz:

Jamie,

Me desculpa. Espero que você não encontre isso até voltar da caça. Eu não queria estar aqui quando você voltasse. Este é um enredo que você não teria como conhecer, porque faz parte apenas de filmes de merda que você nunca viu. É a saída do covarde.

Eu sou um covarde.

Oi, meu nome é Andrew, e eu sou um covarde.

(Oi, Andrew.)

Tive que ir embora. Esta é sua comida e sua casa, e eu já fui um fardo por tempo suficiente. Mas quero que você saiba

o quanto aprecio tudo o que você fez por mim.
Eu PRECISO que você saiba o quanto sou grato. Você é uma
pessoa muito boa.

Ele escreveu outra coisa depois disso, mas rabiscou bastante, para que eu não pudesse ver.

Peguei um pouco de comida. Apenas algumas latas.
Espero que você tenha conseguido um cervo, para que eu
não me sinta tão culpado. Acho que você conseguiu.
Vou sentir tanta saudade, Jamie. E, de novo, me des-
culpa. Me desculpa mesmo. Acho que não há nenhuma palavra
para o que sinto agora.
Se cuida.
Com amor,
Andrew.

Leio várias vezes, ouvindo sua voz na minha cabeça.

Sou incapaz de sair do sofá, não consigo nem mesmo pensar em nada. Ele se foi. Ele se foi, e eu estou sozinho novamente.

ANDREW

É CARMA. JÁ SAQUEI, UNIVERSO! MAS não precisava ser tão babaca assim. Me permiti me acomodar demais aqui. Apenas alguns dias atrás, eu estava sentado na sala de estar com Jamie, relembrando o filme *O Melhor do Show* — quase o fiz rir com "Harlan Pepper, se você não parar de dar nome às nozes!" —, quando percebi que talvez eu não precisasse ir a Alexandria, no fim das contas. Talvez eu pudesse ficar aqui com Jamie, deixar meu prazo passar, e fingir que os Foster passaram a viver a vida deles em outro lugar. E Jamie e eu poderíamos ser apenas melhores amigos, e eu daria um jeito de lidar com a merda que fiz de algum outro jeito.

Mas não. Gosto demais daqui, e agora o universo ficou todo "Ah, então agora você acha que merece ser feliz?" e mandou um terremoto para abalar as nossas estruturas.

Quer dizer, um terremoto para abalar a estrutura de Jamie. E tudo porque decidi que poderia ficar. Que eu não precisava me acertar com o mundo.

Eu me sinto horrível, mas tenho que ir. Abusei das minhas boas-vindas cármicas. Se eu não estivesse aqui quando Howard e seu pessoal apareceram, Jamie poderia ter ido com eles. Ou poderia até ter saído em busca deles antes disso. Mas não, ele estava cuidando de mim. Me dando sua comida. Caçando para mim.

E quando Howard apareceu, Jamie permaneceu calmo. Ficou quieto e não deixou a raiva ou o medo o dominarem. Ele não atacou ou fez algo imprudente.

Como eu fiz.

Eu disse a Jamie para atirar em Howard e seu grupo. Se eu ficasse aqui com Jamie, por mais que seja o que eu *mais* quero, sinto que isso o mudaria. Sou como um contaminante tóxico, tentando corromper sua boa natureza.

Também estou com medo de que, se não sair agora, nunca mais eu vá. Há alguns sentimentos não tão novos surgindo. Sentimentos que têm aumentado ao longo das últimas semanas em que estivemos presos juntos. Sentimentos que estão destinados a causar muito mais dor e a trazer o inevitável enquanto eu continuar dando corda. Em algum momento, vou ter que dizer a Jamie que gosto dele ou então guardar esse segredo para sempre.

E um segredo já basta.

Esse atraso deveria ter sido temporário, e quanto mais tempo fico, menos temporário parece. E mais à vontade eu me sinto aqui. Há uma terrível tensão entre continuar seguindo para o Sul e ficar onde estou.

Eu poderia dizer que estou dividido, e que não sei o que fazer, mas seria mentira. Sei que o certo é ir embora, simplesmente porque é algo que não quero de jeito nenhum. Seria muito mais fácil ser egoísta e ficar. Tentar seguir em frente com qualquer migalha de vida que eu tenha após o apocalipse, mas sei que nunca conseguiria. Uma parte disso só pode ser por causa de Jamie. Pela bondade que ele demonstrou, me fazendo lembrar que ainda havia bondade no mundo.

Se eu tivesse encontrado esta casa vazia, ficaria aqui indefinidamente. Merda, eu provavelmente me juntaria a Howard quando eles chegassem. No entanto, às vezes me pego pensando no que Jamie faria no meu lugar. E agora, mais do que nunca, está claro que ele iria para Alexandria.

Talvez... Eu também queira ser esse tipo de pessoa.

Deito na escuridão e aguardo um instante para ouvir os roncos suaves vindo de seu quarto. Acontece de vez em quando; não passa de um suspiro ou grunhido. Às vezes tento focar nesses sons quando acordo de um pesadelo, só para ter certeza de que ele continua lá.

Não, não é nem um pouco esquisito, cala a boca.

Quando ele adormece, saio da cama e pego minha bolsa e a muleta. Já arrumei minhas roupas... e também peguei algumas das roupas que Jamie me deu. As que são grandes demais para mim, mas ainda têm o cheiro do sabão em pó que ele usa — aquele que saqueou em grande quantidade algum momento antes de eu entrar em sua vida. Entro na cozinha e pego três latas de comida, incluindo duas de cogumelos, que sei que ele odeia.

Ele vai me agradecer por isso.

Água, roupas, comida. Tenho quase tudo de que preciso.

Pego o livro que minha tia me deu no meu aniversário de quinze anos, o meu favorito, e o deixo junto com o bilhete na mesa de centro. Depois de dar mais uma olhada ao redor da sala de estar, me lembrando da primeira vez que o vi e de todo o tempo que Jamie e eu passamos aqui juntos — sem tiros, é claro. Ouvindo Nina Simone, ou falando sobre filmes, ou da nossa vida.

Talvez seja um momento de autossabotagem, uma forma de me manter aqui por mais tempo. Aos poucos, porém, coloco meu pé totalmente no chão. Há um pouco de dor, mas só isso. O suficiente para que eu precise da muleta às vezes, mas não o suficiente para me impedir.

Então, em silêncio, vou mancando até a porta da frente e saio da cabana.

Imagino que Jamie venha correndo atrás de mim. Que me escute fazendo barulho e venha com uma arma.

No entanto, ele não acorda. Olho de volta para a cabana escura, iluminada apenas pelo luar. Parece tranquila. Muito tranquila. Exceto por aquele gnomo de jardim nas escadas, espreitando nas sombras.

— Tchau, Jamie — sussurro. — Obrigado. — Meus olhos se voltam para o gnomo de jardim. — A gente se vê, gnomo.

E, bem cedo na manhã de dois de maio, vou embora.

XXX

No final da manhã de dois de maio, estou me arrependendo de todas as escolhas que fiz na vida. É bem a minha cara mesmo! Estou sentado em uma cerca de metal, pela sétima vez esta manhã, tentando descansar a perna. Andar pela casa em impulsos curtos era bom. Acontece que andar vários quilômetros de muleta não é nada divertido.

Uau, que surpresa chocante.

Estou com dor, e me movendo muito mais devagar do que pensava. Contudo, tenho que continuar, não importa quanta dor ou frustração eu sinta. Tenho que sair daqui, antes que eu perca a coragem. Antes que toda essa lógica que construí durante a madrugada se transforme em pó, como um vampiro na cruel luz do dia. Se eu chegar longe o suficiente, vou perceber que é longe demais para voltar.

Funcionou antes. Claro, naquele momento eu tive a ajuda de uma nevasca, que me deixou preso no shopping Norwalk.

Ao me levantar da cerca de metal, percebo que hoje só pensei em Jamie noventa e oito vezes até agora. Deve ser um bom sinal, né?

Mal estou de volta ao centro da estrada, quando ouço algo ecoando na quietude da rodovia. É um baque baixo, um *tum, tum*.

Fico sem ar. Talvez eu esteja ouvindo coisas. Será que pode ter sido um eco dos meus próprios passos? Minha mochila batendo nas minhas costas? A água se movimentando dentro na mochila?

Tum.

Não, aí está outra vez. É errático, mas não vem de mim. Manco até um carro abandonado, me abaixo e olho para trás, por onde vim. Há alguém ao longe, turvado pela neblina de calor do asfalto rachado.

Tiro a mochila e a jogo debaixo do carro, antes me arrastar ali para baixo também. Quem quer que seja, não consegue me ver de onde está. Essa pessoa provavelmente nem está procurando por ninguém.

Fico parado na sombra do carro, enquanto ela se aproxima.

De onde estou, parece um homem branco, e de bicicleta. Alguma coisa pendurada nas laterais faz um baque baixo, enquanto ele contorna os buracos e as rachaduras na estrada. A aba de seu boné de beisebol projeta uma sombra sobre seu rosto.

Ele está a menos de cinco metros de distância agora e...

É Jamie.

Meu rosto me trai e sorri. Quero rir. Quero gritar, berrar, chorar e abraçá-lo. Ele veio até aqui. Ele veio atrás de mim.

No entanto, a emoção morre na minha garganta.

Ele veio atrás de mim. Ele não deveria ter feito isso. Deveria ter ficado onde estava; aquela casa é dele.

Permaneço em silêncio sob o carro, observando-o pedalar lentamente. Há duas mochilas amarradas na parte da bicicleta. Duas. Uma para ele, outra para mim. Dou outro sorriso e deito a cabeça contra a estrada. Ele se afasta cada vez mais, enquanto pedala. Lágrimas queimam meus olhos.

Ele passa pedalando por um carro, depois desaparece da minha vista.

Sinto um nó na garganta. Ele se foi.

Não.

— Não. — É um gemido a princípio, como se meu corpo não me deixasse falar mais alto do que isso.

Ele sabe que não devo, que não é seguro para Jamie, mas não estou nem aí. Preciso vê-lo de novo.

— Não!

Foi mais alto, melhor.

Saio de debaixo do carro.

— Jamie!

Estou gritando agora. Repito várias vezes, gritando atrás dele. Ele tem que se virar. Com a muleta de madeira cravando forte em minha axila, tento correr. Deixo a mochila embaixo do carro.

Ele dá meia-volta e se vira para mim. Não consigo ver seu rosto sob a sombra do boné de beisebol, não consigo ver se está sorrindo ou não, mas eu estou.

Grito seu nome outra vez, tentando me mover mais rápido. Provavelmente vou cair e quebrar a perna de novo, mas não me importo.

Ele empurra o tripé da bicicleta, desce e vem caminhando em minha direção.

Olha ele aí. A única pessoa no mundo que ainda se importa um pouquinho comigo. E, de repente, percebo que foi um erro fugir. Deixá-lo era mais fácil do que tentar convencê-lo a não vir. Porém, vê-lo aqui, agora, me dá um frio congelante na barriga. É estúpido e, assim como Jamie, não deveria aparecer agora. Mas aparece.

E lá está ele. Meu Jaime. Meu Jamie burro que só, que saiu de casa e me seguiu, porque acha que sou uma boa pessoa. Sou egoísta, e *claramente* não aprendi minha lição, porque agora eu o quero aqui.

Paro a três metros dele.

Ele não está sorrindo. Na verdade, parece superirritado.

Ele fica ali, com os braços cruzados. Talvez eu devesse ter ficado embaixo do carro, afinal. E se ele não estivesse procurando por mim? Ele pode ter decidido que precisava encontrar outra pessoa, e coincidentemente me encontrou. Ele não conhecia minha rota, então não estava rastreando meus passos; estava seguindo seu próprio caminho.

— Desculpa — digo.

Parece que ele não vai dizer nada. Mas, em seguida...

— Você é um otário, sabia?

Ele se vira para a bicicleta, desamarra uma das mochilas — com um tapete de ioga e um saco de dormir, enrolados e amarrados no topo —, e a joga para mim.

— Coloca as suas coisas nesta aqui, tem mais espaço. — Em seguida, ele desamarra a outra mochila, joga-a sobre os ombros e se vira para mim. — E aí, tá esperando um convite?

— É isso mesmo? — pergunto. Ele franze as sobrancelhas, confuso. — Eu saí sem me despedir, e tudo o que você quer dizer é "tá esperando um convite"?

Ele dá de ombros.

— Eu... eu te chamei de otário, não chamei?

Eu bufo, manco até ele e o puxo para um abraço.

— Era para eu ter sido mais cruel? — pergunta ele, embora eu o esteja apertando com tanta força que sua voz sai esganiçada. — Eu devia ter dado um soco no seu braço ou algo assim?

— Não precisa — digo, ainda o apertando.

Assim que termino de mover tudo da minha mochila para a que ele trouxe, olho para ele.

— Por que você veio atrás de mim? Por que não vai encontrar Howard e os outros que vieram ontem?

Ele não me deve nada. Muito pelo contrário, eu é que devo a ele mais do que posso retribuir, mas, também, qual a novidade nisso, né? Mas por que vir me procurar, em vez de ir a um grupo maior para sobreviver? E ele certamente não veio aqui para me convencer a voltar para a cabana, então por que trazer essas mochilas?

Ele franze a testa e cruza os braços novamente.

— Você quer dizer as pessoas que nos roubaram? Todo o grupo que tirou, literalmente, até as coisas mais insignificantes comestíveis que tínhamos?

— Ah, não! Eles levaram os amendoins torrados com mel?! — grito.

Jamie tenta não sorrir, mas não consegue.

— Eles não devem estar tão bem assim, se pegaram comida de duas pessoas que estavam totalmente sozinhas.

Eu não tinha pensado dessa forma. Pelo que aquela tal de Raven disse, deduzi que era apenas a maneira de o grupo mostrar dominância, e talvez tentar nos forçar a nos juntarmos a eles. Contudo, eles talvez precisassem de nós mais do que nós precisávamos deles.

Assim como eu preciso de Jamie mais do que ele precisa de mim.

Jamie estende a mão, para me ajudar a levantar.

— Quando minha mãe e eu fomos para a cabana, era para sair da cidade. Tudo estava meio que saindo dos trilhos, e sabíamos que a cabana estaria segura, porque lá ficaríamos isolados. Mas, é claro, isso não impediu *você* de invadir.

Aponto um dedo para ele.

— Eu não invadi, você que é um lunático que deixa a porta destrancada.

Ele continua como se não tivesse me escutado.

— E agora, com o grupo de Howard e Raven lá... Bem, não parece mais tão seguro.

Eu franzo a testa, e a culpa volta a me atormentar.

— Eu não sei como te dizer isso... — Não sem entrar em detalhes sobre os Foster. — Mas aqui fora também não é tão seguro.

— Eu te protejo e você me protege, que tal?

Concordo com a cabeça.

— Parece uma boa.

Deixamos a bicicleta dele, pois isso significaria que um de nós pedalaria devagar, enquanto o outro tentaria acompanhar, mancando de muleta. Após cerca de cinco minutos, ele finalmente diz:

— Eu contei por que vim atrás de você. Mas por que você foi embora? Por que a pressa em fugir? Ainda tínhamos comida e poderíamos ter feito durar até você estar completamente curado.

E aqui está. É agora que eu deveria dizer a verdade. Sobre a família em Alexandria.

No entanto, vê-lo novamente reforça tudo o que eu estava tentando suprimir. O gelo em formato de coração que causava o frio na minha barriga derreteria se ele descobrisse que sou uma pessoa horrível com H maiúsculo na vida real e decidisse me deixar. Posso adiar o inevitável mais um pouco. Continuo dizendo a ele a meia-verdade.

— Se existe alguma civilização *de verdade* por aí, com um governo e tudo o mais, não quero perdê-la. Sei que você não acredita em mim, mas acho que alguém pode estar vindo. A quarentena funcionou na Alemanha e na Holanda.

— As notícias e o governo dos Estados Unidos falavam a mesma coisa sobre o Reino Unido e a Itália. E as pessoas on-line diziam que era papo furado. Inclusive... minha mãe e eu estávamos sozinhos na cabana e mesmo assim ela se infectou. Essa coisa não se importa com quarentenas. Sobreviveu a tudo.

— Eu sei. — Também ouvi essa parte. — Sei que é boato, mas... e se for verdade?

Se for verdade, os Foster podem já ter ido embora caso eu não chegue lá antes de dez de junho. Se não for, então saí correndo à toa.

Jamie pensa nisso. Posso vê-lo avaliando todas as opções em sua cabeça. Em seguida, ele finalmente concorda.

— Vamos chegar a Washington até dez de junho, então. Temos um mês, é tempo o bastante.

O bastante para descobrir como contar o resto da verdade.

Que beleza.

xxx

Caminhar para o Sul é significativamente mais difícil do que eu me lembrava. A lesão na perna não ajuda nem um pouco.

Duas outras coisas que não levamos em consideração foram o sol e o calor. O sol não queimava no inverno, e caminhar rapidamente mantinha minha temperatura corporal alta. Agora, andar rapidamente só nos deixa suados e cansados.

Para nossa sorte, poucas pessoas se importaram com o protetor solar durante a pandemia. Saquearam farmácias, mas em busca de remédios e comida. As prateleiras de protetor solar estão praticamente intocadas, o que quase faz parecer que o estabelecimento continua funcionando. Paramos na primeira chance que temos e pegamos vários frascos com FPS alto. Jamie me entrega um boné do Philadelphia Phillies vermelho-escuro.

— Você pode fazer parte da torcida agora — diz ele, sorrindo.

— Vai, Phils — digo, e o coloco na cabeça.

Jamie joga seu próprio boné de beisebol no chão e pega um chapéu panamá de palha com uma tira de fita azul marinho ao redor da base, que faz parecer que ele está de férias em Cuba. Quando lhe digo isso, ele coloca uma grande quantidade de protetor solar no nariz, e não esfrega.

Estamos consumindo a água mais rápido do que a encontramos, por isso começamos a racioná-la. Sempre que encontramos uma área densa de árvores, paramos e descansamos na sombra por horas a fio, numa tentativa de manter nossas forças.

Tento imaginar como seria se eu tivesse ficado na cabana, para ver se minha consciência teria sossegado. A resposta é sempre não. Quero dizer a Jamie que sinto muito por ter ido embora. Mas ele não reclama, e estou grato por ele ter vindo. Quando peço para parar, ele concorda, sem me fazer sentir mal. Quando pergunto se está bem, ele sorri e pergunta se estou.

Contudo, ainda estou mentindo para ele, todos os dias. Essa parte é meio chata. O fato de não vermos nenhum dos grafites que vi antes também não ajuda. Nada dizendo "DCA 10/6 AJUDA CHEGANDO!", o que me deixa nervoso. Talvez fosse tudo desinformação.

Mas não, não quero acreditar nisso. Ainda pode haver uma razão para Jamie ir para o Reagan National, enquanto sigo para Alexandria. Encontraremos outros sobreviventes na estrada, e ele pode continuar com eles, enquanto eu encontro uma maneira de chegar a Alexandria. Vou conseguir fazer isso sozinho se souber que há outra pessoa lá, para proteger Jamie.

No quinto dia, deixo a muleta onde acampamos. Jamie diz que provavelmente vou ficar bem desde que vá com calma. Portanto, nada de correr.

No sexto dia, não está tão quente. No entanto, à medida que o meio-dia se aproxima, as nuvens que enchem o céu atrás de nós começam a parecer sinistras. A dor também volta para a minha perna. É um novo superpoder *divertido* que vem com uma perna mal curada — sei dizer quando vai chover.

Temos andado pela estrada. Há grandes trechos vazios e um punhado de carros abandonados aqui e ali. Alguns dos veículos estão cheios de corpos, mas não precisamos parar e olhar. Verificamos alguns dos carros vazios, mas eles estão trancados, não têm chaves ou não ligam quando tentamos a ignição. Não que fosse fazer alguma diferença, porque, pelo visto, iríamos ter que parar assim que chegássemos a outro bloqueio de carros, em mais ou menos oitocentos metros.

— Acho que a gente devia sair da estrada e procurar abrigo daqui a pouco — diz Jamie, olhando para as nuvens. — A última coisa de que precisamos é ser atingidos por um raio.

— Ah, cara. Agora que a loteria está extinta, essa é a única aposta que realmente nos resta.

— Pelo menos espere até fechar um mês de viagem antes de fazer isso.

Caminhamos mais um quilômetro e meio, antes de pegar uma saída para uma pequena cidade chamada Mailey. Passamos por uma grande placa de madeira no chão. As vigas que a sustentavam foram cortadas, com o que parece ser um machado ou uma machadinha. A placa tem marcas semelhantes ao longo das letras, com grandes entalhes de madeira arrancados. É pintada de branco com letras verde-escuras, que dizem: "Bem-vindo a Mailey, Pensilvânia! Nossa casa é sua casa! População 1.113." A pintura está descascando e rachando.

— Bom, isso aí é sinistro pra caralho — digo, e levo a mão até a arma que Jamie me deu só para ter certeza de que continua lá.

— Pois é. — Jamie tira o rifle do ombro, verifica se está carregado e olha ao nosso redor. — Vamos devagar.

O trovão ressoa a norte e a oeste de nós, enquanto a tempestade se aproxima. O vento aumentou. Estou nervoso. Um olhar para Jamie e já percebi que ele também está. O vento sopra em nossos ouvidos, o que dificulta ouvir caso alguém esteja vindo em nossa direção. À medida que nos movemos para o centro da cidade, olho em volta, constantemente.

Não se parece com as outras cidades e vilas que vi. As ruas estão vazias, exceto por folhas secas que voam com o vento. O pavimento rachou e se partiu por causa da neve do inverno. Agora, o mato brota, balançando para frente e para trás.

Nenhuma janela está quebrada; nada foi incendiado. As lojas nem parecem ter sido saqueadas. Na verdade, parecem mais que foram cuidadosamente embaladas. Como se a cidade tivesse morrido, antes mesmo que o vírus exterminasse a todos.

Está ficando mais escuro à medida que as nuvens negras rastejam em direção ao sol, como tentáculos de fumaça no céu. Uma rajada de vento cria um redemoinho de poeira em miniatura, que dança pela estrada e se dissipa quando atinge a grama ondulante do outro lado.

Viramos a esquina da rua Viking Lane, conforme leio na placa acima. Meus olhos estão tão focados no céu que, quando Jamie estende a mão para me deter, eu pulo, agarro seu braço e o puxo junto ao meu peito. Ele está olhando para o chão. Sigo seu olhar e grito, mas o estrondo de um trovão abafa o som.

Bem aos meus pés há o corpo decomposto e decapitado de um homem. Ele é alto, mesmo sem a cabeça, e a pele, já mais parecendo um couro, está rígida contra os ossos. Suas roupas puídas pendem frouxamente do corpo. Ver um cadáver não é nada para mim; mesmo assim, estou chocado.

— Cadê a cabeça dele? — pergunto. Seu pescoço é um conjunto esfarrapado de osso quebrado e carne desfiada. O chão ao redor está escuro e oleoso, com o que restou de sangue lavado pela chuva e queimado pelo sol. Há manchas marrons de sangue seco em sua camisa e calça e cortes profundos nos braços e nas mãos. — Ele ainda estava vivo.

Aponto para os cortes — são feridas defensivas. Pelo menos é assim que os procedimentos policiais na TV os chamavam.

Law & Order: Gripe Aviária. Agora não é hora de fazer piada. Por que todas as minhas melhores sacadas aparecem em momentos sérios? Meu terapeuta chamaria isso de mecanismo de defesa.

Tenho a sensação de que há alguém nos observando. Jamie deve ter sentido o mesmo, porque quando olho para ele, seus olhos também percorrem a extensão da Viking Lane.

O relâmpago torna o céu roxo, e o estrondo do trovão segue logo depois. Gotas grossas de chuva começam a cair ao nosso redor, e o cheiro de petricor é, de repente, aterrorizante.

Jamie acena para a nossa direita.

— Vamos tentar lá.

Sigo seu olhar para uma loja, que parece ter sido uma sorveteria. Agora, as janelas estão empoeiradas, e o interior parece vazio. Dou a volta no corpo estendido no chão e vou em direção a ele, procurando pelos olhos que juro que estão nos seguindo. Pode ser a minha imaginação; *espero* que seja a minha imaginação.

Puxo a porta de vidro da loja, e ela se abre. O vento sopra poeira até nos fecharmos lá dentro.

— Vigie a frente — diz Jamie. — Vou verificar a parte de trás. E pegue sua arma.

Ele insistiu que eu ficasse com o revólver . Eu o pego e observo a tempestade chegar. A chuva começa a bater contra a fachada de vidro. O relâmpago ilumina a Viking Lane como um flash roxo e brilhante, e eu vejo um rosto na vitrine da loja do outro lado da rua. Dou um grito, mas o trovão brada novamente.

O homem está atrás da janela, mas sua silhueta ficou gravada em minhas pálpebras. Sei exatamente onde ele está parado. Prendo a respiração e, tremendo na escuridão, espero. O relâmpago cintila novamente, e consigo vislumbrar o sujeito mais uma vez antes de recuar e perdê-lo de vista. Ele está ali, do outro lado da rua, nu, olhando para mim. Com um machado na mão.

— Tudo certo, parece que a porta dos fundos só pode ser aberta por dentro.

A voz de Jamie me faz pular, e eu largo a arma. Me encolho, esperando que ela dispare. Em vez disso, apenas bate no chão e desliza. Jamie a para com o pé, me encarando de olhos arregalados, como se eu fosse um pateta. O que, Ok, tá bom, devo ser mesmo.

— Ele está lá. Com um machado.

O pânico em minha voz o faz se mexer. Ele pega o revólver e caminha até a janela em três passos rápidos. Ele estende a arma para mim, depois aponta seu rifle para a loja e olha pela mira.

O relâmpago faísca novamente.

— Lá, viu? Ele está só... encarando.

Sinto um calafrio.

Ele ajusta a mira e aponta para onde viu o homem parado. Esperamos em silêncio enquanto a chuva bate na janela. O trovão ressoa. Outro relâmpago, e os olhos de Jamie se arregalam.

— Viu? — pergunto.

O olhar de choque de Jamie se transforma em um sorriso. Ele tenta segurar uma risada, mas sai como um bufo.

— Que foi? Ele ainda está lá?

A janela está começando a embaçar. Passo a mão sobre ela e a umidade sai suja de poeira.

Jamie se dobra, agarrando a barriga. Lágrimas escorrem de seus olhos.

— Que foi? — grito. — Qual é a graça?

Jamie apenas aponta e continua rindo. Outro relâmpago, e ainda vejo o homem parado lá, nu e olhando. Será mesmo que ele está rindo porque o cara está nu? *Quanta maturidade, Jamie.* Eu nem acho que esta seria a primeira vez que alguém foi atacado por um louco nu empunhando um machado.

Jamie respira fundo, ainda rindo, e estende o rifle.

— Aqui — diz ele, entre suspiros.

Guardo o revólver no coldre e olho para o homem pela luneta. Dá para ver o contorno de seu corpo imóvel através da escuridão. Relâmpagos piscam; pulo, quando vejo seu olhar pálido. Fico de boca aberta e agora sei por que Jamie está rindo tanto.

— É um manequim! — grita ele.

Revelar a verdade desencadeia outra onda de risos que o obriga a se sentar. Ele enxuga as bochechas, mas mais lágrimas as substituem, rapidamente.

Sorrio, enquanto um tom intenso de vermelho se espalha meu rosto. Vejo, através da luz de outro relâmpago, que o machado que pensei que o manequim nu estivesse segurando é, na verdade, um guarda-chuva enrolado em seu pulso.

— Tá bom — digo.

— O Homem Nu do Machado Há de Vir.

Jamie tem outro ataque de riso.

— Ai, nossa, nossa eu temi por nossa vida, como sou engraçado, entendi já.

— O Manequim do Machado!

— Tudo bem, chega — digo, com risos interrompendo minhas próprias palavras.

Mas, na verdade, não quero que ele pare. Esta é a primeira vez — em todo o tempo que conheço Jamie — que o ouço gargalhar. Todos os meus comentários sarcásticos, minhas piadas inteligentes, minhas histórias, as vezes que recontei filmes, nada disso o fez rir assim.

E é um som maravilhoso.

Sento-me no chão e rio com ele; sua risada é contagiante. Em poucos minutos, minha barriga dói de tanto rir. Quando finalmente há um momento de calma, nós dois nos olhamos. O contato visual silencioso nos manda para outra rodada de bufos e risadinhas.

O corpo do lado de fora é a coisa mais distante da nossa mente durante um tempo. Depois que as risadas diminuem, Jamie consegue perceber que há água fresca caindo do céu. Ele vasculha a sala dos fundos, pega vários baldes e tigelas de plástico e os coloca do lado de fora. Nós nos sentamos para assistir, enquanto eles se enchem.

De vez em quando, Jamie solta outra risada. Eu sorrio, lhe dou uma cotovelada e sua risada volta. Por mim, eu ficaria ouvindo essa risada até o dia da minha morte e nunca enjoaria.

JAMISON

NÃO ACREDITO QUE REALMENTE EXISTE um filme chamado *Manequim*, em que um *manequim* ganha vida e sai enlouquecido pela Filadélfia. Andrew me contou tudo sobre ele em um de seus resumos de filmes antes de irmos dormir.

E agora aqui estou eu, pensando em *Manequim*. Parece um filme de *Sessão da Tarde*, o que me lembra de um segredo que ainda não compartilhei com Andrew.

Eu adoro filmes desse tipo.

Ele acha que não vi nenhum, porque não gosto de filmes. Mas isso não é inteiramente verdade; eu *só* assistia a esse estilo de filmes. E já vi *muitos* deles. Inclusive, eu até revi vários pensando que eram inéditos, e só no final percebia que eu já os tinha visto antes.

Porém, é disso que gosto neles. São seguros e previsíveis.

Ao contrário do mundo agora.

Meus olhos estão ressecados e ardem. Um longo bocejo faz meu maxilar doer, e olho para o relógio. É só uma da manhã. Eu disse a Andrew que o deixaria dormir até as três, então posso dormir das três até mais ou menos às nove. Preciso me lembrar de falar com ele sobre ir dormir mais cedo e acordar mais cedo, para tentar chegar o mais distante possível antes que o sol esteja a pino.

A temperatura vai subir ainda mais à medida que nos movermos mais para o Sul. Talvez devêssemos ficar acordados a noite toda e viajar no escuro para podermos descansar durante o dia. Eu me lembro de ter ouvido em algum lugar que é a coisa certa a se fazer no deserto.

A perna de Andrew está muito melhor. Agora, só o percebo mancar quando *realmente* me concentro. E sempre espero ele perguntar se quero parar e descansar, porque parece que ele está preocupado em não chegarmos ao Reagan National até dez de junho. Quando ele pergunta como estou, digo que estou bem, quando na realidade estou exausto. O calor e a caminhada estão cobrando um preço alto.

Já faz uma semana desde que saí de casa para seguir Andrew, e estou pensando nisso outra vez. Na maioria das noites, enquanto estou acordado e ele está dormindo, é nisso que penso. Ele me perguntou por que vim atrás dele, e a pergunta me assombra.

Porque não sei a resposta. Não, eu sei a resposta; é só que a resposta não faz sentido para mim.

Eu disse que não era mais seguro na cabana, e isso pode até ser verdade, mas tem muito mais. Depois que encontrei o bilhete de Andrew, não consegui parar de imaginá-lo se machucando de novo. Caindo e quebrando a perna. Pisando em *outra* armadilha de urso. Conhecendo um grupo como o de Howard, só que desta vez eles nem sequer se incomodariam em começar qualquer conversa.

Depois de um tempo, a preocupação ficou intensa demais. Era como o começo da supergripe de novo — todas as noites eu acordava, andava pela casa, tentando não ler posts on-line sobre doentes e moribundos, preocupando-me com minha mãe no hospital.

"Na linha de frente", eles viviam dizendo. Como se ela fosse um soldado, e isso fizesse o fato de ela estar arriscando a vida ter mais significado.

Eram as mesmas preocupações que eu estava tendo com Andrew enquanto o imaginava aqui sozinho. Até que, por fim, não consegui mais só me preocupar e decidi fazer alguma coisa.

Contenho outro bocejo, e me viro para olhar para Andrew, que dorme profundamente. Não consigo entender o que é que esse garoto tem que me deixa assim. Talvez seja o fato de termos passado as últimas semanas juntos, direto. Ou talvez seja porque ele é a única pessoa com quem falei desde outubro.

Pisco, mas meus olhos se recusam a abrir. Meu corpo desliza para frente, e eu acordo em um sobressalto, me sentando de repente. Olho para meu relógio e meu estômago se revira. São duas e meia da manhã. Adormeci por uma hora e meia.

Levanto e olho pela loja imersa na escuridão. Lá fora, as nuvens se dissiparam, e a Viking Lane está iluminada pelo brilho azulado da lua cheia. A luz do luar atravessa as vidraças empoeiradas.

A sala dos fundos está vazia. Escuto através da porta, procurando qualquer som de alguém se movimentando. Não ouço nada, então caminho de volta em direção a Andrew. Ele está estendido no saco de dormir, com braços e pernas bem abertos. Ele respira fundo e pesado pela boca aberta. Entro na luz que se infiltra pela vitrine.

Andrew se mexe, falando enquanto dorme. Olho para ele, e sorrio — só que o som da fala não vem dele.

Vem lá de fora.

Meu coração dá um salto no peito, e o sangue pulsa em meus ouvidos. Viro-me em direção à Viking Lane.

Passos se arrastam pela calçada, e a voz grossa de um homem soa alta. Ele está cantando. Cantando algo familiar — reconheço a letra, mas não consigo me lembrar de onde.

Vejo sua sombra primeiro, lançada pela lua cheia sobre o mato que atravessa as rachaduras do asfalto. Me afasto da janela e me escondo nas sombras da sorveteria. Verifico meus pés para ter certeza de que a luz do luar não está expondo nenhuma parte do meu corpo.

A claridade da lua ilumina o braço de Andrew. Eu me abaixo; a voz do homem se aproxima, cada vez mais alta. Ele está caminhando *em direção à* sorveteria. Alcanço o pulso de Andrew e coloco minha outra mão acima de sua boca, pronta para fechá-la caso ele grite. Enquanto a sombra do homem se estende pelo chão, puxo o braço de Andrew para fora do ponto iluminado, e coloco a mão em seu peito. Depois, levanto o rifle em direção à janela.

Meus olhos caem para o revolver no chão, ao lado de Andrew, que continua dormindo. O homem se encosta na vitrine, de costas para nós, e dou um suspiro de alívio. Porém, ainda mantenho a arma apontada, porque em uma das mãos ele traz uma garrafa de uísque pela metade, e na outra uma pequena machadinha.

O metal da machadinha ressoa ruidosamente contra a vidraça enquanto o homem toma outro gole. Andrew dorme com o barulho que reverbera pela loja vazia.

"Everyone's Gone to the Movies." Me lembro da letra assim que ele recomeça a cantar. É Steely Dan. Minha mãe tinha o álbum na cabana. Toda vez que ela o colocava para tocar, e essa música ressoava, ela fazia uma careta e dizia: "Nossa, eu odeio essa."

Por motivos óbvios, também.

Ouvir o homem bêbado cantando, enquanto empunha uma machadinha deixa a letra ainda mais macabra.

Meu cérebro canta os dois primeiros versos e sinto um calafrio percorrer meu corpo inteiro. *Kids if you want some fun, Mr. LaPage is your man*, ou seja, "criançada, se quiserem diversão, o sr. LaPage é o cara certo". O "sr. LaPage" toma outro gole de bebida e se afasta da vidraça. Ele olha para trás, pela vitrine, e para, olhando para nós.

Ergo a arma novamente, com o dedo a postos. Desta vez, vou puxar o gatilho. Não será como com a corça. Andrew está ao meu lado, dormindo, e não vou deixar esse cara chegar perto dele.

Minha boca está seca.

De alguma forma, espero que ele sorria para mim, que diga alguma coisa, qualquer coisa. Em vez disso, ele fecha um olho e arruma o longo cabelo crespo. Ele está olhando para seu reflexo ao luar. Ele puxa a barba em volta da boca e retorna para a Viking Lane.

Eu me levanto, caminho em direção à janela e o observo ir embora. Ele vai para o meio da estrada e para, olhando para o cadáver estendido ali. Deixa cair o machado no chão com um baque metálico alto. Em seguida, toma outro longo gole de uísque, antes de alcançar o zíper da calça e descarregar um jato de urina sobre o morto na rua.

Cerro a mandíbula e seguro a arma com força. Me afasto da janela, com nojo, e volto para onde Andrew está deitado no chão. O sr. LaPage volta, passa em frente à vidraça da sorveteria e desce pela Viking Lane.

Depois de ter certeza de que ele se foi, eu solto um suspiro pesado e deixo a arma de lado. A palma das minhas mãos, meu pescoço e minha testa estão encharcados de suor. Mas não tem nada a ver com a proximidade do sr. LaPage; e, sim, com a maneira como meu cérebro funcionou enquanto ele estava perto de nós que me deixa nervoso. Ele estava bem ali, com um machado — o mesmo machado que ele, sem dúvida, usou para cortar a cabeça de um homem no meio da rua.

Ainda assim, não puxei o gatilho. Eu não *precisava*, mas mesmo que ele tivesse nos visto e entrado, não sei se eu conseguiria. Na hora, tive muita certeza de que protegeria Andrew, mas quanto mais pensava nisso, mais percebia que não seria capaz de atirar nem em um bêbado com um machado nas mãos. Eu poderia ter tentado conversar primeiro. Poderia ter acordado Andrew, e nós dois, com armas em punho, poderíamos convencê-lo a sair. Em seguida, poderíamos correr.

Em vez disso, fiquei com medo. Com medo do que aconteceria se eu puxasse o gatilho e o matasse. Será que me tornaria tão ruim quanto o sr. LaPage? Não sei por que ele matou o homem da rua; talvez o sujeito tenha entrado e vagado pela cidade. Talvez tenha mantido o sr. LaPage sob a mira de uma arma. Talvez o sr. LaPage tenha se esgueirado atrás dele, descalço, e enterrado o machado nas costas do homem. O sr. LaPage estava de costas para mim. Se eu atirasse nele, seria a mesma coisa.

Estou totalmente desperto agora; meu corpo está repleto de adrenalina. Deixo Andrew dormir até as quatro da manhã, quando finalmente começo a me acalmar. Eu o sacudo com força, e ele acorda. Decido não contar sobre o sr. LaPage. Do jeito que o homem estava bebendo, ele deve estar desmaiado agora, e ainda estará desmaiado quando sairmos pela manhã. Não há necessidade de preocupá-lo. Andrew já ficou apavorado só de ver o manequim. Desta vez, quando penso nisso, não sinto vontade de rir.

Deito no saco de dormir e fecho os olhos. Consigo cochilar um sono leve, acordando de vez em quando. A cada que vez que desperto, o céu lá fora está em um tom mais brilhante de azul. Às sete da manhã, eu me sento.

— Vamos começar cedo hoje — digo, quando Andrew olha para mim.

— Certeza?

— Aham, este lugar me dá arrepios.

ANDREW

Em nosso primeiro dia fora de Mailey, caminhamos vinte e quatro quilômetros. Parte disso se deve à tempestade, que refrescou o clima; a outra parte é Jamie. É como se ele estivesse com pressa. Pode ter a ver com o calor ou talvez ele queira cobrir o máximo de distância o mais rápido que pudermos, enquanto a situação não fica opressiva, mas o que ele não percebe é que, quanto mais ao sul chegamos, mais nervoso fico.

No segundo dia, pergunto se ele quer parar na próxima cidade para procurar bicicletas. Ele diz que não, que gosta de caminhar e que estamos fazendo um bom tempo. Porém, ele está falando do Reagan National.

Alexandria fica a cerca de duzentos e noventa quilômetros da cabana de Jamie. O aeroporto fica a apenas dezesseis quilômetros de Alexandria. Portanto, se andarmos no ritmo que andamos ontem, poderíamos chegar lá em pouco menos de três semanas — o que seria no início de junho. Seria apertado, mas enquanto continuarmos em movimento, devemos chegar até o dia dez.

No fim, conseguimos manter o ritmo. Jamie não quer parar na maioria das cidades, e começamos a dormir embaixo de caminhões na rodovia abandonada. Abrimos um caminhão e descobrimos que metade dele contém mercadorias para abastecer um supermercado. Inclusive água mineral!

— Deve ser um daqueles caminhões piratas — diz Jamie.

Também ouvi falar deles. As pessoas alugavam caminhões e compravam — ou roubavam — grandes quantidades de mantimento para vender com uma grande margem de lucro nas ruas. O caminhão é preto e não tem logomarca de nenhuma empresa, mas há tinta branca espalhada na lateral em um quadrado quase perfeito, cobrindo algo escrito com tinta spray vermelha. No entanto, apenas três cantos da frase são visíveis sob o borrão branco.

Os supermercados tinham mais produtos básicos — laticínios, pães, enlatados — do que vegetais frescos ou carne antes que a cadeia de distribuição começasse a desmoronar aos poucos. Quando fecharam as fronteiras, a maioria dos vegetais parou de vir e todos optaram por enlatados e congelados. Em seguida, lentamente, os alimentos congelados também desapareceram.

A última vez que fui à loja com meu pai, a maioria das prateleiras estava vazia, e eles não se preocupavam em reabastecê-las, porque sabiam que ficariam vazias de novo assim que as portas se abrissem. Em vez disso, as caixas haviam sido cortadas e empilhadas em carrinhos, para que pudéssemos pegar. Esperávamos na fila com nossas máscaras, e eles nos deixavam entrar, seis pessoas de cada vez. E, claro, a nova política era "tocou, comprou".

Contudo, Jamie e eu tocamos o que queremos no caminhão, verificando datas de validade e se as latas estão amassadas. Depois de estocar o que podemos carregar, fechamos bem a porta, porque Jamie tem medo de que roedores consigam entrar de alguma forma. Ele abre uma caixa de marcadores permanentes e escreve sobre a tinta branca: "PODE ABRIR! COMIDA AQUI DENTRO."

— Claro, isso nem parece uma armadilha — digo.

— Ué, as pessoas que precisam vão arriscar.

Amo esse jeito otimista dele. Funciona para ele, mas talvez seja porque nunca precisou lidar com pais liberais que *mesmo assim* conseguem deixar qualquer um chocado quando dizem que "é só uma fase" depois que o filho sai do armário. Teve também aquela vez, na sexta série, quando aparentemente fiz amigos divertidos, que me convidaram para encontrá-los no cinema na sexta à noite, mas não foram. Ah, espera aí! Que bobo eu sou, eles foram, *sim*. Só que na sessão anterior, para que pudessem sair e me encontrar esperando lá, depois de uma hora. E então, tentaram me fazer pensar que *eu* tinha ouvido a hora errada.

Pois é, otimismo não é muito a minha praia.

Às vezes, eu gostaria de conseguir pensar como Jamie. Sua lógica é racional, mas também cheia de esperança. Isso me faz sorrir, e continuamos nosso caminho.

É nosso vigésimo sétimo dia de viagem, e já dá para ver Baltimore a distância. O que resta dela, pelo menos. Nova York parecia semelhante. Só que na última vez que vi Nova York, os incêndios continuavam a toda. Baltimore está silenciosa e clara. O tempo esquentou de novo.

— Aqui é onde as coisas ficam interessantes — diz Jamie, largando a mochila.

— Interessantes como?

— Eu estava checando o mapa ontem e percebi uma coisa. — Ele tira de sua mochila o atlas rodoviário que peguei em uma livraria de Connecticut. — Todas as principais rodovias de Baltimore, ou ao seu redor, são túneis. Tem o túnel Fort McHenry, que segue a Estrada 95.

— Tudo bem, então qual é o outro e até onde ele vai? — Estamos chegando perto de Alexandria, mas hoje é dia vinte e nove de maio. A primeira metade de viagem foi atrapalhada por eu estar mancando. Por isso, só temos onze dias para chegar aos Foster ou corremos o risco de eles não estarem lá.

Se é que ainda vão estar vivos.

Jamie aponta para o atlas.

— Na real, isso não nos tira do caminho. É o túnel do porto de Baltimore. Mas talvez seja melhor sair aqui, na Rota 40. — Seu dedo se move para a interseção da estrada com o túnel. — Depois, seguir até aqui, até onde ela se encontra com a Estrada 695, e seguir de volta até a interestadual 95.

— Mas isso atravessa Baltimore. A gente falou que queria evitar as grandes cidades.

— Verdade, mas estou um pouco preocupado com os túneis. Não sabemos o estado em que estão, podem ter desmoronado por causa do mau estado ou podem estar cheios de corpos.

Meus pensamentos começam a correr soltos. E se a cidade estiver um caos? E se houver pessoas lá? E se Jamie quiser ficar com eles por um tempo? São tantas formas possíveis de atrasos. Eu teria que deixá-lo novamente.

Pensar nisso me deixa nervoso, porque ele provavelmente tentaria vir atrás de mim, como fez antes. Só que, desta vez, eu consigo me mover um pouco mais rápido, e ele pode não ser capaz de me alcançar. E, tão perto de Alexandria, eu não seria capaz de me convencer a não ir até lá.

Cheguei até aqui. E, sim, Jamie nunca deveria ter vindo comigo, mas eu não conseguiria ter chegado tão longe sem ele. No entanto, preciso começar a pensar em como chegar a Alexandria sem que ele saiba.

A melhor maneira é continuar no nosso caminho, e esperar que, quando ele perceber que algo está acontecendo, já seja tarde demais.

— Vamos pegar a rota que fica na 95, e ver como é — digo a ele. — Se for ruim, podemos seguir seu caminho.

— Vamos acabar dando uma volta muito grande.

É, mas esta rota é a mais direta. E não tenho intenção de voltar atrás.

— É melhor do que sair do nosso caminho e atravessar da cidade. Não acho que Baltimore era supersegura nem mesmo antes do vírus.

— Se os túneis tiverem desabado, ainda vamos sair do caminho.

— Não sabemos se há algo errado com os túneis.

— Tem também a ponte Francis Scott Key, aqui embaixo. — Ele aponta mais a jusante do rio Patapsco, para a rodovia 695. — Se você não quiser passar por Baltimore, podemos voltar ao norte, para seguir a 695, até onde ela se encontra com a 95 novamente.

— Ai, meu Deus, você parece meu pai, com todas essas rotas diferentes. E isso ainda está fora do nosso caminho.

— Não acho que os túneis sejam uma boa ideia, Andrew.

— São as vias mais diretas. Podemos pegar o McHenry e ver como está. Olha. — Aponto para a placa descascada da estrada. Há outro daqueles quadrados brancos, pintado no canto inferior da placa (novamente, cobrindo o que parece ser tinta spray vermelha), mas não cobre as palavras "Túnel Fort McHenry, Praça de Pedágio, oito quilômetros". — Estamos quase lá, podemos conferir.

— Tudo bem.

Ele dobra o mapa, e evita meu olhar enquanto o guarda, claramente irritado.

Não quero sair do caminho, se não for necessário. Também tivemos sorte, pois não encontramos ninguém em mais de cento e sessenta quilômetros. Parte de mim acredita que evitar cidades maiores ajude nisso. A outra parte de mim está começando a se preocupar que talvez todo mundo realmente tenha *morrido*.

Chegamos ao túnel um pouco antes do meio-dia, caminhando a maior parte do tempo em silêncio, já que Jamie está, é claro, irritado comigo. Porém, apenas meus próprios passos ecoam no asfalto e no concreto. Olho para trás, e vejo Jamie parado olhando para a entrada do túnel.

— Você vem?

— Aham — diz ele, ainda sem olhar para mim.

Ele tira a mochila e começa a vasculhar até encontrar uma pequena lanterna.

— É uma reta — digo.

É sério, é só um caminho reto. Não são as catacumbas de Paris, é um túnel.

Ele resmunga, coloca a mochila nas costas e depois ilumina o interior do túnel para mim. Eu me viro, e começamos a caminhar; nossos passos ecoam juntos, agora.

— Sabe, se acabar a bateria dessa coisa, vamos ter que cavar no escuro daqui para frente.

A lanterna é usada principalmente quando temos que ir ao banheiro à noite.

— Fazer o quê, né?

Há algo em sua voz. Será que é medo?

Ainda olhando para a frente, dou um sorriso.

— Jamie, você já assistiu ao seriado *Chernobyl*?

— Cala a boca.

— E se a gente morrer aqui *dentro*? E se assim que chegarmos à metade do caminho estivermos envolvidos na escuridão?

— Cala. A. Boca.

— Você tem medo do escuro — digo, virando-me para ele.

Seguindo a escuridão, marchamos para dentro do túnel.

Sua voz vacila levemente, enquanto seus olhos percorrem as sombras.

— Você tem medo de manequins, cara. Está se achando por quê?

— Não consigo acreditar. O grande e malvadão Jamie, o sobrevivente, tem medo do escuro. Você tinha uma luzinha noturna quando era criança?

— Tinha, até o ensino médio.

Ai, meu Deus, isso é realmente fofo ou meus padrões foram lá para baixo por causa do apocalipse?

— Não estou com medo do escuro — diz ele, claramente mentindo. — Estou com medo do túnel.

— O que ele vai fazer? Morder você?

— Desmoronar.

Ele está apontando a luz para o teto, procurando por rachaduras.

— Ah, claro, porque a lanterna vai imped... AH!

Dou um grito quando algo frio e molhado toca meu tornozelo e inunda meu sapato.

— Que foi? — Jamie pula, a voz trêmula de medo.

Ele move o facho de luz rapidamente pelo túnel, e vejo a água. O túnel está inundado, até meus tornozelos.

— Ah, que beleza — digo, levantando meu pé, tentando tirá-lo da água, mas não adianta nada.

Eu o coloco de volta para baixo e continuo andando.

— Espera, para aí.

— Jamie, não está desmoronando. — Eu me viro, pego a lanterna dele e a aponto mais para frente. A luz desaparece na escuridão à medida que o túnel faz uma curva, mas dá para ver o teto do túnel refletido na superfície da água abaixo. —Provavelmente é só por causa da chuva. É um declive, e o túnel está bem aberto aos elementos da natureza.

Jamie não responde. No entanto, quando me viro para andar para a frente, seus pés também chapinham na água. Eu lhe entrego a lanterna e continuamos.

É só quando a luz atrás de nós se desvanece totalmente que percebo que a água parece estar subindo pelas minhas pernas. Atribuo isso a pequenas ondinhas que nosso movimento gera, mas em seguida Jamie fala:

— A água está mais alta.

— Ainda estamos em declive.

Contudo, não tenho mais tanta certeza de que essa seja a explicação.

Continuamos em silêncio, mas logo a água passa dos meus joelhos. Está ficando mais difícil andar agora. Depois, a água atinge minhas coxas e, sim, talvez tenha sido um erro. No entanto, Jamie não fala nada; ou está muito chateado, ou sabe que cheguei à mesma conclusão que ele: já estamos na metade do túnel, e o erro foi cometido.

A água gelada desliza pela minha cintura, e meus dentes estão batendo. Eu me viro para Jamie; ele continua apontando a lanterna para o teto de azulejos. Ele não está bravo, está com medo.

— É tarde demais para pedir desculpa? — pergunto.

— Um pouco, mas tudo bem. Não tem como faltar muito ainda.

Continuamos em movimento, mas a água continua subindo. Está na altura de nosso peito, e levantamos as armas sobre nossas cabeças. Porém, as mochilas estão encharcadas e nos atrasam. Há alguns carros que enferrujaram sob toda a água, com o interior também cheio. Jamie aponta a luz para um dos veículos e vemos o corpo inchado de alguém flutuando contra a janela.

— Acho que são as bombas — diz ele. Não peço que explique, porque meus dentes estão batendo, mas ele diz, mesmo assim. — Acho que os túneis têm bombas que mantêm a água do rio do lado de fora. Teve um furacão que atingiu Nova York, e os metrôs inundaram, porque a água não podia ser bombeada rápido o suficiente.

— Viu? Eu disse que não tinha desmoronado. E você aí, todo preocupado achando que pelo túnel seria mais difícil.

— Rapaz, estou até vermelho de tanta vergonha.

— Hum... eu diria que está mais azul. — Sorrio para ele, mas em seguida vejo que a lanterna está mais fraca. — Ô, Jaime, lembra aquela piada que eu fiz antes, sobre a lanterna ficar sem bateria?

— Lembro. Não foi engraçada.

— É ainda menos engraçada enquanto está acontecendo.

Jamie olha para a lanterna.

— Tudo bem. Será que dá para a gente ir pouco mais rápido?

Concordo com a cabeça, e continuamos em movimento. A água está quase em nosso pescoço. À essa altura, podemos praticamente nadar.

— Não deixe entrar na boca, nem nos olhos — diz Jamie.

A luz está ficando mais fraca. E se a água ficar mais alta? Não vamos conseguir nadar porque a comida enlatada em nossas mochilas vai pesar.

O que faremos?

Jamie dá um grito quando a lanterna se apaga. Estamos sozinhos no escuro, sob trinta metros de água fria do rio.

JAMISON

GRITO ENQUANTO AGARRO ANDREW na escuridão. Eu o sinto pular para longe de mim, assustado, mas depois estendendo a mão e pegando a minha.

— É você, né? — pergunto.

— Sou eu — diz ele. — Te peguei.

Ele entrelaça os dedos com os meus e me puxa para perto. A água parou de subir bem no meu pescoço, o que significa que Andrew está um pouco acima da superfície. Envolvo um braço em volta dele e tento levantá-lo até minha altura.

— Obrigado.

Sua voz vacila. Ele deve estar com medo também. Nós andamos. Seguro sua mão, e ele segura a minha com força. Meu braço está em volta de sua cintura, segurando-o.

Estou com frio, molhado e apavorado. Ainda assim, com Andrew tão perto, eu me sinto mais seguro, como se o escuro não pudesse causar nenhum mal. Não que haja algo no escuro. Nem mesmo o que acabou de roçar na minha perna. Eu tremo, e a mão de Andrew me aperta.

A água baixou, mas inicialmente não noto, porque meu corpo está muito frio.

Continuamos em movimento. Quando a água está em nossa cintura, nos movemos mais rápido e vamos respingando quando vemos a luz da curva à frente. Corremos até escapar da água fria do rio, com o sol ao nosso alcance. Nossas mochilas estão encharcadas e pesadas, mas estamos com força total.

Ofegantes, nos atiramos sob a luz do sol para nos aquecer, e solto um grito de vitória. Não quero soltar a mão de Andrew, mas sei que será preciso em algum momento. Então, puxo-o para um abraço molhado e começo a dar pulos. Ele se junta a mim e me aperta de volta, gritando também. Ele está rindo de novo, e eu rio junto. Solto-o, mas continuo sorrindo.

Andrew me olha com um ar presunçoso.

— Falei que essa seria a nossa melhor opção.

— Você não tem mais permissão para tomar decisões.

— Nem mesmo sobre o que iremos jantar?

— Muito menos sobre o que teremos para o jantar.

E agora que tocamos no assunto, me lembro da comida que trouxemos. Coloco o rifle no chão, e tiro a minha mochila das costas. Ainda está vazando água suja do rio. Andrew tira a dele também, e começamos a retirar as roupas e a comida enlatada. O rótulo dos alimentos está encharcado, os livros estão encharcados, as roupas estão encharcadas, mas o pior de tudo: o atlas rodoviário está encharcado.

— Já pedi desculpas? — pergunta Andrew.

Abro o caderno da minha mãe, virando as páginas com cuidado, para não rasgar. A escrita ainda está lá, e as páginas estão intactas.

— Não está ruim. Dá para secar.

Coloco o livro ao sol, aberto ao meio. Gentilmente, Andrew desdobra algumas das páginas do atlas rodoviário, e o coloca ao lado, no meio da estrada com quatro latas de comida sobre cada canto.

— Além do mais, olha para o lado positivo. — Ergo uma lata. O rótulo ficou em algum lugar da mochila ou nas pilhas molhadas delas no chão. — Toda noite vai ser um jantar misterioso. Acho que vou deixar você escolher uma lata de vez em quando.

Estendemos nossas roupas molhadas e sacos de dormir pela estrada, viramos as mochilas molhadas do avesso e nos deitamos para secar ao sol. Pego as duas últimas pilhas na minha bolsa para trocar as da lanterna. Andrew zomba de mim outra vez por minha claustrofobia, e eu zombo dele pelo Manequim do Machado, enquanto finjo que não era apenas claustrofobia. Acho que ele pensa que eu estava brincando sobre a luz noturna. Mantê-la durante o ensino médio era mais por hábito do que pelo medo do escuro. Mas o medo é real, sim.

***

Por mais três dias, não avistamos ninguém. Estou surpreso com o quão vazias as estradas estão. Especialmente quando deveríamos pelo menos estar vendo outros viajantes a caminho do Reagan National. Não me entenda mal, estou mais do que feliz em evitar o maior número possível de gente até chegarmos lá, mas mesmo assim. As estradas estão estranhamente calmas.

Nos filmes e programas de TV sobre o apocalipse, os que Andrew ficaria chocado por eu ter visto, as estradas estão sempre cheias de carros abandonados — é o engarrafamento do fim do mundo. No entanto, a realidade é que, quando a coisa ficou feia, ninguém queria ir a lugar nenhum. Encontramos alguns bloqueios abandonados de carros ou picapes nas rodovias. Ainda assim, na maioria, são poucos carros aqui e ali, geralmente cheios de corpos de pessoas tentando chegar a algum lugar — talvez até a família ou a um local onde costumavam passar férias. Não consigo deixar de sentir pena dessa gente que nunca chegou ao seu destino.

Paramos para tomar água, e Andrew pega o mapa novamente. Ele o observou a cada duas horas nos últimos dois dias, mas não sei por quê.

— O que você está procurando? — pergunto enquanto aperto a tampa da minha garrafa.

— Uma rota diferente em torno de Washington. Mas é difícil. Olha. — Andrew aponta para o mapa, e eu me agacho para ver. — A gente poderia pegar a rodovia 495, mas parece que ela só circunda a cidade.

— E qual é o problema?

— Nenhum, mas olha para a Rota 1. — Ele aponta a linha que representa a estrada, que passa por Alexandria, Virgínia. — Basicamente, começa a correr paralela à 95, e se a pegarmos até a 495, e depois cortarmos Bethesda, podemos evitar pegar a 1 através de Washington.

Alexandria. Há algo a respeito de Alexandria, mas não consigo lembrar o quê.

— Ok — digo. — Então passamos por Bethesda aqui embaixo e... — Sigo a estrada com o dedo, depois olho para ele. — Ela ainda passa por Washington. Olha, aqui está o Memorial do Vietnã, o Memorial de Lincoln, o Pentágono e, finalmente, o Reagan National.

Ele se concentra no meu dedo, enquanto aponto cada ponto de referência.

— Ah, passa mesmo.

Há algo rolando com ele.

— Só para deixar claro, você quer atravessar Washington para evitar passar por Washington?

— Pensei que desse a volta na cidade — diz ele, baixinho.

Eu o encaro, tentando entendê-lo. Normalmente, é algo que consigo fazer; pelo menos tem sido assim desde que o conheci. Não que eu saiba tudo o que ele está pensando, mas sei dizer quando está irritado — como quando a chuva está chegando e sua perna dói. Consigo perceber quando ele está pensando em algo que aconteceu antes do apocalipse, porque ele fica quieto, e quando eu pergunto o que está acontecendo, ele sorri e diz que não é nada ou que estava pensando em um filme para me contar.

Nesse momento, sei identificar que ele está escondendo alguma coisa. Em seguida, me ocorre: o pedaço de papel no livro que ele me deu tinha um endereço em Alexandria. Então *era* uma parada que ele queria fazer. Alexandria fica mais ao sul do que o Reagan National. No entanto, não sei por que ele não me contou sobre isso nem me disse o que há por lá.

Tento pensar em várias razões pelas quais ele esconderia isso de mim, mas nenhuma delas parece fazer sentido. Ele confia em mim — provou isso quando me deixou torturá-lo para ajudar a curar sua perna. Mesmo assim, não consigo entender por que não confia em mim agora.

Pela primeira vez, me pergunto se cometi um erro ao confiar em Andrew.

Pensar nisso me dá um nó no estômago.

— Por que você quer tanto ir lá? Pode me contar, Andrew.

Espero que ele morda a isca, e me conte sobre Alexandria. Foi de propósito que falei "lá", em vez de Washington.

Ele continua evitando meu olhar.

— Eu só não olhei o mapa direito.

Cruzo as pernas e me sento ao seu lado. Ele ainda não está pronto para me contar, e não quero ficar aqui pensando nas possibilidades. Mesmo assim, confio nele, por isso sinto que devo deixá-lo saber que pode confiar em mim.

— Sei do que se trata.

Ele finalmente olha para mim. Não é verdade. Sei que há algo específico que ele está procurando, mas não quer me contar. A chance mais óbvia é que ele quer encontrar alguém. Andrew quer ser otimista sobre algo, mas tudo o que aconteceu em sua vida não permite. Isso se baseia na compreensão limitada que tenho de sua vida pré-apocalipse. Seus pais eram rigorosos, e não necessariamente aprovavam a pessoa que ele era. Ele não tinha alguém como minha mãe, que era espiritualizada, mas não religiosa; que acreditava que o que emanamos para o universo, recebemos de volta. Andrew quer esperança, mas não consegue se *permitir* ser esperançoso.

— Entendi que você quer encontrar pessoas — digo. Algo muda em seu rosto, e parece que ele vai me interromper. Em seguida, falo rápido. — Se você quer procurar alguém, acho que devemos ir em frente.

Meus instintos — aquela chama cada vez maior no meu estômago — me dizem que desviar da nossa rota é errado. Mesmo assim, confio nele, quer eu deva ou não. Até agora, Andrew tem sido supersincero sobre tudo, então deve haver uma explicação. Eu sei que deve.

Tento lhe dar um sorriso amigável, mas ele não sorri de volta. Eu me levanto e estendo a mão para ajudá-lo. Iremos por Alexandria, para encontrar quem ele precisa encontrar, e não vou impedi-lo. Talvez seja meu próprio otimismo se aproveitando de mim, mas acho que, no final das contas, ele vai acabar me contando.

Pegamos a rodovia 495 em torno de Washington, e saímos na rota 355 para Bethesda. De longe, a pequena cidade parece pior do que Baltimore. As lojas foram saqueadas, carros foram queimados, lixo e folhas esvoaçam com a brisa abafada e úmida. Os corpos espalhados pelo chão são muito mais antigos do que o decapitado em Mailey. Pelo menos nenhum deles parece ter morrido em decorrência de atos de violência. Se eram vítimas de gripe, eram do tipo morto-vivo: aqueles que se recusavam a descansar e a permanecer em casa e ficavam delirantemente pelas ruas enquanto a febre lhes cozinhava o cérebro, e o muco os afogava.

As ordens de ficar em casa chegaram tarde demais — em algum momento no início de setembro, depois que o vice-presidente tomou posse. A maioria das pessoas não precisou da ordem de ficar em casa; já faziam isso desde julho. Mesmo assim, ainda havia algumas, como os oito ou mais corpos no centro de Bethesda, que decidiram tentar a sorte. Quando o governo tentou instituir um *lockdown* total, como alguns países europeus, a Guarda Nacional já havia perdido a maior parte de seus funcionários, portanto não havia ninguém para instaurar a quarentena.

Todas as medidas foram tomadas lentamente ou tarde demais.

Andrew anda quieto por muito tempo, o que sempre me deixa nervoso. Gosto mais quando ele fala, mesmo que eu apenas escute. Aponto para a vitrine quebrada de uma Banana Republic.

— Será que a gente troca esses trapos?

— Ah, Jamie. Você sabe que as últimas coleções foram para a linha de outono. Você quer usar calças de brim e camisas xadrez em um calor de quarenta graus?

— É uma boa, porque aí a gente deixa claro que não está para *brinc*adeira. Entendeu? Hein, hein?

Ele revira os olhos, mas eu o vejo sorrir.

— Acho que é minha vez de vomitar com uma piada ruim sua.

Ele finge vomitar.

— Ah, claro, porque as suas piadas são o auge do humor.

— Ah, disso eu sei. Quer dizer, elas são tão boas que eu devia cobrar.

Ele me cutuca, dá um sorriso, e sinto algo vibrar no meu peito. Não tenho tempo para apreciar a vibração, ou mesmo pensar no que isso poderia significar, porque alguém fala atrás de nós.

— Se vocês dois parassem de brincar, conseguiriam ouvir uma velhinha espreitando vocês.

Quando nos viramos, há uma espingarda apontada para o rosto de Andrew.

ANDREW

Jamie levanta sua arma, e o cano da espingarda se move para colocá-lo na mira.

— Não — diz a voz rouca.

A mulher que segura a espingarda deve estar nos seus sessenta ou setenta e poucos anos. Pela aparência, poderia muito bem ser prima de Bea Arthur, e soa como se fumasse um maço de cigarros por dia desde 1967. Ela é branca e magra, com cabelo branco curto e encaracolado, e está vestindo um colete marrom, uma camisa branca solta e jeans.

Jamie ergue a mão e coloca o rifle no chão na frente dela. Sigo seu movimento.

— Bons meninos — diz ela, com as rugas se aprofundando ao redor dos olhos, enquanto sorri. Ela abaixa a arma, mas não o suficiente para eu parar de me preocupar com o local onde ela acertaria o tiro em nós. — Agora, vamos começar com o que vocês estão fazendo aqui. Não vi nenhum de vocês dois pela cidade antes.

— Não somos daqui — diz Jamie.

— Essa parte eu já sei, caso você estivesse prestando atenção. Perguntei *o que* vocês estavam fazendo aqui.

— Apenas de passagem — digo.

— De onde?

— Filadélfia — diz Jamie.

— Connecticut — digo.

— Qual deles? Filadélfia ou Connecticut?

— Dos dois — respondo, antes de Jamie falar. — Eu o encontrei fora da Filadélfia, quando vinha de Connecticut. — Decido ser proativo, e continuar falando. — Estamos indo para o Aeroporto Reagan. Você já ouviu falar?

Ela concorda.

— Por causa da ajuda da Europa?

— Você esteve lá? — pergunta Jamie.

— Na Europa? Não, nunca fui. — Jamie abre a boca para corrigi-la, mas ela o dispensa com um gesto. — É brincadeira. Não, ouvi falar, e vi o grafite, mas... parece mentira para mim. Reagan fica para o sudeste, vocês estão meio longe. O que fez vocês passarem por aqui?

— Queríamos passar por Washington, para ver se restava alguma coisa. Caso Reagan seja mentira — responde Jamie.

Ela franze a testa e abaixa mais a arma. Lentamente, baixamos nossas mãos. Ela solta um grunhido baixo, que se transforma numa tosse seca. Nós hesitamos, a idosa levanta a mão para nós e cospe no chão atrás dela.

— Não se preocupem, tenho essa tosse desde 1982. Não é a supergripe. É o cigarro. O que, infelizmente, não tenho mais. A não ser que vocês tenham encontrado uns cigarrinhos pelo caminho para sua nova amiga Henri.

Balançamos a cabeça, e digo:

— Não, desculpa.

— Ah, tudo bem. Peguem suas armas, vamos. Está ficando tarde. Podem passar a noite aqui.

Ela acena com as mãos para nossas armas e começa a se afastar de nós.

— Hum, na verdade — Jamie começa, mas Henri o interrompe.

— Não foi uma pergunta. Vamos, não é seguro depois do pôr do sol. — Ela se vira para nós, sorrindo. — Há feras vagando pelas ruas à noite.

Ela dá uma risada que se transforma em outro ataque de tosse.

Nós a seguimos até um pequeno rancho de tijolos fechado por tábuas e rodeado por uma cerca de ferro de um metro e meio de altura. Há pilares de tijolos ao longo da cerca, a cada dois metros mais ou menos, com globos de concreto no topo. A casa é pequena, com um quintalzinho na frente e uma entrada de veículos de concreto, que também é fechada pela cerca. Há um velho Buick marrom coberto de poeira e pólen estacionado, com uma mancha de graxa escorrendo por baixo dele.

Henri destranca o grande cadeado, puxa a corrente e abre o portão da frente com um rangido baixo de ferrugem. Ela o segura aberto para nós, enrola a corrente de volta enquanto passamos por ela e nos tranca ali.

Jamie me lança um olhar de incerteza, mas, por algum motivo, não a temo. Não porque ela seja velha. Sei que, se quisesse, ela já poderia ter atirado em nós na rua. Em vez disso, ela nos convida para sua casa.

Perdão, para seu *bunker fortificado*.

Ela abre a porta para nós. O ambiente é bolorento e quente, mas há algo de reconfortante nisso.

— Tirem os sapatos — diz ela.

O carpete é macio, e eu flexiono meus dedos contra ele, sentindo algo diferente do asfalto duro pela primeira vez em mais de quatro semanas. A luz do sol entra pelas janelas através das frestas nas tábuas de madeira.

As paredes são decoradas com obras de arte de natureza morta e fotos antigas. Há um aparador de madeira com gavetas encostado na parede à nossa frente. Fotos de diferentes pessoas, com molduras de bordas douradas, alinham-se no topo. Incluindo uma versão jovem de Henri, segurando uma criança sorridente nos braços. Não quero perguntar a respeito, pois o resto da casa está em silêncio.

— Larguem as mochilas, fiquem à vontade. Podem se sentar. — Ela estende os braços em direção à sala de estar à nossa direita. — Posso pegar algo para vocês beberem? Tenho água e suco em lata.

— Água está ótimo, obrigado — diz Jamie.

— Para mim também, obrigado.

Olha só para nós, tão educadinhos mesmo depois do apocalipse.

Ela vai para a cozinha, e eu a ouço pegar os copos, e colocá-los em um balcão. Penso naquela primeira noite com Jamie. E como eu estava muito preocupado com a possibilidade de ele me envenenar.

— E se ela tiver colocado algo na água? — sussurro.

— Por que ela teria nos trazido até aqui para nos envenenar, se podia ter nos matado na rua?

— Para economizar munição, provavelmente.

Nós nos viramos e vemos Henri atrás de nós, segurando dois copos de água.

Meu Deus do céu, como ela é silenciosa. Essa é a segunda vez que se aproxima de fininho.

Pegamos os copos. Ela se vira e volta para a cozinha.

— Falei para vocês se sentarem.

Vamos para o sofá e nos sentamos. É como sentar em uma nuvem. Solto um suspiro, quando Henri volta da cozinha com um copo vazio. Ela pega o copo de Jamie e derrama um golinho dele no dela. Depois, despeja um pouco do meu também e me devolve. Ela bebe a água de uma só vez e coloca o copo na mesinha de centro na nossa frente.

Ela aponta para Jamie.

— Se eu quisesse te matar, não teria parado para conversar na rua. Teria atirado nas suas costas. — Em seguida, ela aponta para mim. — Depois, quando você se virasse, eu também teria acabado contigo. E, no entanto, aqui estamos nós, bebendo água da chuva, fresca e esterilizada e nos apresentando.

Ela se senta no sofá de dois lugares à nossa frente, e coloca os braços sobre o encosto.

— Bom, eu sou a Henrietta, mas me chamem de Henri. Todo mundo me chamava assim.

— Eu sou o Jamison.

Ele toma um gole de água.

— Andrew. Prazer em conhecer a senhora.

— Estamos bem apresentados. Agora, vamos falar de civismo. Vocês estão atravessando Washington, na esperança de que o governo dos Estados Unidos tenha se organizado o bastante para ter sua própria pequena civilização aqui?

— Essa era a ideia — responde Jamie. — Achamos que qualquer pessoa que estivesse seguindo as placas iria se esconder lá para esperar até o dia dez de junho. E o governo teve que sobreviver de alguma forma.

Fico feliz que ele esteja falando; parte de mim teme que Henri venha com um detector de mentiras bem sintonizado e exponha minhas meias-verdades assim que as palavras saírem da minha boca.

Ela ri.

— Ah, querido. Nosso governo desmoronou antes de qualquer outra coisa. O Congresso levou anos para aprovar projetos de saúde, depois argumentou que eles eram inconstitucionais. Depois, quando todos começaram a adoecer, tudo o que importava era a economia. O que te faz achar que eles tomariam decisões sobre a segurança e a continuidade do nosso país? Aqueles idiotas estavam todos preocupados com eles mesmos. Não, a área do Capitólio foi a primeira cidade a atingir a população zero.

Ela levanta a mão e faz um zero para enfatizar seu argumento.

— Mas não somos só nós. As embaixadas estrangeiras nem se deram ao trabalho de retirar seus cidadãos daqui. É por isso que também não estou dando muito crédito aos rumores de Reagan. — Ela balança a cabeça, com tristeza nos olhos. — Sinto muito, crianças. Parece que é cada um por si, não importa aonde a gente vá.

— Foi o que imaginamos, mas não há como saber sem tentar.

— Vocês são bem-vindos para passar a noite aqui. Até mais tempo, se precisarem. — Ela se levanta do sofá com um gemido. — Melhor começar a trabalhar no jantar. Quem quer sair, e ficar de vigia?

— Vigiar o quê? — pergunto.

Ela olha para mim com um sorriso de quem sabe das coisas. Ela pega sua espingarda e a joga.

— Eu te disse, há monstros no escuro.

Ela se vira, rindo e tossindo, enquanto caminha para os fundos da casa. Jamie me lança um olhar que diz: *Ela é louca.* Dou de ombros, me levanto e a sigo pela porta dos fundos até o quintal.

Há uma cerca alta de madeira ao redor do quintal. No centro, há uma pequena churrasqueira feita de tijolos com um forno a lenha acoplado. Ao lado da casa, há uma pequena estrutura de madeira com uma lua esculpida. Uma latrina. Imagino que ela a tenha construído depois que o abastecimento de água foi interrompido. *Espero* que ela a tenha construído depois que o abastecimento de água foi interrompido.

— Meu falecido marido que construiu — diz a senhora, dando um tapinha no forno de tijolos, ao passar por ele. Ela continua até um galpão nos fundos do quintal e grita para nós enquanto abre a porta. — No começo, eu achava um horror. E nós usamos só umas doze vezes em vinte anos, desde quando ele o construiu até sua morte. Mas vou dizer que tem sido muito útil desde que o gás parou de funcionar no fogão lá de dentro.

— Minha casa também tinha um fogão a lenha — diz Jamie.

— Bom, então você pode me ajudar a cozinhar. Andrew, você fica de vigia. Se você vir qualquer coisa passar por cima da cerca, atire.

— Sim, senhora.

Ela está *brincando*, né?

— E não diga "sim, senhora". As únicas pessoas que me chamavam de senhora eram operadores de telemarketing e Testemunhas de Jeová.

— Então, Henri, como são esses monstros?

Ela olha para mim com aquele mesmo sorriso malicioso e entrega a Jamie quatro latas de comida.

— Você acha que eu sou louca, não é?

Como posso dizer isso de uma maneira delicada?

— Você está falando de monstros que saem à noite.

Acertei em cheio.

Ela balança a cabeça.

— Só porque há histórias sobre monstros, não significa que eles não existam na vida real. Ainda mais hoje em dia.

— Entendi, monstros metafóricos.

Olho para a cerca. Ela está falando de pessoas. A gangue de Howard. Eu. *Nós* somos os monstros agora.

— Pronto, agora você está usando a cabeça, garoto. Apenas use seus olhos junto com ela.

Observo a cerca, enquanto Henri e Jamie conversam e preparam o jantar. O sol fica mais baixo, e Henri pede a Jamie para acender o fogo para que tenham luz. Sob as calhas, em ambas as extremidades da casa, há grandes barris pretos que coletam água da chuva.

O canto direito do fundo do quintal é ocupado por fileiras de legumes frescos. Henri pega uma pimenta e um pepino, e enche uma tigela grande com água do balde que capta a chuva, usando uma torneira na lateral. Ela lava os legumes e volta até onde Jamie está.

O que quer que estejam fazendo está com um cheiro incrível. Olho para Jamie e Henri; eles estão sorrindo e conversando enquanto cozinham. O sol se pôs, e só consigo ver o que as chamas da fogueira iluminam, mas Jamie parece feliz por estar aqui.

Ouço o som de algo arranhando o outro lado da cerca à minha direita. Eu me viro, apontando a espingarda. Porém, quase tão repentinamente quanto começou, o barulho para. Prendo a respiração e apuro a audição, mas escuto apenas as batidas do meu coração acelerado. Talvez tenha sido uma árvore, um galho ao vento ou algo assim.

Não foi. Há um arranhão mais alto e forte — vários deles, como garras de alguma criatura do outro lado —, e a cerca estremece. Ouço um rosnado atrás da cerca, perto do chão. Aponto a espingarda para onde suponho que o que quer que esteja fazendo aquele som está.

— No topo da cerca, Andrew! — A voz de Henri grita, atrás de mim. — Ali, não! No topo!

Levanto a espingarda para o alto da cerca. O que poderia ser? O que poderia pular para o topo da cerca? Henri está em movimento. Ela corre para o lado da casa.

— Caso você veja, atire e corra para a casa o mais rápido que puder. Vocês dois. Não espere para ver se acertou, só corra.

Henri pega algo. Ela corre para a cerca e começa a sacudir o que quer que ela tenha em sua mão, criando um ruído lancinante. Ela para o suficiente para eu ver que é um pote cheio de moedas. Ela coloca o ouvido na cerca, depois sacode as moedas uma última vez, gritando.

Ela para, e todos nós esperamos, em silêncio. Um minuto se passa, mas não ouvimos nada, e Henri se vira, sorrindo.

— Pronto, já foram.

Ela coloca o pote de volta onde estava e caminha até Jamie.

— O que era aquilo? — pergunta ele.

Ela dá de ombros, despreocupada.

— Eu disse que há monstros.

— Sim, *metafóricos*! — retruco.

— Então há reais, também.

Mesmo com o susto do monstro, comemos ali fora. Ela preparou coelhos, que vieram de conservas em potes de vidro que ela mesma fez, e legumes grelhados. É a primeira vez, desde que saí da casa de Jamie, que comi carne que não era recheio de ravioli enlatado. Está magnífico, e há bastante comida.

Perguntamos mais sobre o "monstro", mas tudo o que Henri diz é que ela sabe que é algum animal faminto. Um maior veio por cima da cerca certa noite, depois que ela já havia entrado para comer. Porém, ela nunca teve a chance de ver o que era, e nunca quis olhar. Ela passou a chamá-lo de "o monstro", por causa do tamanho do bicho.

— Além disso, sinto que adiciona um toque de fantasia ao apocalipse. Provavelmente é um urso do parque estadual ou um leão da montanha vindo dos Montes Allegheny. Juro de pé junto que vi um javali um dia, nos tempos pré-supergripe.

Depois do jantar, vamos para a sala e acendemos velas. Contamos sobre nossa vida, Jamie primeiro, enquanto ela bebe água e usa um pequeno ventilador portátil. No momento em que estou contando sobre como ele deu um jeito em minha perna, ele já está roncando, desmaiado de lado. Olho para ele e sorrio. Henri também.

Eu me levanto e ajeito seu torso sobre o sofá, para que seu pescoço não fique dolorido. Eu o deixo dormir, enquanto Henri se move para mim.

— Ele é seu namorado?

Sorrio e balanço a cabeça.

— Não faço o tipo dele.

Ela me lança um olhar cético.

— Ele deixou a própria casa para te seguir?

— Era uma cabana de férias, mas deixou.

Que diferença isso fazia?

— A cabana de férias com água quente e eletricidade.

E daí? Ele estava preocupado com Howard e seu pessoal. Ela não entende como as coisas estão feias no mundo lá fora. Essa senhora teve sorte. Se quiser pegar a estrada lá para o Norte para um banho quente, eu indico o caminho.

— Parece um bom lugar, é tudo o que estou dizendo.

Ela me dá outro olhar cético ou talvez crítico. Talvez pense que tenhamos sido imprudentes ao sair.

Eu sorrio e concordo com a cabeça; ela continua me olhando. Eu volto minha atenção para as fotos na parede.

— Algum deles é seu marido?

Ela ri, permitindo a mudança de assunto, e aponta para um retrato de casamento.

— Somos nós. Tommy e eu. Ele faleceu em 2007. No entanto, tivemos três filhos incríveis. — Ela os aponta enquanto fala. — Tommy Júnior, Kristy e Amy. Tommy e Kristy têm quatro filhos cada um, com seus cônjuges, e Amy está... estava grávida de seu primeiro. Foi a última informação que recebi.

A tristeza toma conta de seu olhar.

— Ela está...?

Não quero dizer. Só pensar nisso já é horrível.

Ela dá de ombros.

— Não sei. Não tive mais notícias depois que os telefones pararam de funcionar. Tommy Júnior morreu. Sua esposa, Maggie, me ligou em agosto do ano passado para contar. Ela me ligou de novo, quando o filho deles, William, e a filha, Anna, morreram. E depois nunca mais. Kristy perdeu o marido e três de seus filhos. Ela me ligava todo dia até os telefones pararem. Sou otimista, por isso gosto de pensar que eles ainda estão vivos.

— Onde eles estavam?

— Kristy estava no Colorado. Tommy Júnior no Maine. — Ela dá um sorriso triste. — Amy estava na Flórida.

— Onde na Flórida?

— Islamorada. Fica logo depois de Key Largo. Ela era dona de uma livraria por lá. Chamada de Esconderijo de Henri. Havia um café, e pequenos recantos de leitura ao longo das estantes, e redes no pátio, para as pessoas relaxarem e lerem. — Henri solta o que mal poderia passar por uma risada, antes de tossir. — Era para eu ter ido para lá, desde o início. Eu ia ajudá-la a cuidar da loja e... — Sua voz desaparece, e seus olhos ficam um pouco mais brilhantes. — Eu continuei adiando. Adiando a limpeza da casa, demorando para colocá-la à venda.

— E aí o vírus chegou.

Um sorriso triste aos poucos toma conta de seu rosto.

— Sabe que, no final de julho, quando finalmente percebemos como a coisa ficaria feia, eu comecei a limpeza derradeira.

— Limpeza derradeira?

— Eu não queria que meus filhos tivessem que dar um jeito em toda a tralha que Tommy e eu havíamos acumulado. Por isso, comecei a limpar. Mas aqui estou. A casa está pronta, e ninguém apareceu para comprá-la.

Sinto meu coração se apertar um pouco por Henri. Não sei o que dizer.

— Talvez você deva partir com a gente. Podemos ir até lá e procurá-la juntos, caso os rumores do Reagan National não sejam verdadeiros.

Parece errado mentir para essa senhora, mas ela poderia ajudar Jamie. Poderia ficar com ele, caso as coisas não deem certo em Alexandria. E, novamente, caso não deem certo no Reagan. É a primeira vez que penso nessas duas coisas, como um golpe duplo para Jamie. Me perder e depois ainda descobrir que os rumores sobre um comboio europeu foram exagerados.

Ela ri, e nós dois olhamos para ver se Jamie acorda. Mas ele continua dormindo.

— Não quero atrasar vocês.

— Não é como se estivéssemos com pressa.

E, conhecendo Jamie, ele realmente não se importaria.

— Eu também não acho que tenho disposição para mil e seiscentos quilômetros de caminhada, garoto. Desculpe, mas estou muito bem instalada aqui.

Contudo, ainda posso ver aquela tristeza em seus olhos. Parece que ela faria a viagem, se pudesse. E sei que acabei de conhecê-la — e posso estar totalmente errado —, mas parece que ela já pensou nisso antes.

— Espero que ela esteja viva. Mas eu fico sempre me sentindo culpada. Por ter sido tola antes de tudo isso acontecer e estragado tudo pensando que teria bastante tempo. Mães devem cuidar de suas filhas quando elas têm um bebê. E eu não estou fazendo isso.

— Talvez, se houver ajuda chegando, eles possam encontrar sua filha e trazê-la até aqui.

— Talvez. Quer dizer, se você estiver mesmo indo para o aeroporto.

Olho para ela, que está me dando um olhar perspicaz, como se estivesse me acusando de mentir.

— Como você sabe?

Ela zomba, e, se não me engano, parece feliz por passar para outro assunto.

— Querido, eu criei três filhos, e nenhum deles mentia tão mal quanto você. Toda vez que Jamie dizia algo sobre o Reagan National, você fazia essa carinha de culpa. Tommy Júnior costumava vir com esse papinho furado quando roubava meus cigarros.

Estou feliz que ela tenha guardado o segredo para depois que Jamie caiu no sono.

— Você está mais distante agora do que se tivesse simplesmente atravessado Washington até o aeroporto. E, se você estivesse esperando para ser salvo pela União Europeia Nova em Folha, já estaria lá, e não aqui comendo minha comida. Para onde você realmente está indo?

— É uma longa história.

— E você não contou a ele? — Ela aponta para Jamie. — Se contou, então ele é o melhor mentiroso que eu já vi.

— Não, ele não sabe.

— Para deixar toda a vida dele para trás, então esse menino confia em você. Não acha que deveria contar antes que ele descubra e isso o mate? Estou falando metaforicamente de novo. Porque depois que isso acontecer...

— E se a verdade o matar de qualquer maneira?

Ela dá de ombros.

— Se você está realmente em uma situação em que só tem a perder, precisa descobrir o que é mais essencial.

Olho para Jamie, que continua roncando.

— Bom, vou dormir — diz ela, dando-me um tapinha na perna e se levantando. — Quer que eu arrume o quarto de hóspedes para você?

Sacudo a cabeça.

— Não, não precisa. Vou ficar aqui com ele.

— Foi o que eu pensei. Boa noite, Andrew.

— Boa noite. E obrigado. Pela hospitalidade e pelos conselhos também.

Ela sorri, e eu a ouço caminhar pelo corredor até os fundos da casa. Ela fecha a porta e a tranca. Não confia cegamente em mim. Foi assim que sobreviveu por tanto tempo.

Ela sabe o que eu sou. Apenas mais um de seus monstros.

JAMISON

Henri se levanta antes de mim e eu a ouço sair para o quintal. Olho para Andrew, mas ele continua dormindo no sofá à minha frente, então me levanto e sigo Henri para fora.

— Bom dia, James — diz ela, ao lado do forno de tijolos.

— Pode me chamar de Jamie. Posso ajudar com alguma coisa?

Ela sorri e me entrega a espingarda.

— Não acho que eles costumam caçar em plena luz do dia, mas apenas por precaução.

Ela começa a cozinhar — coelho de novo, com pimentão salteado. O cheiro é maravilhoso, e meu estômago já está roncando alto.

— Você deveria arranjar um defumador — digo a ela.

— Sério?

— Daria para preservar a carne defumada em vez de enlatá-la.

— Talvez não seja má ideia.

Ficamos em silêncio, enquanto ela cozinha e eu presto atenção na cerca, à procura de qualquer barulho, mas não ouço nada além do silêncio de fim do mundo. Sem pássaros, sem aviões, sem carros. Apenas vento e insetos. Me viro para Henri.

— Por que nos convidou para entrar? Você estava atrás de nós. Poderia ter nos deixado seguir em frente e nunca teríamos te conhecido ou descoberto onde você mora.

— Sim, mas então, como você disse, nunca teríamos nos conhecido. — Ela dá um sorriso largo e rugas se aprofundam em torno de seus olhos. — Você acredita em destino, garoto? Um propósito maior, Deus e tudo isso?

Solto um grunhido baixo.

— Eu costumava acreditar. Não mais.

— O mesmo comigo. É difícil acreditar que há um propósito maior para todos quando noventa por cento das pessoas foram exterminadas. Por isso, tenho me concentrado mais na sorte do que no destino. Se você me conhecesse antes, saberia que sou uma mulher que gosta de apostar. Jogava na loteria duas vezes por semana; não pelo dinheiro, apenas pela esperança de ganhar. Meus filhos estavam bem financeiramente, pois Tommy havia feito um seguro de vida decente, e eu tinha minha pensão. Por isso, não precisava do dinheiro. Ainda assim, eu jogava.

"O máximo que ganhei foi cinco mil, em um bilhete de dois dólares. Desde que o mundo ficou arruinado, tenho abusado um pouco mais da minha sorte. Também sou ótima em analisar o caráter dos outros, e pude perceber que vocês eram honestos e do bem com apenas um olhar."

— E se não fôssemos?

Ela dá de ombros.

— Nesse caso minha sorte teria acabado, e é isso.

— Então, simples assim, você está pronta para morrer?

Ela olha para mim como se eu estivesse falando outro idioma.

— As pessoas estão correndo por aí matando umas às outras com total imprudência? Querido, se tudo o que impede as pessoas de se matar são as leis dos homens, então talvez *mereçamos* ser dizimados pela gripe. Às vezes, temos que confiar nas pessoas. O bem neste mundo pode te surpreender. Olhe para mim, olhe para vocês dois. Aqui estou eu, preparando o café da manhã para vocês antes de partirem para a Europa. E seu amigo desistiu da chance de dormir em uma cama macia, porque queria ter certeza de que você estava seguro no meio da noite.

Dou um sorriso. Talvez essa senhora saiba mesmo das coisas.

— Somos apenas as escolhas que fazemos agora. Arrisque sua sorte, querido. As pessoas podem te surpreender, às vezes. — Ela vira o coelho na panela, e move os legumes ao redor. — Agora vá acordar Andrew, para que vocês possam encher a barriga e seguir seu caminho.

Sigo em direção à casa, mas paro para dar uma olhada rápida para ela. Imagino-a aqui sozinha, cozinhando para si mesma, lutando contra feras estranhas à noite. Dia após dia. Minha vida também era assim, antes de Andrew. Solitária. Só de lembrar disso já sinto um peso esmagador no peito.

Depois do café da manhã, Henri nos leva para fora, com a espingarda na mão. Andrew se vira para ela e sorri.

— Obrigado por tudo, mais uma vez.

Henri gesticula, dizendo:

— Não foi nada.

Ela enfia a mão no bolso e tira uma pequena ferramenta. O metal está arranhado e enferrujado ao redor da junta. Ela o desdobra. É um canivete suíço, com faca, alicate, chave de fenda e vários outros utensílios.

— Toma. — Ela estende a ferramenta multiúso para mim. — Era do meu marido.

— Não, não podemos aceitar ...

Ela me interrompe.

— Encontrei-o alguns meses atrás, quando estava limpando. Achei que o tínhamos perdido, mas aqui está. Pegue. Vocês podem usá-lo na estrada, e eu tenho uma caixa de ferramentas inteira na garagem.

Não tenho certeza se devo pegá-lo. Ela já fez até demais por nós. Mas então ela suspira, pega a minha mão e a fecha ao redor do canivete.

— É melhor levarem. — Olho para a ferramenta. Está gravado com as iniciais "T.C.W." — Se vocês estiverem pela vizinhança novamente, apareçam. Só que, na próxima vez, tragam um pouco de comida.

Ela dá uma piscadela e abre os braços.

— Obrigado, Henri.

Eu a abraço.

— De nada, querido. — Ela me dá um adeus e sussurra em meu ouvido. — Lembre-se do que eu disse. As pessoas podem te surpreender.

Concordo com a cabeça. Depois, Andrew recebe seu abraço e passamos pelo portão de ferro. Henri o tranca assim que saímos. Nos despedimos mais uma vez, e ela nos observa ir. Quando viramos a esquina, acenamos uma última vez, e ela nos acena de volta.

Andrew me conta sobre a família de Henri e sobre sua filha chamada Amy, que ainda pode estar viva, na Flórida. Penso em Henri sozinha aqui no Norte, e a vontade é voltar para buscá-la. Eu a levaria nas costas até a Flórida se fosse preciso, mas não acho que ela viria conosco.

Paro e aponto para uma placa de acesso à rodovia.

— A gente pode ir por esse caminho. Verifiquei no mapa esta manhã, e há uma intercessão com a 95.

Andrew parece pensar nisso por um momento, mas depois balança a cabeça.

— Não, acho que devemos continuar por aqui. — Ele aponta para a frente, na direção em que já estamos indo. Em direção a Alexandria.

Concordo com a cabeça, e continuamos andando. Mas ainda sei que há algo que Andrew não está me contando. E as palavras de Henri ressoam na minha cabeça. *As pessoas podem te surpreender*. Pode ter sido um aviso, mas somente se ela soubesse por que Andrew estava nos levando para Alexandria. Ele não diria a uma estranha algo que não contou a mim.

Ele disse que queria encontrar outros sobreviventes, mas Henri disse que não sobrou ninguém. Somos apenas nós aqui. Sendo assim, não há razão lógica para estarmos passando pelo Capitólio e indo para Alexandria.

Então, ontem à noite, lembrei novamente da folha de papel que estava em seu exemplar de *A Viagem*. Não consigo lembrar do nome das pessoas, mas lembro da rua: Lieper.

Pode ser um membro da família. Ou um antigo namorado. Isso explicaria por que ele iria embora e não esperaria que eu o seguisse; porque assim eu seguraria vela. Contudo, se fosse isso, ele me diria. Não diria?

Seja o que for que esteja em Alexandria, ele não quer que eu saiba a respeito. Ele pode estar mantendo segredo porque realmente quer encontrar quem mora na rua Lieper e está com medo de que, se falar sobre sua esperança em voz alta, possa arruinar tudo.

Estou curioso para saber qual é seu objetivo aqui. Como ele espera ir vasculhar Alexandria, sem que eu pergunte para onde está indo? Até onde vou permitir que a gente vá antes de dizer a ele que sei de alguma coisa?

Caminhamos pela avenida Massachusetts. Há uma placa laranja descascada, alertando sobre uma zona de construção em mais ou menos um quilômetro e meio, e outra, que mostra uma imagem de fechamento de pista.

A cidade está silenciosa, com folhas e lixo voando pelas sarjetas. O tinido de metal do prendedor de banner batendo contra um poste ecoa ao nosso redor. A maioria dos banners está desbotada e desgastada pelo tempo.

Olho para um; entre os farrapos, consigo distinguir a imagem impressa de um urso panda. Meus pés trituram algo. Olho para baixo; são ossos. Algum pequeno mamífero, não humano.

Analiso a rua.

— Você percebeu alguma coisa? — pergunto.

Ele olha ao redor.

— Como assim? Parece igualzinho a qualquer outro lugar.

Agarro seu braço e o faço parar.

— Não, olhe de verdade. O que está faltando?

Ele dá de ombros.

— Vejo todos os ingredientes de um apocalipse. Carros abandonados, lixo, asfalto rachado, mato crescendo pelas fendas na rua. A Mãe Natureza recuperando o que é dela por direito.

— Não há corpos.

Ele não fala, enquanto olha ao redor. Em seguida diz, arrastando a palavra:

— Verdade.

— Vimos tantos nas últimas semanas, que nem percebi que não havia nenhum aqui, até pisar nisso.

Aponto para os ossos do animal alguns passos atrás de nós. Estão brancos devido à exposição ao sol e completamente secos. Ao contrário dos ossos das pessoas, que vimos em diferentes estados de decomposição.

— Talvez haja alguém por aí tentando limpar as ruas? — arrisca Andrew.

— Mas aí deixariam o lixo?

Há embalagens de comida e jornais nas sarjetas, desbotados e secos pelo sol e pelo clima.

Andrew dá de ombros.

— Você está realmente reclamando dos hábitos de limpeza daqueles com tendências apocalípticas?

Eu sorrio, balançando a cabeça, e o empurro de leve.

— Tá bom, vamos continuar andando.

No entanto, ainda há algo estranho em tudo isso, algo que não consigo identificar.

Clac. Clac.

Dois objetos de metal se chocam no alto.

Olho para cima. Outra bandeira balança na brisa com o gancho quebrado batendo no poste de metal. Ao contrário do banner do panda, esse está inteiro e, embora desbotado, consigo ler o que diz: "Parque Zoológico Nacional Smithsonian."

Clac.

Logo abaixo das palavras, há a imagem de um leão. Sua juba é grande ao redor da cabeça; sua boca está aberta, em um rugido feroz. Paro de respirar e fico arrepiado.

Os monstros de Henri.

Ela disse que eles saem à noite. O rosnado. O arranhar na cerca. Não há corpos na rua, porque *algo* está limpando, não *alguém*.

Examino a rua novamente, com meus olhos arregalados de terror. Todos os pássaros morreram por causa do vírus, que passou deles para nós, mas os outros animais permaneceram imunes. O Zoológico Nacional Smithsonian fica a poucos quarteirões de distância. Os animais podem ter escapado de suas jaulas; ou alguém os deixou sair. Se acreditarmos em Darwin, isso significa que estamos bem no meio do terreno de caça do mais apto.

Clac. Clac.

Andrew percebe que está muitos passos à minha frente e se vira.

— O que foi?

Pego o rifle do ombro e levo o dedo aos lábios. Ele murmura *o que foi*, enquanto olha toda a rua. Diminuo a distância entre nós em alguns passos, o puxo para perto e falo baixinho:

— Os animais do zoológico, *eles* são os monstros de Henri. O da noite passada provavelmente era pequeno, porque ela disse que o primeiro pulou a cerca ou algo assim. — Aponto para o leão no banner, e os olhos de Andrew se arregalam. — O que significa que eles ainda estão por aqui. Eles estão caçando até Bethesda, então talvez tenham saído daqui, mas temos que ser rápidos e silenciosos.

Aponto à frente, para continuarmos indo pela avenida Massachusetts em direção às placas que indicam o bairro Dupont Circle, alguns museus e monumentos. O tilintar do gancho do banner nos segue como o som de um sino de jantar. Andrew tira a arma do quadril e, examinando a rua enquanto nos movemos, andamos o mais rápido possível.

Há um pequeno parque à nossa esquerda. Árvores se alinham na rua, e a grama dos dois lados da estrada cresceu demais.

Minha mente volta a documentários sobre a natureza, com leopardos e guepardos deitados na grama alta da savana africana.

— Precisamos sair dessa estrada — digo.

Então, eu os vejo — os olhos amarelos nos observando da linha das árvores. Eu congelo. Levanto a mira do rifle até o olho para ver o leão de perto. Ele está agachado, pronto para atacar a qualquer momento.

Assim que corrermos.

— Andrew — chamo.

Ele para, se vira para olhar para mim e ergue a arma.

— Ai, Deus. — Sua voz é apenas um sussurro.

— Ele está nos observando. — Minha boca está seca, e o suor encharca minha camisa. — Quando eu disser, corra o mais rápido que puder. Não pare, não importa o que aconteça.

— Jamie.

Sua voz continua baixa. Eu o encaro, mas ele não está olhando para o leão nas árvores. Está olhando para trás de mim.

Viro a cabeça lentamente. Não sei há quanto tempo ela está nos seguindo, mas ali está. Uma leoa grande e musculosa, caminhando em nossa direção.

Me viro de volta para o leão nas árvores. Ele não está caçando — está assistindo.

— Andrew — chamo, não me preocupando mais em manter a voz baixa. — Corre!

Não olho para ver se ele está ouvindo. Em vez disso, giro em torno da leoa que está a apenas dez metros de mim. Vejo-a através da mira e, agora — pela primeira vez — não tenho problemas em puxar o gatilho.

A leoa me ataca quando o vermelho explode em seu ombro direito.

Ela uiva de dor e provavelmente de raiva.

Puxo o ferrolho para soltar o cartucho do rifle da câmara e substituí-lo por um novo.

As árvores farfalham quando o macho avança. Me viro para ele e puxo o gatilho do rifle novamente. Erro o alvo e acerto o chão, mas ele recua.

Como cresceu em cativeiro, ele sabe o que sou e, embora provavelmente nunca tenha visto um rifle, não é burro. Ele para de atacar e arqueia as costas; seu pelo se arrepia quando ele solta um rugido que reverbera por todo o meu corpo.

Lentamente, ando para trás. Puxo o ferrolho do rifle de novo e espero que haja outro cartucho. A leoa continua mancando para frente, enquanto o macho se move de lado em direção a ela. Apenas quinze metros nos separam agora. Mantenho contato visual com o leão, mas quero procurar por Andrew. Não consigo mais ouvi-lo correndo, mas isso não significa que ele esteja seguro — pode haver mais deles pela frente. Ou algo pior.

Os dois leões continuam avançando, agora lado a lado. O leão se inclina para a leoa e lambe sua ferida. Eles param de se mover, mas observam enquanto continuo me afastando.

Talvez não estejam mais me vendo como uma presa. Talvez estejam esperando uma das outras leoas escondidas mais à frente atacar e se vingar de seu orgulho ferido.

— Andrew! — grito.

Não ouço nada, e os leões continuam me observando. A leoa recua, enquanto seu líder dá um passo para a frente e abaixa o corpo rente ao chão. Ele vai me atacar.

Levanto as mãos, dou um passo à frente e grito para tentar parecer maior. Acho que isso é um tipo de dica para escapar de animais selvagens; pelo menos funciona com os ursos. Implacável, o leão avança com sua grande pata. Bom, talvez funcione *apenas* com ursos.

— Ah, cara.

O sangue bombeia alto em meus ouvidos, soando muito como o rosnado baixo de um leão. Levanto o rifle e me certifico de colocá-lo na mira antes de puxar o gatilho novamente.

CLICK.

Não! Acabou a munição.

Há mais na mochila, mas não dá tempo de pegá-la. Gostaria de não ter mandado Andrew ir embora. Sua arma poderia ser útil agora.

Vejo um vulto amarelo à esquerda — outro leão —, e meu peito parece que vai explodir. Meu corpo age por instinto. Viro minha arma vazia para o animal, esperando vê-lo correr na minha direção, vindo da embaixada na lateral da avenida. É assim que vou morrer — sobrevivi ao apocalipse, para ser estraçalhado por leões.

No entanto, não é um leão. É uma escavadeira amarela, deixada em uma área de construção. Os barris laranja que fecham a pista mais afastada à direita tombaram e rolaram para a área gramada que delimita a calçada.

Meus olhos se voltam para o leão, que se aproximou vários passos. Ele mostra os dentes. A escavadeira tem uma cabine. Acho que consigo correr até lá — talvez dê certo se estiver destrancada, aí eu posso esperar lá e recarregar o rifle. Eu consigo. Só tenho que correr.

Porém, minhas pernas não me obedecem. Elas continuam a se mover lentamente para trás, afastando-se do leão, como se tivessem vontade própria. Estou quase passando pela escavadeira agora.

ANDEM! PAREM DE CAMINHAR PARA TRÁS! Grito para minhas pernas trêmulas, mas elas não ouvem. Jogo o rifle no ombro, e dou um passo rígido para o lado. O leão pula e move a pata para o lado, também.

Isso serve para convencer meu corpo, então começo a correr — acontece que o leão sai correndo também. No entanto, ele não está correndo em minha direção; ele sabe para onde estou indo, e está correndo em direção à escavadeira para me pegar no meio do caminho.

Minha mochila está pesando. Dou a volta na parte de trás da escavadeira. A porta está bem na minha frente. O leão também, com as garras para fora. Subo nos trilhos da escavadeira e alcanço a maçaneta da porta. Ela não gira.

Estou morto.

De alguma forma, meu cérebro me força a puxar a maçaneta de novo e, desta vez, ela gira — não está trancada, apenas enferrujada. Eu a abro no exato momento em que o leão toca a lateral do meu corpo. Pulo na cabine e fecho a porta, mas ela não fecha completamente.

O leão bate na porta de vidro, espreitando o espaço entre a porta e a cabine com suas garras. Ele ruge e range os dentes para mim.

Sinto algo repuxar à minha esquerda. Eu me viro, esperando ver outro leão de alguma forma entrando na cabine pelo outro lado. No entanto, é a alça do rifle que está puxando meu ombro.

Meus olhos seguem a ponta do rifle até o topo da cabine, onde ele está saindo pela porta, impedindo-a de fechar. Tiro a alça e entro na cabine, ainda puxando a porta o mais forte que consigo, mas é claro que o leão vai vencer.

Com todas as minhas forças, e esperando não quebrar o vidro, chuto com os dois pés. A porta se abre e atinge o leão no focinho com violência. Com um rugido, ele recua e cai no chão. Assisto em câmera lenta o rifle caindo da cabine.

Chego para a frente e consigo tocar a arma com os dedos, mas acabo a afastando de mim. Eu me atrapalho, mas depois consigo pegá-la e agarro o mais forte que consigo. Puxo-a para dentro da cabine e alcanço a porta, enquanto o leão se levanta. A porta se fecha com um gemido metálico, e eu a tranco assim que as garras empurram a janela, arranhando o acrílico.

Solto um grito em comemoração. O leão continua arranhando a cabine e rugindo para mim. Estou respirando profundamente. Sinto que não respiro desde que mandei Andrew sair correndo.

Andrew! Examino a estrada, mas não vejo nenhum sinal dele, o que é bom. Ele escapou. Me viro para o leão. Ele agora está andando ao redor da escavadeira, procurando outra maneira de vir até mim.

Tiro a mochila e pego as balas. Meu corpo fica tenso. *Não.* Mexo nas roupas, e tiro-as dali junto com as latas de comida.

— Não — digo alto. Minha voz está tremendo. — Não, não, não, não, NÃO!

Não há balas. Agora me lembro de que Andrew ficou com elas para que pudesse tirar da mochila e entregá-las para mim conforme necessário. E eu deixei, porque nunca pensei que seria capaz de usar essa droga.

Jogo a mochila vazia contra a frente da cabine e me sento. O leão continua andando para lá e para cá. Mostro o dedo do meio pela janela.

— Continue andando, Cujo.

O suor pinga da minha testa. Pego a garrafa de água no chão da cabine. Está cheia, felizmente. Henri cuidou disso antes de partirmos. Abro-a e tomo um gole. O sol está ficando mais alto no céu. Ao meio-dia, vai estar perto dos quarenta graus aqui.

Só espero que o leão desista antes disso.

ANDREW

Não faço perguntas quando Jamie me manda correr. Não quero deixá-lo para trás, mas estou na esperança de que ele tenha um plano.

— Corre! — grita ele.

Eu simplesmente me viro e vou o mais rápido possível. O rifle dispara atrás de mim, e eu olho e vejo sangue na leoa que rondava a rua. Continuo correndo. Há outro tiro de rifle, mas não olho desta vez.

Ele ainda está vivo. Ele vai ficar bem. Continuo dizendo isso a mim mesmo quando chego a uma ponte oitocentos metros à frente. Atravesso-a correndo e olhando para o riacho que flui abaixo dela. No final da ponte, eu me viro. Espero por lá, recuperando o fôlego.

Cinco minutos se passam. Não ouvi nenhum tiro, ou grito, ou mesmo rugido.

— Vamos, Jamie — digo a mim mesmo.

Sento-me na beira da estrada, esperando para ver Jamie descer a rua. Imagino o rifle pendurado em seu ombro e o sorrisinho em seu rosto. Me imagino correndo em direção a ele, abraçando-o com força, e ele me abraçando de volta.

No entanto, não vejo aquele sorrisinho. Não o vejo. Levanto e ando de um lado para o outro na estrada.

Será que ele está ferido? Talvez esteja mancando, talvez o leão o tenha arranhado antes de morrer, e ele teve que limpar a ferida.

Essa opção se torna menos provável à medida que as horas passam. Estou sentado na beira da estrada e minha sombra fica cada vez mais longa no chão. Lágrimas queimam meus olhos, enquanto todo tipo de pensamento horrível começa a correr pela minha mente.

Jamie morreu. Começo a chorar. Ele está morto, e eu sou o culpado por isso. Eu queria ir para Alexandria, para aliviar minha culpa. Agora, meu melhor amigo — meu único amigo — morreu. Eu o matei.

Tenho que voltar atrás dele, mas não posso. Ainda não. Primeiro, tenho que chegar a Alexandria. Se eu encontrá-lo morto agora, não vou conseguir continuar. Ver o corpo faz com que as coisas fiquem reais demais; agora já sei disso. Vi o corpo de minha mãe e o de minha irmã — a situação não parece real até vermos que não há mais vida nenhuma ali. Até vermos o cadáver que não se parece em nada com a pessoa que costumava ser.

Pego a mochila e me afasto da ponte. Enquanto pego o caminho para Alexandria, lágrimas continuam a escorrer pelo meu rosto. Estou soluçando tanto que só escuto os trovões quando as nuvens escuras ficam bem acima de mim. Quando a chuva começa a cair, permito que os soluços do choro fiquem mais altos. Não sei mais o que são lágrimas e o que é chuva, e é melhor assim.

Raios iluminam os monumentos conforme vou passando por eles. Atravesso outra ponte, sobre um rio maior. Passo por baixo de uma árvore e pego o atlas rodoviário para memorizar as estradas que preciso percorrer até o número 4.322 da rua Lieper. O fim da linha.

Assim que fizer o que preciso fazer, voltarei atrás de Jamie. Se não encontrar seu corpo, se os leões o pegaram, irei atrás deles. Vou atirar neles até ficar sem balas ou até rasgarem meu corpo com suas garras. Porém, vou economizar uma bala. Apenas por precaução.

O céu escurece progressivamente à medida que a tarde passa, e a chuva não para. Alexandria está tão vazia e morta quanto Washington e o resto do mundo. Sei que os animais que escaparam do Smithsonian não chegaram tão longe, porque há corpos em estado avançado de decomposição pelo chão.

Paro em uma casa com um alpendre. Tiro a mochila, sento em uma cadeira empoeirada e abro uma das misteriosas latas de comida. Tomates cozidos. Coloco uma garfada na boca e engulo sem sentir o gosto.

Em seguida, olho para a polpa vermelha na ponta do meu garfo e minha mente imediatamente salta para Jamie, sendo dilacerado por leões. Meu estômago se revira. Ao sentir o gosto da bile em minha garganta, pulo e corro para a beira da varanda pronto para vomitar, mas não vem nada. Coloco a lata no parapeito e me sento, esperando que algo aconteça.

Qualquer coisa.

Fico ali sentado por mais tempo do que deveria. A chuva começa a diminuir enquanto o sol se põe em algum lugar por trás das nuvens. Está escurecendo rapidamente agora — perdi completamente a noção do tempo. Se eu ainda quiser enxergar as placas da rua e os números das casas, tenho que me levantar. No entanto, meu corpo não deixa eu me mover. Estou muito fraco. Pior do que quando quebrei a perna.

Estou sozinho novamente. Não quero mais me sentir assim. Enxugo as lágrimas e coloco a mochila nos ombros.

A rua Lieper fica logo à frente. Minha mão vai instintivamente para a arma assim que viro a esquina. Há alguém na estrada à minha frente. É difícil ver no escuro, mas parece um homem, e dá para perceber que ele está armado. Tiro a mão da arma. Que atire mim, que me mate, se for preciso. Estou pronto para desistir. Se depois de tudo isso, de tentar fazer a coisa certa, eu ainda perco Jamie... Não é justo.

Talvez seja Marc Foster. O universo é filho da puta o bastante para que seja possível. Vim de tão longe para contar o que aconteceu com seus pais, e ele atira e me mata no meio da rua, antes mesmo que eu possa abrir a boca. A morte de seus pais permanece um mistério.

A chuva parou; meus dentes estão batendo. Não ando em silêncio — na verdade, faço tanto barulho quanto posso ao andar pela rua. O homem se vira e fala.

— Por que você está andando como um elefante? — pergunta ele.

Meu coração salta no peito. Não consigo sentir nada, mas estou me movendo. Correndo o mais rápido que consigo.

Quanto mais me aproximo, melhor o reconheço. Sua mandíbula, seus braços, suas pernas, a forma como seu peito está para fora, a forma como ele fica com os ombros para trás. Corro para ele e o puxo para um abraço tão apertado que pode matar nós dois.

Jamie solta um "ai" baixo, e começa a rir.

Aquela risada! A risada que me enche de calor e esperança. Meu choro é tão escandaloso que acho que ele não consegue ouvir o que estou dizendo.

— Pensei que você estivesse morto. Esperei por tanto tempo, e você não veio! Pensei que você estivesse morto.

— Não consigo respirar — diz ele, mas rindo.

Suas mãos acariciam as laterais do meu corpo, e percebo que estou apertando seus braços. Ele também está molhado da chuva. Eu o solto e dou um passo para trás. Vejo seu sorriso no crepúsculo e não consigo me conter.

Ele abre os braços quando me vê chegando para outro abraço. Ele ri, eu sorrio através das lágrimas e descanso a cabeça contra seu peito molhado. Ele pode achar estranho, mas nem me importo a essa altura. Ele está vivo, está aqui. Eu o puxo para mais perto; não quero deixar de senti-lo assim, nunca mais. Ele nem se afasta. Está aqui. Realmente aqui.

Sou eu quem se afasta primeiro, mas continuo com os braços em volta dele quando pergunto:

— Mas como você chegou até aqui?

— Você viu o canteiro de obras, ao lado da estrada?

— Acho que sim? Eu me lembro vagamente de um barril laranja, ou de uma fita amarela, mas só isso. — Tinha uma escavadeira. Eu me escondi lá, enquanto o leão esperava por mim. Ele e outra leoa ficaram rondando o lado de fora por umas quatro horas. Depois, veio a tempestade, e acho que nem os grandes felinos gostam de se molhar.

Ele dá de ombros, e eu permito que minhas mãos se afastem.

— Então eles foram embora?

— Contrariados, mas foram. Eles correram para a linha das árvores, e ficavam me observando de lá. Depois, eles finalmente deram meia-volta, acho que devem ter ido para casa ou buscar reforços. Aí eu saí correndo. Depois de mais ou menos um quilômetro e meio, eu esperava estar livre. Só que, agora contando a história é bem possível que eu tenha liderado um bando de leões para cá, mas pelo menos você tem munição. Posso pegar um pouco agora?

Ele balança o rifle para a frente e para trás, em minha direção.

Coloco a mochila no chão, procuro lá dentro, tiro alguns cartuchos de rifle e os entrego para ele. Enquanto ele carrega a arma, outra coisa passa pela minha cabeça.

— Mas como você sabia que deveria vir *para cá*?

Por que ele não iria para o aeroporto? Estamos na rua Lieper. Pela caixa de correio à direita de Jamie, percebo que estamos em frente ao número 4.314. A quatro casas de distância do endereço que estou procurando.

Ele enfia a mão no bolso e me entrega um atlas de estradas rasgado.

— Encontrei uma lojinha de presentes com uma pilha de mapas de Washington, Virgínia e Maryland. Me lembrei de alguma coisa sobre a rua Lieper, mas o número certinho não me veio à cabeça por nada no mundo, aí fiquei para cima e para baixo neste quarteirão por uns trinta minutos. Achei que, se eu continuasse andando, eu finalmente te encontraria.

Meu corpo ficou finalmente dormente.

— Como você sabia?

— Você tinha o endereço escrito num pedaço de papel. Encontrei no livro que você trouxe para a cabana. — Ele dá de ombros, e, por algum motivo, parece que é *ele* quem deveria se sentir culpado. — Não pensei em nada no começo, mas quando você nos fez contornar Washington, me lembrei do endereço.

— Então você sabia que eu estava vindo para cá?

— Sabia.

Mais uma vez, Jamie fala de um jeito como se quem tivesse sido pego com a boca na botija fosse ele.

— E não disse nada? Você podia ter morrido por causa de um bando de bichos que fugiram do zoológico só porque eu queria vir para cá e nem perguntou o porquê?

Ele dá de ombros.

— Achei que, se fosse tão importante, você me diria quando estivesse pronto.

Mais uma vez, acho que vou vomitar. Ele some em um borrão de lágrimas, e eu cubro o rosto enquanto caio de joelhos, chorando alto. Ele se abaixa, me puxa para um abraço e faz carinho nas minhas costas enquanto eu choro. Não sinto como se fosse algo esquisito; seu toque é carinhoso e reconfortante. Ele continua me dizendo que está tudo bem e perguntando o que há de errado, mas ainda não consigo formar as palavras.

Além do mais, gosto de suas mãos esfregando as minhas costas.

Ele para de me perguntar qual é o problema e de me dizer que está tudo bem, e me deixa chorar. Meus soluços diminuem, e ele me solta. Sento e me encosto na cerca da casa número 4.314 da rua Lieper.

Ele está olhando para mim.

— Você quer me dizer o que estamos fazendo aqui?

Ele não pergunta com grosseria e nem exige uma resposta. Primeiro, ele quer ter certeza de que estou pronto. E estou. Finalmente estou. Ele veio até aqui e esperou por todo esse tempo mesmo sabendo que eu estava mentindo. Ele merece saber.

— Tá bom — digo.

Só que... como é que se começa a contar uma história em que, no final, eu viro um assassino?

JAMISON

— Bom... — diz Andrew.

E aí ele para, como se não soubesse onde a história começa.

— Eu não fiquei sozinho o tempo inteiro. Desde que minha irmã morreu, no caso. Saí de casa em janeiro, mas fiquei preso em Connecticut até o final de fevereiro. Esperava chegar o mais longe ao Sul possível, antes que ficasse muito quente.

Já conheço essa parte da história.

— Eu tinha acabado de passar pela cidade de Nova York, quando encontrei um casal. Eles eram de Vermont. George e Joanne Foster. Deviam ter uns cinquenta anos de idade, por aí. Nos encontramos em um supermercado de uma pequena cidade em Nova Jersey pela qual eu estava passando.

— Não sei se as pessoas não chegaram a saquear ou o que aconteceu ali, mas ainda tinha uma boa quantidade de comida nas prateleiras. Concordamos que cada um pegaria o que precisasse, e depois seguiríamos nosso caminho. Vi que eles tinham uma arma, e eu não estava armado. Por isso, deixei que eles fossem em paz, peguei minhas coisas, e foi isso.

No entanto, sei que esse não pode ser o fim da história. Meu estômago está embrulhado, preocupado com o evento responsável pela única coisa que Andrew esconderia de mim.

— Eles saíram antes de mim. Alguns quilômetros adiante, encontrei-os novamente. Eles haviam acendido uma fogueira e pararam para acampar durante a noite. Eu estava cheio de roupa e luvas, mas ainda estava muito frio. Acenei para eles, e ouvi Joanne e George falando bem baixinho. Em seguida, eles me chamaram.

— Me convidaram para ficar ali junto perto do fogo. Comemos nossa própria comida e começamos a conversar. Eles estavam indo para o Sul, para... bom, para cá. Estavam vindo encontrar o filho, Marc, a esposa dele, Diane, e seus dois netos, Katie e Emily...

Ele diz esses nomes como se fossem pessoas que ele conhecesse desde sempre. Ele não precisa parar para pensar, ou tentar lembrar; apenas diz os nomes, como se sempre tivesse sido íntimo dos Foster.

— George e Jo tinham falado com eles pela última vez em outubro, antes que todos os sinais de celular começassem a cair. Estavam viajando para o Sul, desde então.

Engulo em seco, e o desespero começa a tomar conta do meu peito. De repente, lembro que não há nem um daqueles grafites que Andrew alegou ter visto antes de chegar à cabana, de como não vimos nada disso ao longo do caminho. E de como não encontramos mais ninguém na estrada. Talvez a União Europeia não esteja vindo. Ele inventou tudo como uma desculpa, porque não queria me contar a verdade. Seja qual for a verdade, preciso saber disso primeiro.

— Dez de junho — digo. — Não há nada acontecendo no dia dez de junho, não é? Você só precisava me dar um motivo, uma razão para virmos para cá.

— A nora deles, Diane, trabalhava para uma empresa farmacêutica alemã. Foi ela quem disse a eles que a União Europeia estava enviando ajuda. Aparentemente, vírus tão mortais quanto a supergripe podem sofrer mutações com muita rapidez e talvez se tornar menos letais. A União Europeia estava esperando até que o vírus se atenuasse nos Estados Unidos antes de vir até aqui. A última vez que Joanne falou com Marc e Diane, eles disseram que dez de junho era o dia.

Então não era mentira; mas ainda não entendi o segredo. Talvez ele soubesse que os Foster não iriam me deixar ir junto. Só que essa possibilidade — de que ele me abandonaria — ameaça rasgar um buraco no meu peito, por isso a deixo de lado.

— De qualquer forma, eles ficaram presos em Connecticut por um tempo, como eu. Como falei, o inverno foi ruim. Nevou *muito*.

— Contei a eles sobre minha família e meu plano de ir para o Sul para evitar outro inverno rigoroso. Não falei que também estava procurando por outras pessoas. Achei melhor esperar. Talvez ver se eles me convidariam para ficar na Alemanha com eles. Fui dormir naquela noite, e estava tudo bem. O fogo estalava, e eu estava aquecido e confortável no meu saco de dormir.

— Quando acordei, estava escuro e frio. De início, pensei que talvez eles tivessem ido embora e o fogo tivesse se apagado sozinho. Em seguida, eu os ouvi. Eles estavam sussurrando, e eu consegui ouvir o movimento de suas malas. A lua não estava cheia, mas brilhava o suficiente para que eu pudesse vê-los. Eles estavam curvados sobre suas mochilas. Havia pequenos montes de neve ao redor deles, que ainda não haviam derretido. Fiquei quieto, ouvindo. Se iam me deixar, tudo bem. Não tinha problema. Eu não queria fazer um grande alarde por causa disso, e sabia que poderia ir para o Reagan sozinho, se precisasse."

Ele está contando a história como um de seus filmes. Não sei quais detalhes são realmente lembrados e quais ele está maquiando. Se ele realmente se lembra de tudo isso, significa que pensa no assunto o tempo todo. Que fica se torturando com cada detalhe há meses. Sinto um nó na garganta, porque sei que a história não pode acabar bem.

— Depois, vi o que eles estavam fazendo — continua Andrew. — Tinham pegado minha mochila e estavam vasculhando as minhas coisas. Levando a comida que eu havia trazido comigo. A gente tinha ido ao *mesmo mercado* e mesmo assim eles estavam lá, me roubando enquanto eu dormia. Não entendi. Ainda não entendo. Por que fariam isso?

Sei que a pergunta é retórica — depois de todo esse tempo, deve ser —, mas dou de ombros mesmo assim.

— Era tão idiota o que eles estavam fazendo e... — Sua voz falha, e ele engole em seco antes de continuar.

— Eu dei um pulo e comecei a gritar com eles. Foi quando George se virou para mim. Vi a arma à luz da lua e parei de me mexer. Joanne mandou não atirar em mim, mas ele não baixou a arma. Ele me mandou virar e andar direto para a floresta no final da estrada. Coloquei as mãos para cima, mas não me movi.

Andrew para de falar, mas sinto que já sei aonde essa história está indo. É como assistir a um trem se arrastando para uma parte quebrada do trilho. Sei que vai descarrilar, que a parte ruim está chegando, mas não posso fazer nada. Já aconteceu. Ele já viveu isso. Eu poderia pedir para parar, falar que ele não precisa dizer mais nada, mas ele guardou essa história para si mesmo — se prendeu a ela — por tanto tempo. Precisa deixá-la sair.

Alcanço sua mão e a seguro com força. Andrew observa minha mão como se fosse uma criatura estranha o farejando. Em seguida, ele finalmente aperta de volta. Quando continua, sua voz está diferente. Parece mais pesarosa.

— Pedi para entregarem a minha mochila e eu iria embora, mas ele disse que agora pertencia a eles. Tudo aconteceu tão rápido depois. Joanne falou alguma coisa, nem me lembro o quê, mas distraiu George, e eu corri para ele. Eu o agarrei e bati sua mão no chão, mas ele não soltou a arma. Ele me bateu com a mão livre, e eu ouvi Joanne gritando comigo, e logo ela estava me batendo também. Cortei o lábio e meu nariz estava sangrando. Nem sei qual deles estava me batendo, talvez os dois. Estendi a mão, e agarrei a coisa mais próxima que pude ver ao luar e o acertei com ela.

— Não sei se aquele golpe o matou, causou um sangramento ou algo assim, mas George parou de se mexer. Ele largou a arma na neve. Quando saí de cima dele, Joanne estava gritando. Ela continuou gritando seu nome, e o sacudindo, para acordá-lo. Eu ainda estava com aquilo na mão, a coisa com a qual eu bati nele. Era uma lata de sopa. Nem mesmo uma que eu havia pegado.

— Não sei quando peguei a arma, mas estava com ela na mão, quando Joanne se virou e veio correndo gritando para cima de mim. Atirei nela duas vezes. Eu a ouvi...

Andrew para de falar; as lágrimas escorrem por seu rosto, e ele solta um soluço. Coloco meu braço em volta dele e o puxo para mais perto de mim. Os sons que ele emite partem meu coração. Seus gritos são exatamente o motivo de eu ter medo de usar a arma. O motivo pelo qual não consegui atirar nem mesmo quando minha própria mãe suplicou. Ela pediu os comprimidos primeiro, mas eu os escondi, pensando que ela poderia melhorar. Depois, quando a febre ficou muito forte, ela começou a me implorar para apenas levá-la para fora e matá-la. Gritando comigo e com meu pai ausente, e com as outras pessoas com as quais ela alucinava, enquanto a supergripe cozinhava seu cérebro.

Meu estômago se revira com o mesmo medo e a mesma ansiedade, e não consigo imaginar como Andrew lidou com isso durante tanto tempo.

Abro a boca para tentar dizer que não é sua culpa, mas sei que ele não vai acreditar em mim. Ele já carrega o peso da culpa há muito tempo. Em vez disso, deixo-o chorar e não digo nada. Quando ele se recompõe, continua. Ainda há mais.

— Não dormi o resto da noite. Só fiquei lá sentado. Eu esperava congelar até a morte, mas acho que nunca esfriou o suficiente. Quando o sol nasceu, finalmente vi como eles estavam. Ambos azuis e mortos. Era muito pior do que o vírus. Provavelmente, a culpa tinha sido *minha*.

— A pior parte é que eu não peguei a comida deles. Eles estavam tentando pegar a minha. Comida da qual nem precisavam naquele momento. Comida que eles haviam tido a chance de levar, doze horas antes. Não consigo entender por que eles simplesmente não pegaram o que queriam da loja. Por que tirar de mim? Depois aconteceu de novo, quando o pessoal de Howard veio para a cabana, e eu fiquei muito irritado com eles. Mas nesse caso até que fez sentido para mim porque era a *sua* comida que eles estavam roubando. Mas por que foi que eu me importei tanto com George e Joanne? Por que não entrei na floresta como eles mandaram, e esperei que fossem embora?

— Você não sabia se ele ia atirar em você quando virasse de costas.

Ele dá uma risada triste.

— Ele não ia. Eu atirei em Joanne duas vezes. — Seu rosto se contorce de agonia, e ele não consegue nem olhar para mim quando diz: — Só havia duas balas na arma. Acho que se eles chegassem aqui, e encontrassem os filhos e netos mortos, eles iam...

Sua voz desaparece. Quero fazê-lo se sentir melhor. Quero contar sobre minha mãe, sobre como ela pediu para ter um final semelhante, e eu não fui capaz de oferecê-lo, mas não ajudaria em nada. Só vai piorar as coisas. Ainda serei o covarde que sou, e Andrew ainda será um assassino.

— Por isso você veio aqui para encontrá-los — digo. — Antes de irem embora.

É dia oito de junho. Dois dias antes de eles irem embora para sempre.

Ele concorda com a cabeça.

— Eu revirei as coisas deles. Joanne ainda tinha uma velha agenda de endereços, então arranquei a página e a coloquei no livro de Virginia Woolf.

Quando o encontrei na mesa de centro na manhã seguinte, depois de você me deixar entrar, pensei que o tivesse deixado cair. — Ele enfia a mão no bolso e tira o pedaço de papel amassado. — Não que eu precisasse. Fiquei olhando para isso aqui todos os dias até te conhecer.

— Por que você não me contou nada disso antes?

— Porque eu precisava de você. — Ele olha nos meus olhos. — Antes, quando estava ferido, eu precisava de você. Eu estava com medo de que, se você percebesse que eu era um assassino, não confiaria em mim e me expulsaria. Depois, quando melhorei, pensei que poderia confessar tudo, mas... eu ... percebi, mesmo assim, que ainda precisava de você.

Eu sabia que ele tinha algum segredo e estava com medo de que, independentemente do que fosse, nossa relação mudasse. Porém, não mudou. Sei quem Andrew é, e sei que ele é uma boa pessoa.

E sei que preciso dele também.

Ficamos em silêncio por um momento. Em seguida, levanto.

— Beleza, então. — Estendo a mão para ele. — Vamos lá.

Andrew olha para a rua em direção à casa em questão e, depois, de volta para o papel. Parece que ele não tem tanta certeza de que quer enfrentá-los. Não sei dizer o que o assusta mais: encontrar a família lá, viva e bem, ou a outra opção.

De qualquer forma, acho que nada disso vai ajudar a esmaecer a culpa. Sei que não adiantaria de nada comigo. É por isso que eu nunca consegui puxar o gatilho daquela arma. Não importa o quanto minha mãe tenha gritado e chorado. Eu não a matei; a gripe a matou. Eu não causei dor a ela, porque a culpa gerada por seu sofrimento jamais seria pior do que a culpa por matá-la.

Tudo o que posso fazer para ajudar Andrew é segurar sua mão, me mostrar presente e dizer que preciso dele. Porque preciso. Ele coloca o papel de volta na sua bolsa e pega minha mão. Alcanço sua mochila e a entrego enquanto tento me preparar para dizer: "Preciso de você também."

Mas as palavras param na minha garganta como uma bola de ferro.

— Aconteça o que acontecer — digo —, estou aqui.

É tudo o que consigo proferir.

Ele enxuga as lágrimas, e caminhamos pela rua Lieper, indo para o que poderia ser o ponto final de Andrew. A ideia me enche de um pavor repentino.

Não vou deixar que o machuquem. Se tentarem se vingar pelo que ele fez — por ter se protegido —, então eu o protegerei.

Mais uma vez, meu corpo fica tenso de medo.

Eu falei "aconteça o que acontecer", e falei sério.

No entanto, a fachada da casa 4.322 não é um bom presságio para nós.

Folhas mortas se espalham e esmagam a grama do jardim. Ervas daninhas, fortes o suficiente para romper a barreira de folhas, se espalham por todo o gramado. Há um pequeno triciclo rosa com folhas marrons molhadas em seu assento. Há uma bola de borracha meio murcha na varanda da frente. O portão é de plástico resistente, rachado em torno das dobradiças. Olho para o rosto de Andrew. Ele parece determinado. Quero perguntar o que está esperando, mas também estou com medo de saber.

Ele abre o portão. Estamos ambos com as armas guardadas. Minha mochila está sobre o rifle nas minhas costas. A arma de Andrew está de lado, afivelada no coldre. Quero encontrar a família toda viva. Quero que Emily e Katie tenham cabelos loiros que elas trançam todas as noites. Quero que Diane Foster tenha um rifle de caça que usa para defender as filhas de animais fugitivos do zoológico. Quero que Marc cultive fileiras de vegetais no quintal e colete água da chuva como Henri. Quero que Andrew possa contar o que aconteceu com seus pais, e quero que digam a ele que não tem problema, que tudo está perdoado.

Mesmo que não esteja.

— Olá? — Andrew chama, do primeiro dos degraus da frente. — Estamos aqui para ver Marc e Diane Foster. Eu conhecia os pais de Marc, George e Joanne.

Ninguém abre a porta. Andrew sobe os degraus até a varanda da frente e bate na porta. Eu vou para o lado, olho para as janelas. Não estão fechadas com tábuas, como as de Henri. Andrew bate novamente, mas ninguém atende; não há som dentro da casa.

Andrew gira a maçaneta, e a porta da frente se abre. A casa cheira a azedo e a mofo. Há uma espessa camada de poeira sobre todas as superfícies, inclusive o chão. Sigo Andrew para dentro e pego a lanterna de sua mochila, sem que ele precise me pedir.

— Olá? — ele chama outra vez. — Não estamos aqui para machucar ninguém. Marc, eu conheci seus pais, George e Joanne. Eles me mandaram até aqui para te ver.

Quero dizer que essa não é a melhor maneira de contar o que aconteceu, mas estou começando a pensar que não faz diferença. Passo a lanterna em volta. Nada aqui é tocado há meses.

Procuramos no primeiro andar. Andrew não chama de novo — ou pensa que não há ninguém ou o mesmo que eu estou pensando. Abro a geladeira, mas está vazia. É um bom sinal; eles podem ter levado o que fossem precisar quando partiram. O quintal está coberto de mato. Sem vegetais, nem barris coletando água da chuva.

Sigo Andrew escada acima. Ele abre a porta do quarto no topo da escada. Antes mesmo de apontar a lanterna para dentro, vejo-o se apoiar contra a porta. É um quarto de menina. Não há brinquedos no chão, mas há um bicho de pelúcia em cima da cama, ao lado de um calombo comprido e fino. O cobertor está puxado sobre o que parece ser um corpo pequeno.

Alcanço o braço de Andrew, puxo-o para trás e fechamos a porta. O segundo quarto está vazio; há brinquedos no chão. Talvez o resto da família tenha ido embora. O banheiro também está vazio. Vamos para o quarto da frente; a porta está aberta. Na grande cama *king size,* há dois adultos com os braços em volta de uma garotinha. Suas roupas estão largas e roídas por traças, sua pele, esticada contra os ossos, e seus lábios, puxados para trás sobre os dentes em caretas zombeteiras.

Andrew desliza contra o batente da porta e cai no chão empoeirado. Se está chorando, é em silêncio. Desligo a lanterna e me inclino para ele.

— Me dá a mão — digo. Ele não se move. Eu o alcanço e puxo seu braço. — Vamos. Não há nada que possamos fazer. Vamos descer. Vamos descobrir nosso próximo passo amanhã.

— Eles estão mortos.

Não sei dizer se ele está aliviado ou devastado, e não quero perguntar.

— Eu sei. Vamos.

Ele ainda não se move. Eu me curvo e uso toda a minha força para colocá-lo de pé. Quando ele finalmente se levanta, descemos as escadas juntos. Andrew se senta no sofá e uma nuvem de poeira sobe ao seu redor. Ele larga a mochila no chão, tira os sapatos, vira as costas para mim e puxa as pernas para cima em posição fetal.

Coloco a mão em suas costas. Nem tenho certeza se ajuda, mas ele não tenta me afastar, então fico assim.

Eu o observo, e espero que ele fale, mas sua respiração se aprofunda enquanto ele adormece. Estou com medo de dormir. Não quero que ele acorde e faça qualquer coisa precipitada. Acho que ele não faz ideia de como é importante para mim.

Nem *eu* mesmo fazia ideia do quanto ele é importante para mim. Pelo menos não até agora. Não até ficar sabendo de sua história. Sei por que ele não me contou a verdade. A culpa que sentia é um dos motivos. Mas também havia o medo de que eu não acreditasse ou de que ficasse com medo dele. Mas acontece que agora já estamos muito além dessa possibilidade. Medo eu senti quando ele chegou até a cabana, mas agora eu o conheço.

Mesmo que tenha mentido e escondido a viagem para Alexandria de mim, nada disso é suficiente para me deixar bravo.

Porque sei a verdadeira razão pela qual ele estava vindo aqui. Ele esperava que os Foster ainda estivessem vivos, e acho que esperava que quisessem vingança. Sinceramente, não sei o que eu teria feito se fosse esse o caso, mas garantiria que ninguém jamais o machucasse.

O que isso significa? Naquele momento, andando para cá, eu tive muita certeza. Mas agora, aqui, na escuridão ao lado de Andrew, a ideia é absurda. Não sei por que essa pessoa é tão importante. Mas só então eu me dou conta.

É porque parece amor.

A razão pela qual me coloquei na frente da arma de Howard, e por que deixei minha casa para ir atrás de Andrew. O que me deu força para finalmente atirar com o rifle — embora isso também possa ter sido para salvar minha própria pele.

Me sinto seguro quando ele está comigo, e quero que ele se sinta seguro também. A respiração de Andrew continua seu ritmo constante no sofá. Quero contar, mas não sei como. Como explicar algo que nem eu entendo direito?

A ideia de beijá-lo não é assustadora, ou estranha — e eu pensei sobre isso. Algumas vezes. Ainda mais à noite, antes de dormir. Quando ele me diz boa noite, parece que devo beijá-lo. A ideia de abraçá-lo não me deixa desconfortável. Na verdade, é o completo oposto.

Quero puxá-lo para perto de mim e abraçá-lo enquanto ele dorme. Faz sentido no meu coração, embora não faça sentido na minha mente. Nem mesmo a ideia de coisas mais íntimas é suficiente para me desencorajar.

Ainda assim, estou com medo. Decepcionar Andrew é o que me assusta. Há uma enorme diferença entre pensar nas coisas e fazê-las. E se eu estiver errado? E se for apenas amizade, solidão e tesão, tudo misturado? Porque se tentarmos algo e for embaraçoso, esquisito e eu não levar jeito nenhum para a coisa, então vou ter arruinado o único relacionamento que me resta.

Parece tão trivial quando penso assim, porque tudo isso é muito mais do que apenas "o único relacionamento que me resta".

Mantenho os olhos abertos e meus pensamentos continuam em um turbilhão enquanto a noite se transforma em amanhecer. Não sei que horas são quando finalmente adormeço.

XXX

Ouço um zumbido suave. Em minha mente, vejo um ar-condicionado soprando em mim; e estou deitado bem debaixo das saídas de ar, sob a luz do sol da tarde.

Meus olhos se abrem, e o zumbido fica mais alto. Quando minha mente clareia, percebo que não é um ar-condicionado. O sol está alto, e o quarto está quente e abafado. Olho em volta para me situar. Continuo na casa dos Foster, mas Andrew não está mais deitado na minha frente. Seus sapatos também se foram.

Dou um pulo e saio seguindo o zumbido de um motor que fica mais alto à medida que chego aos fundos da casa. Há movimento no quintal.

Andrew está empurrando um cortador de grama movido a gasolina através da grama alta. O quintal, que estava coberto de mato ontem à noite, está meio cortado. Tufos de grama molhada e picotada são expelidos pela lateral do cortador de grama. Abro a porta traseira e fico no deck, observando-o. Ele tirou a camisa e a amarrou na cabeça. Seus sapatos e suas pernas, até os joelhos, estão verdes por causa da grama cortada. Cicatrizes rosadas na perna que suturei se destacam contra o verde.

Eu o observo e o analiso como nunca fiz antes. É estranho.

Não, não é estranho.

É diferente.

Ele só me nota quando dá a volta nos fundos do quintal. Ele ergue o dedo indicador, *um segundo*. Aceno com a cabeça, e me sento nos degraus, esperando-o terminar.

Quando termina, ele desliga o motor e empurra o cortador de grama de volta para um galpão aberto ao lado da casa.

— Desculpe — diz ele. — Demorei quase duas horas tentando e o motor só engasgava, mas aí essa porcaria finalmente ligou. Não queria correr o risco de desligar e nunca mais conseguir ligar de novo.

Ele pega uma lata vermelha de gasolina e a coloca no galpão também.

— Você decidiu fazer jardinagem.

Ele olha para o segundo andar da casa.

— Quero enterrá-los. Quero que possam descansar juntos. Não gostei de vê-los assim, separados.

— Você enterrou George e Joanne?

Ele abaixa os olhos e balança a cabeça.

— O chão estava congelado. Não consegui.

Eu aceno com a cabeça.

— Tudo bem. Vou te ajudar.

Há duas pás no galpão, mas apenas um par de luvas de jardinagem para compartilhar. São quase onze da manhã quando começamos. Quando terminamos de cavar quatro buracos — dois grandes, dois pequenos — o sol está baixo no céu, e nossas mãos estão cobertas de bolhas, apesar de termos dividido as luvas. Durante a última hora, Andrew recusou todas as minhas ofertas para usar as luvas.

Embrulhamos cada membro da família Foster em um cobertor diferente e os carregamos escada abaixo, um por um. À medida que o céu muda de laranja para roxo, colocamos cada um deles no chão com cuidado. Não estão a sete palmos de profundidade, como deveriam estar. Porém, não resta muito da família para desenterrar, mesmo que qualquer animal tentasse vir aqui atrás.

Andrew diz algumas palavras e conta o que aconteceu com George e Joanne Foster. Cobrimos as meninas, depois seus pais. Andrew diz mais uma vez que sente muito, e colocamos as pás de volta no galpão.

Estamos na casa; há velas tremeluzindo ao nosso redor. Ambos cheiramos a suor e terra. Estamos com pouca água, o que significa que nossas mãos continuam sujas. Há um rio a quatrocentos metros de distância, então podemos nos lavar lá assim que amanhecer.

— O que fazemos agora? — pergunto, enquanto ele abre uma lata misteriosa.

— Ah, macarrão à bolonhesa. — Contudo, não há alegria em sua voz. Ele nem abre a segunda lata e enfia o garfo. Engole três garfadas cheias de macarrão em temperatura ambiente e entrega a lata para mim enquanto abre a segunda. — Vou deixar essa decisão para você agora. Ainda quer continuar em minha companhia?

Engasgo com a comida e olho para ele com surpresa.

— É claro. Por que eu não iria querer?

Algo no meu peito se contrai. Nunca me ocorreu que ele poderia não sentir por mim o mesmo que eu sinto. Não é que eu seja convencido nem nada do tipo, mas é que imaginei que ele gostaria de mim por causa do... Sei lá, não sei o que faria gostar de alguém. Só achei que ele sentisse a mesma coisa.

Ele dá de ombros e olha para a lata que está abrindo.

— Não tinha certeza se você ainda estava interessado em ser amigo de um assassino.

— Você não é um assassino.

— Tenho certeza de que é assim que chamam as pessoas que *matam* alguém. Acho que, como foram duas pessoas, eu até seja um assassino em massa.

— O que aconteceu com você foi um erro.

Ele me interrompe.

— Não aconteceu comigo. Aconteceu com os Foster.

— Foi um acidente. Eles nem *precisavam* da comida, mas estavam dispostos a tirá-la de você. Independentemente do que tenha rolado com eles, a culpa não foi sua. O que aconteceu foi ruim. Mas isso não faz de você uma pessoa ruim.

Ele não diz nada, apenas termina de girar o abridor de latas. A tampa da lata fica em cima de qualquer que seja o conteúdo.

— Henri me falou uma coisa — digo. Ele olha para mim, interessado. — Ela disse que, às vezes, a gente tem que dar uma chance às pessoas. Às vezes, elas podem surpreender. Acho que é verdade, seja a surpresa boa ou ruim.

Parece que ele pensa sobre isso por um momento, depois olha de volta para a lata. Ele usa o garfo para puxar a tampa e sorri.

— Essa é uma das ruins.

Ele vira para mim para que eu veja o conteúdo.

Cogumelos enlatados.

Faço uma careta e estremeço.

— Passo.

— Vamos, me dê uma boa surpresa pelo menos uma vez.

Ele estende a lata para mim e sorri através da sujeira em seu rosto. Percebo, pela primeira vez, que há duas linhas claras atravessando a sujeira em sua pele, logo abaixo dos olhos. Franzo a testa, enfio o garfo, pego uma grande garfada de cogumelos borrachudos e os coloco na boca.

Faço uma careta, devolvo a lata e mastigo o mais rápido que consigo.

Ele ri enquanto engulo os cogumelos.

— Tá bom, tá bom, você termina o macarrão e eu como os cogumelos — diz ele.

— É melhor que seja a nossa última lata dessas.

Ele ri mais algumas vezes enquanto comemos em silêncio.

Seu sorriso me dá uma pontada no peito, porque sei que ele ainda não se sente melhor. Nada que eu diga vai fazê-lo se sentir melhor. Quero fazê-lo feliz, mas não sei como.

Penso em como seria realmente me aproximar e beijá-lo. Quero saber se isso o faria feliz. E se me faria feliz também. Nem mesmo vê-lo comer uma garfada de cogumelos me dá nojo.

Vejo-o mastigando enquanto olha para uma foto dos Foster na parede. Na foto, todos sorriem e usam orelhas de Mickey Mouse na frente do Epcot.

Amanhã de manhã partiremos para o Reagan National. Não consigo parar de pensar nisso, em todas as pessoas que podem estar lá, esperando por nós. Esperando que alguma unidade militar da União Europeia apareça e salve todo mundo.

A ideia de ir embora me faz sentir saudades de casa. Isso *se* formos embora. Eles podem estar aqui apenas para ajudar ou até mesmo só para fazer testes em nós para tentar encontrar uma cura. Até agora não temos nada além de rumores, mas, se nós acreditamos, outros sobreviventes podem ter acreditado também. E eles não seriam de um assentamento, seriam... nômades, eu acho, como Andrew e eu. Outros sobreviventes por conta própria podem ser uma coisa boa.

Não posso deixar de torcer por isso, porque a outra opção é apenas eu. E tenho medo de que, depois de tudo isso, eu não seja suficiente para fazer Andrew feliz.

ANDREW

De fora, o Reagan National é um dos aeroportos mais indistintos que já vi. É maior que o Bradley International, em Connecticut, mas ele não leva o nome do cara por quem todo mundo tinha tanto tesão nos anos 1980? O cara que matou milhares de gays por inação não devia ter conseguido algo um pouco mais luxuoso de seus decoradores de direita?

Sinceramente, estou decepcionado.

— Para onde devemos ir? — pergunta Jamie.

O estacionamento à nossa direita está escurecido devido à fuligem de um incêndio no segundo andar que se apagou há muito tempo. O concreto rachou e caiu em pedaços no mato crescido ali embaixo. Mais além, na extremidade dos terminais, fica uma alta torre de controle. Aponto para lá.

— E se a gente for para lá? Talvez de cima a gente consiga descobrir para onde devemos ir.

Contornamos o estacionamento. A cerca de arame, que deveria bloquear nosso caminho, está aberta. Talvez estejamos indo no caminho certo, afinal.

Enquanto caminhamos pelos terminais, percebemos que cada cerca foi aberta ou quebrada para as pessoas passarem. Jamie me dá um olhar que parece dizer que isso deve estar correto.

Porém, eu não gosto. Está muito quieto aqui.

Não deveria haver alguém na estrada para receber as pessoas? Algum tipo de vigia em cima da garagem do estacionamento? Talvez eles estejam todos na torre de controle de tráfego aéreo.

Viramos a esquina para as pistas principais. Elas estão rachadas, cheias de ervas daninhas e chamuscadas com borracha queimada de antes do vírus.

— Puta merda — sussurra Jamie.

Meu coração pula. Há algumas dezenas de aviões pequenos — alguns grandes o suficiente apenas para acomodar poucas pessoas, enquanto outros parecem jatos particulares. Eles estão espalhados pelas pistas de decolagem, como se fosse um estacionamento. As portas estão abertas, mas os aviões estão imundos, cobertos de sujeira e pólen. Estão aqui já faz um tempo.

No entanto, não há mais ninguém por perto.

Examino a pista, em busca de movimento. Está silenciosa e inerte.

— Merda — digo. — Será que a data certa era mesmo seis de outubro, então?

Jamie não deve achar a piada engraçada, porque não diz nada.

— Olá? — chamo.

Apenas minha própria voz ecoa de volta, e me dá calafrios. Jamie agarra meu braço. Ele está apontando para um carro da American Airlines com uma escada para passageiros, estacionado perto do terminal. E para o corpo caído sobre ele.

Ele tira o rifle do ombro, e eu alcanço o coldre para pegar a arma. O metal frio parece queimar minha pele, como se não visse a hora de abrir fogo.

O corpo é velho; a pele, seca pelo sol, parece couro. A camisa branca está esfarrapada, encardida e folgada, como uma segunda pele caindo dos ossos. Há uma mancha de sangue seco esparramada na lateral da escada na direção do buraco na parte de trás da cabeça do cadáver.

— Andrew.

Eu me viro e sigo o olhar de Jamie. Ele está olhando para o maior jato particular da pista.

— Tem alguém lá. Vi movimento em uma das janelas.

Observo os pequenos círculos de escuridão na lateral do avião. Pode ter sido apenas uma sombra. Ou talvez seja uma toca de tigre. Certamente seria o nosso tipo de sorte.

Em seguida, também vejo movimento. E um breve lampejo de um rosto. Com certeza tem uma pessoa lá. Eu me viro para Jamie, perguntando, com um olhar, o que devemos fazer.

— Olá? — chama Jamie. — Tem alguém aí?

Não há resposta ou movimento no avião.

Atrás de nós, ouço o barulho da cerca de arame pela qual escalamos momentos atrás. Me viro com a arma em riste. Jamie se aproxima com o rifle apontado.

Tem alguém por baixo da cerca cortada; sua mochila ficou presa. Ele se ajeita — ainda sem saber que estamos aqui —, e solta a mochila do arame cortado. Quando o cara se levanta e nos vê, Jamie já não está mais com o rifle apontado.

É um garoto negro da nossa idade. Seus olhos se arregalam e, em seguida, piscam rapidamente, para o jato em que estávamos focados. Ele coloca as mãos para o ar e grita.

— Vocês vieram encontrar os europeus?

Jamie e eu trocamos um olhar e acenamos com a cabeça.

O garoto franze a testa e abre a boca para dizer algo, mas antes que consiga dizer qualquer coisa...

— Chris!

Viramos de volta para o jato.

Duas crianças — um menino e uma menina — espiam pela porta. A menina tem cerca de doze anos, e seu cabelo encaracolado é puxado em um tufo na parte de trás da sua cabeça, preso por um lenço rosa. O menino é mais novo, talvez seis anos, e aperta um cachorro verde de pelúcia no peito.

— Des! — o garoto, Chris, grita de volta. — Volte para dentro, até que eu diga para você sair.

— Está tudo bem — diz Jamie. Ele joga o rifle no ombro e mostra as mãos para Chris. Sigo seu gesto e guardo minha arma no coldre. — Não vamos machucar ninguém.

Chris parece inseguro, e eu já percebi que ele não está armado. Me viro para as crianças e dou um aceno amigável. Nenhum dos dois acena de volta.

— Bom — diz Chris. — Tenho más notícias.

Ele gesticula para que o sigamos enquanto se dirige para o jato.

Jamie e eu seguimos, mantendo distância. Chris sobe as escadas dois degraus de cada vez, entrega sua mochila para a garota e diz algo a ela que não conseguimos ouvir. Ela desaparece no avião quando Jamie e eu paramos no pé da escada. Lanço um olhar rápido para Jamie, avaliando como ele se sente sobre isso, mas ele parece calmo.

— Eu sou o Chris. Minha irmãzinha é a Desiree, e meu irmão é o Keith.

Ele puxa o cachorro de pelúcia que Keith segura em seu peito, enquanto Desiree emerge da cabine do jato com um enorme fichário azul-marinho em seus braços.

Nós nos apresentamos, e ele pega o fichário pesado de Desiree e desce até a metade da escada.

— Suponho que vocês dois estivessem esperando um pouco mais do que... — Chris olha ao redor do aeroporto vazio e depois de volta para nós. — Só a gente, eu acho.

— Mais ou menos — digo. — Quer dizer, é bom ver outras pessoas...

Ainda mais outras pessoas não armadas e que parecem amigáveis. Também é estranhamente bom ver alguém da nossa idade.

Chris estende o fichário para nós.

— Vocês deveriam dar uma olhada nisso aqui.

Pego o fichário, e um papel plastificado cai. Jamie se abaixa para pegá-lo, e eu abro o fichário. As páginas dentro parecem enrugadas por exposição a intempéries. Mesmo assim, as páginas impressas continuam legíveis. Os três anéis que as unem estão amassados e arranhados. Vou para a primeira página, que diz: ULTRASSECRETO. CONFIDENCIAL — MATL SUPLEMENTAR. DEZESSEIS DE DEZEMBRO, RELATÓRIO DA INTELIGÊNCIA.

Jamie me mostra o papel plastificado, e a esperança se esvai lentamente do meu corpo, como sangue de uma ferida aberta. É uma esperança que eu só percebi que existia quando já estava evaporando.

O papel timbrado tem o selo presidencial no topo e, embaixo dele, está escrito CASA BRANCA, WASHINGTON. A carta é datada de dezessete de dezembro.

— Onde você conseguiu isso? — pergunta Jamie.

Chris acena com a cabeça para o cadáver perto do carro com escada para passageiros.

— Com ele. Benjamin Wilson. O coitado acabou arranjando problemas maiores do que podia resolver. Bom, acho que todo mundo estava meio que na mesma, né?

Jamie dá uma olhada na carta.

— Ele era um estagiário?

— *Era*, com bastante ênfase no passado — diz Chris, incisivamente. — As coisas mudaram muito rápido na Casa Branca no final, então vai saber qual era seu título oficial quando ele ficou doente. De qualquer forma, ele era o último vivo e sabia que as pessoas viriam aqui, pessoas como nós, esperando encontrar alguma ajuda da União Europeia.

— Quem matou ele? — pergunto, nervoso.

Talvez tenha sido esse garoto. Afinal, ele não gostou do que Benjamin Wilson tinha a dizer.

— Ele se matou. Ficou doente e decidiu tentar fazer alguma coisa logo antes de morrer.

Folheio o relatório da inteligência no fichário. Há uma impressão de código Morse, de aparência oficial, em papel timbrado da Marinha dos Estados Unidos que não consigo entender. No entanto, a página seguinte traduz.

Sem ajuda disponível.

Quarentena falhou.

Segunda onda pior.

Encerrando.

Jamie suspira e lê uma passagem da carta em voz alta para mim.

— "Recebemos notícias de líderes em Haia de que houve um ressurgimento do vírus. Não há nenhuma ajuda vindo. Os sinais do Japão, da Rússia, da Índia e do Brasil sumiram. A África do Sul parou de responder em outubro. Os Emirados Árabes Unidos e o Irã entraram em contato em novembro, mas desde então, nada. Estamos por nossa conta."

O resto das páginas do fichário são relatórios anteriores, incluindo todas as coisas que esconderam de nós. Já sabiam em julho como a taxa de mortalidade estava alta — 99,99%; portanto, por que não arredondar para cem por cento, pessoal? Nos revelaram isso em agosto, quando já tínhamos descoberto por nós mesmos. Há um estudo sobre DNA e taxa de infecção que é demais para a minha cabeça. E, no último documento informativo, em negrito: estimativa mundial de vítimas ~73%-86% da pop.

Fecho o fichário. Não preciso ver mais.

Jamie me entrega a carta plastificada, e eu a leio rapidamente. O parágrafo final confirma a história de Chris. Benjamin Wilson estava ficando doente, por isso pegou os documentos que tinha e veio até aqui, esperando dizer às pessoas o que realmente aconteceu. Coloco a carta de volta no fichário e o entrego para Chris, que o passa para a irmã. Desiree sobe as escadas, passa por seu irmãozinho e vai para a cabine do jato.

— Ele queria garantir que outras pessoas soubessem a verdade — diz Chris. — Esse coitado foi provavelmente o último funcionário do governo que ficou de pé. Porra, se toda a linha de sucessão se foi, ele pode ter sido o presidente. Então, veio até aqui com esses documentos... — Ele se vira para olhar o corpo de Benjamin Wilson. — Sinto muito por não termos notícias melhores.

Jamie passa os dedos pelo cabelo enquanto olha para o céu.

A sensação é de que estou entorpecido. Sem esperança e entorpecido. Jamie solta um suspiro frustrado e se vira para mim. Seus olhos me perguntam o que faremos agora. Como não tenho uma resposta, me viro para Chris.

— Há quanto tempo você está aqui? — pergunto.

Chris se vira para Desiree.

— Cerca de... quatro meses?

— Três meses e duas semanas — Desiree o corrige.

— Já vieram outras pessoas? — pergunta Jamie.

— Várias. Depois, quando souberam que não havia ninguém vindo, elas meio que foram embora por conta própria. Talvez de volta para suas casas ou para encontrar outras pessoas, sei lá.

Afinal, o que mais existe além disso?

— Por que você não foi? — pergunto.

Ele se vira para Desiree e diz:

— Por que você não vai preparar o almoço para você e Keith?

Desiree fecha a cara e começa a se virar antes de dizer:

— Você vai perguntar a eles?

— Vou, Des. — A irritação sutil em sua voz me faz sorrir, porque me faz lembrar de como minha irmã e eu conversávamos. Todo esse tempo, ele está agindo como se fosse muito mais velho do que provavelmente é, porque, não tem como ele ter mais de dezoito anos. Agora, no entanto, essa fachada, a necessidade de ser o pai-barra-guardião, está caindo por terra. Mas então, de forma súbita, ele ergue a fachada de adulto de novo. — Pare de ser chata e vá de uma vez.

Ela revira os olhos, mas faz o que o irmão mandou e sai puxando o braço de Keith de volta para a cabine. Keith finalmente nos dá um aceno rápido, que eu devolvo, antes que eles sigam em direção à escuridão.

Assim que eles entram, Chris se vira para nós.

— Nossos pais morreram em setembro. — Não precisamos dizer o quanto lamentamos ouvir isso, e ele não para por tempo suficiente para que o façamos. — Somos só eu e eles, desde então. Somos da Carolina do Norte.

Mais uma vez, meus olhos se movem para suas mãos vazias; para o cinto em torno de sua cintura, sem coldre. Eles viajaram por toda essa distância sem uma arma para se proteger?

— Um longo caminho para viajar para nada — continua ele. — Quando chegamos, todos esses aviões já estavam estacionados e abandonados. — Ele faz um gesto ao redor. — Acho que eles não tiveram como reabastecer, ou então pousaram e perderam a esperança, ou talvez nunca tenham vindo para *eles*.

Ele aponta na direção do corpo de Benjamin Wilson.

— Para onde você espera pegar um voo? — pergunta Jamie.

Chris se vira para a porta; em seguida, sua atenção se move para duas das janelas, de onde seus irmãos estão observando. Ele acena com a mão para eles e seus rostos desaparecem na cabine.

— Nossa tia está em Chicago. É um longo caminho para viajar a pé, ainda mais... — Seus olhos se movem novamente para o corpo de Benjamin Wilson. Ainda mais se for tudo em vão. Em seguida, ele dá um tapinha nervoso na lateral da escada. — Suponho que nenhum de vocês saiba pilotar um desses troços.

Dou uma risada. Era isso que Desiree queria que ele nos perguntasse. O sorriso em seu rosto me diz que ele não espera uma resposta. Mas não seria divertido se soubéssemos pilotar um avião?

— Você provavelmente vai ter que esperar um bom tempo para encontrar alguém que saiba pilotar essa coisa — diz Jamie.

Chris concorda com a cabeça.

— Pois é. Achei que ficaríamos por alguns dias depois do dia dez e aí faríamos alguma coisa. E vocês? Para onde vão agora?

Jamie se vira para mim, e não tenho ideia do que dizer. Podíamos voltar para a cabana, arriscar com a gangue de Howard. Voltar para Henri e ajudá-la a manter os leões longe.

— Já peguei todos os suprimentos que pude dos outros aviões — diz Chris. — Não sobrou muito. O aeroporto também não tinha muito em termos de alimentos não perecíveis nas prateleiras. Fui em busca de mais coisa esta manhã, mas não encontrei muita coisa.

Meneio a cabeça.

— Estamos bem por enquanto, obrigado. A gente encontra algo na estrada.

— Boa sorte — diz Chris. — Sinto muito que vocês tenham vindo até aqui para nada.

— Valeu — digo. — Sinto muito por vocês também.

Todo o caminho para Alexandria para nada e agora Reagan também foi um fracasso. Não houve razão para qualquer parte dessa jornada.

Chris sobe as escadas para a cabine do avião. Desiree e Keith estão de volta à janela; dou-lhes outro aceno, antes que a cabeça deles desapareça novamente no escuro.

— Tá com fome? — pergunta Jamie.

Não tomamos café da manhã; optamos por nos lavar rapidamente antes de vir para cá. Não há nada aqui para nós. E não há mais nada que possamos fazer.

— Aham.

Deixamos Chris e seus irmãos e voltamos para a frente do aeroporto. Deixamos Benjamin Wilson onde ele deu seus últimos suspiros doentes antes de acabar com sua própria agonia. Sabendo que não havia esperança para ele ou para qualquer outra pessoa que veio até aqui.

Decido que, caso veja mais grafites, vou riscá-los. Porém, em seguida, me lembro da falta de grafite que vimos em Baltimore. Quando eu estava sozinho, antes de Jamie, o grafite "DCA 10/6" estava por toda parte; no entanto, desde que cheguei aqui da cabana, vi apenas três dessas mensagens, no máximo.

Depois, eu me lembro do quadrado perfeito de tinta branca na lateral do caminhão e em algumas outras placas de trânsito.

Alguém já os riscou depois de ter vindo para cá.

xxx

— Você disse que a filha de Henri está na Flórida? — pergunta Jamie.

Estamos sentados no estacionamento, com as latas vazias do nosso triste *brunch* aos nossos pés.

Concordo com a cabeça.

— Se ela estiver viva. Islamorada.

Se. E é um grande "se". A Flórida fica muito longe, mas já fomos muito longe. Jamie pega o canivete suíço preso a seu cinto. A ferramenta multiúso que pertencia ao marido de Henri. Ela nos deu o canivete, mas não é nosso por direito. Pertence à sua filha, Amy. E, caso Amy ainda esteja viva, ela merece tê-lo, e merece saber que sua mãe está aqui no Norte também.

Novamente, um grande "se".

— É um longo caminho a percorrer, apenas para devolver uma ferramenta multiúso antiga — digo.

— Estaríamos fazendo mais do que isso.

Ele tem razão. E Henri nos ajudou. Poderíamos voltar para a cabana agora, talvez perguntar se Henri quer vir, embora eu duvide muito. E depois, há o que ela me disse. Algo que me assombrou desde que ela falou. De como se sentiu inútil por estar distante enquanto sua filha grávida estava sozinha.

É perfeitamente possível que Amy esteja vindo para cá, mas... Não, essa é uma longa caminhada para se fazer com um bebê recém-nascido — e perigosa, a julgar pela nossa experiência.

Depois, há Chris e seus irmãos. Todos eles têm um ao outro e esperam ir até Chicago para encontrar mais pessoas da família.

Já sabemos o que ficou para trás. É mais estrada, e um grupo de sobreviventes que decidiu que a melhor maneira de nos forçar a nos juntar a eles seria nos intimidar com armas e roubar nossa comida. Sabemos que não há nada além da cabana. E será que só isso é suficiente? Seria para mim. Jamie e eu, juntos na cabana pelo resto de nossos dias... parece uma maneira maravilhosa de passar o apocalipse.

No entanto, seria suficiente para Jamie?

Claro que não. Nos conhecemos há quase três meses; ele já deve ter percebido que há mais na vida do que ficar cuidando para que meninos gays rebeldes recuperem a saúde.

Talvez haja algo mais ao Sul. Mais assentamentos e sobreviventes. Talvez a filha de Henri. Sendo bem sincero, é uma péssima ideia. Contudo, quero ter esperança. Tenho que ter esperança.

Não, não é um desejo, é uma necessidade. Eu preciso que ela ainda esteja viva. Preciso que haja algo neste mundo pelo qual valha a pena ter esperança.

Porque antes, eu não pensava que sobreviveria depois de Alexandria. Eu esperava que Jamie me deixasse, por não me ver como nada além de um assassino. Eu esperava que os Foster me matassem por vingança. Eu esperava ficar sozinho para sempre.

Só que Jamie não me deixou.

E, assim como Jamie fez por mim, Henri nos ajudou quando não tinha obrigação alguma. Percebi como ela ficou chateada quando falou que não podia ficar com Amy. Ela disse que as mães deveriam ajudar suas filhas depois que elas tivessem um bebê. No entanto, o mundo acabou, e ela não conseguiu.

Precisamos ajudar outra pessoa. Jamie gosta dos filmes da Marvel; o que era aquilo que a Viúva Negra dizia sobre estar com a conta no vermelho em

Os Vingadores? Porque minha conta está mais no vermelho do que o final do caderno de Jamie.

Então, eu digo:

— Sim. Vamos até lá em busca de uma pessoa, como uma agulha em um palheiro do tamanho da Flórida. Se não encontrarmos nada, e a civilização realmente for só você, eu, uma mulher de setenta anos em Bethesda, alguns pensilvanianos obcecados por impostos, Chris e as crianças em Chicago, e um manequim com um machado, então que seja. Além disso, seja como for, podemos voltar depois do inverno para contar para Henri.

Jamie sorri, e parece genuinamente feliz. Por um instante, não vejo aquela hesitação em seus olhos que sempre percebia ali. Em seguida, seu sorriso diminui um pouco. Ninguém mais teria notado; mas eu, sim. Conheço seu rosto melhor do que qualquer outra pessoa, e sei o que ele revela. Jamie está apreensivo. Nervoso com nossas perspectivas. Inseguro.

Talvez eu esteja também.

xxx

Já atravessamos metade de Virgínia, e a estrada está completamente limpa. Todo carro que vemos está no acostamento. Jamie aponta para o vidro quebrado na estrada e para as janelas quebradas do lado do motorista em alguns dos veículos.

— Alguém os moveu — diz ele, olhando e apontando para a alavanca de câmbio em ponto morto.

— O que significa que há pessoas por aqui que provavelmente usam esta estrada.

Talvez a caminho do Reagan National. Talvez saindo de lá.

No entanto, não encontramos ninguém. E não ouvimos o som de um único carro enquanto seguimos a 95 para o Sul. A cerca de dez dias de distância de Alexandria, Jamie aponta, com um sorrisinho no rosto, para um Honda na beira da estrada. As janelas não estão quebradas, e uma camada de poeira cobre cada centímetro da lataria, exceto o vidro traseiro. Há uma mensagem rabiscada na poeira e quase lavada pela chuva que me faz bufar.

PROMOÇÃO EXPLOSIVA DO APOCALIPSE! GRÁTIS! FUNCIONA MUITO BEM! ¼ DE TANQUE DE GASOLINA INCLUSO!

Jamie abre a porta, e o carro começa a apitar. Ele estende a mão, tira um par de chaves da ignição e o barulho para imediatamente. Jamie segura as chaves para mim. Há uma pequena sandália de espuma com as palavras "Sea Isle City" pendurada.

Jamie me dá um olhar.

— Será que a gente… dirige um pouco?

Meu Deus, com certeza. Meus pés chegariam até a cantar. Contudo, nada disso parece certo.

— Isso não parece uma armadilha para você?

— Como pode ser uma armadilha?

Aponto para a mensagem.

— O bilhete de "carro grátis" é uma dica clara! Você provavelmente liga a ignição e tudo explode.

Ele sorri.

— Lembra quando deixei uma mensagem no caminhão sobre a comida grátis?

Novamente, o otimismo. Será que ele ainda não aprendeu a lição?

— Você realmente acha que alguém armaria um carro para explodir na beira da estrada? Com qual propósito?

Pois é, isso é verdade.

— Mas por que eles deixariam o carro? Se estavam tirando todos aqueles outros do caminho, por que deixar este aqui?

Jamie olha mais adiante. A estrada continua vazia e, pouco antes da curva, há outros três veículos empurrados para o acostamento.

— Talvez tenham encontrado um carro melhor?

Antes que eu possa detê-lo, Jamie se senta no banco do motorista. Ele gira a chave na ignição e, por um momento, acho que não vai ligar. Em seguida, o motor ruge — quer dizer, ruge tanto quanto um Honda Civic *pode* rugir —, e Jamie abre um sorriso largo e travesso que faz meu estômago revirar.

— Entre — diz ele.

Eu reviro os olhos.

— Vou dizer uma frase e *preciso* que você acerte essa. — Dou a volta até o banco do passageiro e entro. Eu o encaro o mais sério que consigo enquanto olho para seu sorriso pateta. — Você tem que dar à ré. Acho que não há estrada suficiente para chegar a cento e quarenta por hora.

Por apenas um segundo, ele parece preocupado, e eu estou prontíssimo para dar um soco nele. Mas então seu sorrisinho retorna. Ele engata a marcha e diz:

— Estradas? Para onde vamos, não precisamos de estradas.

— Aí, SIM! — grito, e abaixo a janela. — Estados Unidos! Ele conhece *De Volta para o Futuro*!

Jamie pisa no acelerador, e o carro dá uma guinada para a frente. Ele gira o volante com força para a esquerda e voltamos para a estrada… bem a tempo de ele bater na mureta de metal que separa a rodovia.

— Ah — murmuro, apoiando minhas mãos contra o painel. — Mas ele não sabe dirigir.

— Vou aprender logo.

Meus olhos se arregalam.

— Calma aí, você realmente não sabe dirigir?

— Eu morava em uma cidade grande! Pegava transporte público para todos os lugares.

Ele dá à ré um pouco rápido demais, e eu agarro o puta-merda acima da janela, porque *puta merda*.

Ele pisa no acelerador por um momento antes de pisar no freio com força. Depois damos uma guinada de novo, e ele volta a esmagar o freio, como se não tivesse certeza de como regular nossa velocidade. Eu agarro o braço dele.

— Olha só! Vou te dizer uma coisa que meu pai me falou depois de três semanas de muita gritaria.

— O que é?

— Você é um motorista de merda, agora saia. Vou pagar outra pessoa para te ensinar.

— Você tem sorte que só sobrou um quarto do tanque de gasolina.

Ele abre a porta e sai, mas o carro começa a avançar devagar.

— Jamie, você tem que colocá-lo em ponto morto!

Passo para o banco do motorista e paro o carro. Quando me viro, ele está com os olhos arregalados e fazendo uma careta.

— Desculpa.

— Você é um perigo.

Mas não posso deixar de rir, enquanto o vejo caminhar até o lado do passageiro. Algo no meu peito afrouxa, e eu... me sinto melhor. Não ótimo, obviamente, mas ter Jamie aqui comigo, me fazendo rir, me fazendo sentir normal — o mais normal possível, dadas todas as circunstâncias em que nos encontramos.

É bom.

Não sei o que teria acontecido se eu tivesse feito todo o caminho até Alexandria sozinho. Jamie vir atrás de mim foi a melhor coisa que poderia ter acontecido. Gosto da forma como ele faz o mundo não parecer tão horrível. E que ele pode estar me tornando uma pessoa melhor.

Ah, merda. Eu realmente me apaixonei por um garoto hétero, não foi? Quer dizer, claramente já faz um tempinho, mas só percebi agora.

— O quê? — pergunta ele, depois de eu ficar sorrindo para ele por tempo demais.

Balanço minha cabeça.

— Nada.

— Para de tirar sarro de mim e dirige.

Não estou tirando sarro de você, Jamie. Eu nunca faria uma coisa dessas.

XXX

Senti falta disso — de poder simplesmente dirigir. Abaixamos as janelas e mantivemos o ar desligado porque meu pai sempre dizia que gastava mais gasolina — não tenho certeza de que isso é verdade. Infelizmente para nós, não há rádio. Porém, mesmo com o vento como nossa única trilha sonora, é legal.

É engraçado como coisas tão simples podem parecer incríveis depois de tanto tempo.

O carro nos leva até logo depois de Raleigh antes de o motor, enfim, morrer. Quando descarregamos nossas mochilas, limpo a mensagem do vidro traseiro e rabisco em cima do porta-malas:

FUNCIONA MUITO BEM! SÓ PRECISA DE UM POUCO DE GASOLINA.

De lá, estamos novamente a pé.

E viajar a pé demora tanto! Até verificamos alguns carros ao longo do caminho — todos foram retirados da estrada —, mas nenhum dos outros tem as chaves. Viajamos quase duzentos quilômetros em um dia de carro. A pé, no calor e na umidade do verão, só conseguimos cerca de trinta. Se tivermos sorte.

Alguns dias são perdidos, porque chove tanto que é preciso parar. Cerca de duas semanas depois de encontrarmos o carro, desviamos para uma pequena cidade nos arredores de Coosawhatchie, na Carolina do Sul. Paramos para verificar se há comida, mas o supermercado está completamente vazio. Os dois postos de gasolina da cidade também estão vazios.

Tentamos as lanchonetes e os restaurantes, mas parece que alguém levou toda a comida e os suprimentos. Por fim, Jamie diz que devemos checar uma casa. Temos tentado não invadir casas enquanto estamos na estrada, porque meio que parece roubar túmulos. Entendo que ninguém vai usar o que quer que venhamos a pegar de qualquer maneira, mas, mesmo assim, parece errado.

Encontramos duas casas abertas com os donos dentro, mas mortos há muito tempo. Quem saqueou as mercearias e os postos de gasolina ainda não deu uma olhada nas casas, porque conseguimos muitos alimentos secos e enlatados para encher as mochilas.

Ao sair, agradeço em silêncio aos cadáveres no sofá e no chão.

XXX

Durante a noite, paramos nos arredores de Hardeeville, na Carolina do Sul. Nós comemos e, como estamos à beira de um riacho, estamos com a barriga e as garrafas de água cheias. Está uma noite linda, apesar do calor sufocante e da umidade. Jamie está deitado com as mãos cruzadas sobre o peito nu olhando para o céu. Estou sentado ao lado dele, atiçando a pequena fogueira em que aquecemos a comida. Claramente não precisamos do calor, mas é bom não ficar na completa escuridão.

— Você acha que vai ter eletricidade de novo algum dia? — pergunto.

Jamie dá de ombros.

— Em algum momento. Deve ter um engenheiro, em algum lugar do mundo, que sabe como se gera eletricidade. Talvez até se concentre em energia eólica ou algo sustentável. Ou talvez leve décadas para alguém inventar algo novo.

— Então você está dizendo que não importa para onde vamos, nossos dias de banhos quentes acabaram.

Há um aquecedor de água na cabana. E painéis solares para alimentá-lo. Claro, Howard e seu grupo podem ser um problema, mas talvez haja algo mais que possamos dar a eles para criar paz entre nós.

— A menos que você encontre uma fonte termal.

Mesmo no calor, eu tremo só de pensar em me lavar no riacho frio amanhã de manhã.

— Não vai mais ter internet — digo.

— Na real, eu até que não ligo muito para isso.

— Herege! — Aponto um dedo acusador. Ele ri e afasta minha mão.

— A única coisa para que servia era para procurar assuntos que a gente não sabia. Fora isso, era só um bando de gente sendo idiota.

Ele tem razão, mas não vou ceder tão facilmente.

— Sabe, se a internet ainda estivesse funcionando, alguém poderia simplesmente pesquisar como fazer eletricidade novamente.

— Se a internet ainda estivesse funcionando, e eu procurasse seus sintomas de perna quebrada on-line, ela diria que você estava morrendo de falência múltipla de órgãos.

— Se a internet ainda estivesse funcionando, poderíamos assistir à Netflix em vez de eu ficar só resumindo filmes cena por cena.

Embora essa seja realmente uma das minhas brincadeiras favoritas.

Jamie também me contou seu segredo mais sombrio: ele gosta de filmes estilo Sessão da Tarde. Ama, na verdade. Quando me conta esse tipo de enredo, gosto de interromper com: "Espera, deixa eu adivinhar: o cara e a garota têm um mal-entendido e não falam um com o outro, até que uma criança sábia intervém."

Nove entre dez vezes, eu acerto. Na décima vez, geralmente é um velho sábio que intervém. Ainda assim, ele tem um jeito de fazer filmes como *October Kiss* parecerem bons. Há também momentos em que ele chega na metade, e eu sou obrigado a dizer: "Espera aí, acho que já vimos este. Ela larga o emprego superestressante para se casar com o dono da pousada viúvo, né?"

Mas, ultimamente só o deixo continuar.

Gosto de ouvi-lo.

Mesmo que ele chegue à parte em que o enteado desce do metrô e interrompe uma apresentação importante, e só então perceba: "Espera, eu já contei esse antes?".

— Bom — diz Jamie, agora —, sorte a nossa que *você* é um bom contador de histórias. Gosto de ouvir seu catálogo de filmes sem fim.

Meus lábios se abrem num sorriso que não consigo evitar.

— Você deve ser um contador de histórias de merda, porque eu até hoje não entendi o "enredo" de *Cidade dos Sonhos*.

Ele suspira.

— Imagem se abrindo, filmagem externa, *Cidade dos Sonhos*, noite.

— Chega! Não quero ouvir de novo.

— Tá bom, tá bom, vou pular para a cena da lanchonete Winkie's — diz ele, se sentando.

— Não!

Cubro os ouvidos quando ele começa a descrever a cena.

— "Eu sonhei com este lugar." — Ele está com aquele sorriso maldoso no rosto. Eu o agarro e cubro sua boca. Ele continua falando e rindo debaixo da minha mão, até que a afasta. — "Já é a segunda vez ..."

Tento cobrir sua boca novamente, enquanto ele luta.

Uma explosão atrás de nós ilumina de vermelho o céu noturno.

Pulo de cima dele, me arrasto até nossas mochilas e pego a arma que estava ali ao lado. Jamie também já está segurando o rifle. Meu coração está acelerado. Meus pulmões pararam de puxar o ar. Nós nos viramos, procurando a explosão, as pessoas, o ataque, mas não há nada.

— O que foi aquilo? — pergunta ele, antes que eu consiga dizer qualquer coisa.

Esperamos em silêncio. Em seguida, uma luz branca surge do chão, a quatrocentos metros de distância. Quando chega ao céu, a luz explode em uma chuva verde cintilante. Abaixamos as armas.

Fogos de artifício.

Há outro rastro de faíscas brancas seguidas de explosão roxa.

— Espera aí.

Jamie volta para as mochilas e pega o caderno de sua mãe. Ele folheia as páginas, sorri e se vira para mim. Há vários tracinhos de contagem riscados, entre vinte e oito e trinta e um, em doze quadradinhos. O sistema de calendário de sua mãe. Desenhar um calendário completo seria um desperdício de espaço.

Por isso, ele mantém um registro com tracinhos e rotula os quadradinhos para cada mês. Ele aponta para a décima primeira caixa — está escrito "JL" acima dela. Há quatro traços de contagem.

— É dia quatro de julho.

— Eu nem sequer pensei nisso.

Outra explosão amarela ilumina o céu.

— Nem eu, até agora.

Ele guarda o caderno e nos sentamos de costas para a fogueira para assistir aos fogos de artifício.

— Eu não esperava ver fogos de artifício nunca mais.

— Pois é.

Explosões azuis e vermelhas estouram ao mesmo tempo.

— Talvez eles tenham eletricidade e internet também — digo, brincando.

Nossa voz soa atordoada, enquanto assistimos aos fogos de artifício dispararem do chão.

— Você quer ir encontrá-los?

Quero, mas não quero, mas quero.

Eu não, mas acho que Jamie quer. Pelo menos sua voz soa como se quisesse. Ele está se inclinando agora e olhando para mim. E, enquanto outro fogo de artifício incendeia o céu, ele parece esperançoso. Ele quer encontrar pessoas. É por isso que Jamie deixou a cabana em primeiro lugar, porque pensou que eu estivesse procurando por uma civilização. E foi por isso que decidimos continuar em vez de voltar para a cabana, afinal de contas.

Sinto uma pontada no coração quando ele sorri para mim.

— Claro — digo. — Vamos encontrá-los.

Porém, no instante em que as palavras saem da minha boca, meu estômago se contorce em puro nervosismo.

Jamie veste a camisa, e sinto um nó na garganta. E se essa gente for como Howard e os outros? E se estivermos fazendo as malas e indo em direção ao perigo?

Um fogo de artifício roxo explode acima de nós.

Coloco a mochila nos ombros, e ela parece mais pesada do que algumas horas atrás. Não digo nada para Jamie, enquanto ele joga um pouco da água nos restos da fogueira. Por fim, partimos na direção dos fogos de artifício.

Eles não estão a mais do que quatrocentos metros de distância, mas a caminhada até lá parece durar uma eternidade. Já consigo ouvi-los. Pessoas conversando. Rindo. Comemorando.

Há muitos deles. A arma está na minha mochila, o rifle no ombro de Jamie. Ele olha para mim; seu rosto é iluminado por um tom de laranja quando outro fogo de artifício explode. Seus olhos pedem permissão para continuar. Para caminhar e ver se essas pessoas com os artefatos explosivos são confiáveis.

E não tenho como dizer não.

Ele merece ser feliz. Não que eu saiba que é isso que vai deixá-lo feliz, mas é um passo nessa direção. São outras pessoas, e não apenas eu e minha bagagem. Talvez ele possa encontrar uma garota legal, e eu possa ir para a Flórida sozinho, só para acabar descobrindo que a filha de Henri morreu e que não há mais nada de bom no mundo.

Putz. O clima ficou pesado de repente. Cacete, talvez *nós dois* precisemos dessas pessoas.

Saímos para a clareira com as mãos para o alto.

JAMISON

Conto pelo menos sete homens armados. As armas estão no coldre, mas, quando nos veem, suas mãos instintivamente descem até a coronha. Coloco as mãos mais para cima.

Um fogo de artifício, cujo pavio já estava aceso quando entramos ali, dispara para o céu e explode, mas ninguém olha para ele. Os olhos de todos estão em nós.

Meu queixo está caído. Deve haver cerca de quarenta pessoas aqui. Uma dúzia são crianças. É o maior número de pessoas que vi em um lugar só em quase um ano.

Um homem grande, branco, de peito largo e cabelo grisalho ralo vem em nossa direção. Quatro homens o cercam; dois parecem um pouco mais velhos do que Andrew e eu, e os outros dois, quase de meia-idade.

— Vimos os fogos de artifício — digo. — Só queríamos dar um "oi" e…

E ver se vocês eram pessoas que queríamos conhecer, ver se todos poderíamos ser amigos. Eles têm fogos de artifício, então não devem estar perdendo tempo cobrando imposto dos outros.

Dou de ombros.

— … ver se podemos assistir.

O rosto do homem grande se suaviza, e ele sorri. O sujeito estende uma grande mão para mim, e eu abaixo os braços para cumprimentá-la. Ele fala com um sotaque arrastado da Carolina do Sul.

— Danny Rosewood. Líder dos vereadores de Fort Caroline.

— Forte? Tipo do exército? — pergunta Andrew. — Você é militar?

Danny Rosewood se vira e estende a mão para Andrew, que a aperta.

— Não, não do exército. Se bem que alguns de nós até que têm certa experiência nas forças armadas.

Danny Rosewood se vira e olha para as pessoas ali atrás.

Ele aponta para um dos homens cujas mãos desceram até a arma.

— Ali está ele. Aquele ali é nosso xerife, Grover Denton. De que ramo você era, Grover? Forças armadas?

— Força Aérea — responde Grover Denton.

Denton não é do Sul, mas tem um sotaque que não consigo identificar. Centro-oeste, talvez.

— Piloto, isso mesmo. — Rosewood acena com a cabeça e traz sua atenção de volta para nós. — E seu segundo em comando era um fuzileiro naval. Uma *garota*, ainda por cima!

Ele diz isso como se fosse chocante, e consigo praticamente sentir a barragem do autocontrole de Andrew estourando quando ele permanece quieto. Não posso olhar para ele, porque sei que vamos começar a rir.

— Não sei seu nome — diz Rosewood.

— Andrew, desculpe, senhor.

O som de sua voz me diz que estou certo. Andrew está quase morrendo para dar uma gargalhada. Ele não diz "senhor" de um jeito sarcástico, mas sei que era essa intenção, então dou um sorriso educado enquanto tento não rir.

— Venham, então... — Rosewood abre um sorriso amplo e se afasta.

— Pela graça de Deus, vocês estão aqui, então vamos continuar o show e vocês podem ir conhecendo o pessoal. Conhecer algumas pessoas.

Seus olhos se movem brevemente para o rifle no meu ombro, mas ele não diz nada. Talvez porque esteja confiante de que seu pessoal acabaria conosco antes que pudéssemos tentar qualquer coisa.

Todos atrás de Rosewood parecem se acalmar quando ele dá um tapinha nos ombros de Andrew e nos meus. É como se estivessem esperando a aprovação do líder antes de relaxar. Mais um fogo de artifício é aceso, e desta vez praticamente todos estão de volta ao clima de celebração.

Andrew toma a explosão como um momento para sussurrar em meu ouvido.

— Dá para acreditar? Eles têm até *mulheres* fuzileiras por aqui.

Eu bufo e sussurro de volta:

— Eu te odeio.

— Você me ama.

Meu estômago revira, e minha boca fica seca. Completamente alheio à reação que ele acabou de arrancar de mim, Andrew passa para cumprimentar mais pessoas de Fort Caroline. Tento fazer o mesmo. No entanto, não consigo deixar de olhar para ele em meio à multidão. Toda vez que olho é como se ele sentisse meus olhos, porque ele olha direto para mim, sorri e dá uma piscadinha.

XXX

Passamos por uma cabine de pedágio onde uma mulher com um fuzil AR-15 acena para o motorista — Grover Denton —, e continuamos nosso passeio até Fort Caroline.

— Não é à toa que é chamado de forte — sussurra Andrew.

Grover olha para nós pelo espelho retrovisor, e as luzes do painel iluminam seu rosto de verde.

— Havia um antigo forte nos anos 1500, mas não está mais lá. Só o nome que ficou.

— Quem foi Caroline?

— A esposa de um dos primeiros colonizadores. Rosewood é parente deles, na verdade.

Andrew dá um "Aham" condescendente, e eu lanço a ele um olhar de advertência. Ele dá de ombros, e eu olho para trás no espelho retrovisor para ver a testa franzida de Grover Denton relaxar. Estamos todos quietos enquanto saímos da estrada.

As ruas estão vazias. A caravana de carros nos seguindo — e dois ônibus escolares cheios de pessoas — desviam enquanto atravessamos o que parece ser o centro de Fort Caroline. Todas as lojas estão inteiras; sem vidro quebrado, sem incêndios. Há sinais em todos os cruzamentos. São os tipos de sinais que eu costumava ver nas zonas de trabalho noturno da estrada: duas lâmpadas brilhantes em cima de um poste móvel, apontadas para a estrada. Cada luz é alimentada pelo que parece ser um gerador a gasolina, funcionando lenta e constantemente na cidade silenciosa.

— Vimos todo mundo lá na clareira? — pergunto.

— De jeito nenhum. — Grover parece feliz com isso. — Eram só as pessoas que estão no segundo turno de amanhã.

Olho para Andrew, para ver se ele sabe o que significa o segundo turno, mas ele só balança a cabeça em um gesto rápido.

— Você vai ver — acrescenta Grover.

Ele para no estacionamento de um velho hotelzinho de beira de estrada de dois andares. Todo o prédio está escuro, exceto o escritório no primeiro andar, iluminado apenas pela luz de velas.

Grover desliga a picape; saímos, pegamos nossas mochilas e seguimos até o escritório.

Não há ninguém lá. A vela tremeluz sozinha em cima da mesa.

— Cara? — grita Grover.

Uma jovem alta e pálida com longos cabelos castanhos emerge da sala escura dos fundos. Ela parece um fantasma sob a luz da vela. Ela olha para Grover, mas fixa os olhos em Andrew e em mim, como se estivesse desconfiada de nós.

— Temos novos convidados. Você pode acomodá-los?

Ela começa a parecer mais confortável, enquanto pega duas pranchetas e as coloca na mesa à nossa frente.

Com a voz um pouco acima de um sussurro, ela diz:

— Preciso que vocês preencham isso, e aí podem ir para o quarto 2C.

Seus olhos disparam para mim enquanto ela pega a chave presa a uma etiqueta laranja e a desliza pela mesa em minha direção. Não é um cartão de plástico, é uma chave de metal mesmo.

— Fica no segundo andar. É só sair por essa porta e subir as escadas. É a segunda porta à direita. Está escrito 2C.

Pego a chave e a prancheta e olho para o formulário. É um questionário pedindo nosso nome, a data e o local de nascimento. Normal no início, mas depois noto que na parte inferior as questões mudam para perguntar quem em sua família sobreviveu à supergripe, quem morreu e quantos anos eles tinham. Há quatro páginas no questionário, mas não presto muita atenção, porque Cara está falando com Andrew agora e passando uma chave diferente para ele.

— E você pode ficar no 2D. É no segundo andar. Saia por esta porta e suba as escadas, é a terceira à direita. Está escrito 2D nela.

Não sei dizer se ela está tirando com a nossa cara ou se está falando sério, mas Andrew sorri.

— Obrigado, mas podemos dividir um quarto. Quer dizer, ele peida muito durante o sono, mas já me acostumei.

Ele me cutuca, brincando.

Meu rosto fica vermelho, e vejo Cara também ficar vermelha à luz das velas.

Antes que eu possa repreender Andrew, Grover fala.

— Não se preocupem com isso, não tem mais ninguém vindo, e acho que há apenas dois outros quartos ocupados agora. Temos espaço.

A ideia de Andrew ficar tão longe me deixa nervoso. Era diferente na cabana. Ele estava em seu próprio quarto, mas ainda era a mesma casa. De alguma forma, um quarto de hotel adjacente parece mais distante. Talvez porque estejamos dormindo um ao lado do outro há dois meses.

— Amanhã venho ver como vocês estão — diz Grover. — Comporte-se, Cara.

Ele acena; ela olha para cima e depois olha para as próprias mãos. Ela é delicada e quieta, e eu me pego imaginando como foi que sobreviveu por tanto tempo.

Andrew aperta meu cotovelo e acena com a cabeça para a saída. Eu o sigo. Olho para trás e vejo Cara voltando para o cômodo escuro atrás da mesa.

— Boa noite, obrigado — diz Andrew.

Ela para e olha para nós, mas não diz nada.

Andrew e eu subimos a escada para a segunda e a terceira portas, à direita. Elas dizem 2C e 2D, como prometido.

— Bom... este é o meu — diz Andrew, encostando-se no 2D e segurando a chave. — Eu me diverti muito. Esta é a melhor conferência apocalíptica a que já fui. Sério! Quer dizer, os Zimpósios Zumbis nunca têm fogos de artifício. Sacou o que eu fiz, Jamie? Coloquei um Z em Simpósios para fazer uma aliteração inteligente.

Dou uma risada e abro meu próprio quarto. Está escuro, e quando ligo o interruptor de luz, nada acontece. Pego a lanterna na mochila e a acendo.

O quarto tem uma cama king size e velas estrategicamente colocadas por toda parte. Andrew se recosta na porta.

— Se me lembro bem você prometeu eletricidade *e* internet, não foi? — diz ele.

— Serve um forte e uma cama king size?

— Hum...

Olho para ele. Ele tem um olhar cético no rosto e parece estar mordendo o interior de sua bochecha.

— O que foi?

— Nada.

— Alguma coisa é. Eu sei quando você está escondendo algo de mim, lembra?

Isso o faz sorrir, e ele balança a cabeça novamente.

— Sério. Acho que não é nada.

— Você vai me dizer quando for alguma coisa?

— Vou. Prometo. E minhas promessas *significam* alguma coisa. — Ele destranca sua própria porta e estreita os olhos para mim. — Ao contrário desse seu papinho aí de internet.

— Boa noite, Andrew.

— Boa noite, Jamie.

Encontro uma caixa de fósforos ao lado da cama e acendo algumas das velas. Há água corrente, mas fria. Pulo no chuveiro e me limpo o mais rápido que consigo na água gelada. Depois, coloco roupas limpas para dormir antes de apagar as velas.

Está abafado e quente no quarto, então abro a janela, mas não ajuda muito. Fico acordado no meio da cama king size, em cima dos cobertores. É legal — confortável, na verdade. Ainda assim, não consigo dormir. Está muito silencioso. Tudo o que ouço é minha própria respiração e as folhas das árvores farfalhando lá fora com a brisa suave.

Andrew provavelmente está acordado, também. Ele deve estar deitado lá, ouvindo os mesmos sons que eu e pensando em mim. Gostaria que ele estivesse pensando em mim. Eu me sentiria um pouco menos estranho se ele pensasse em mim também.

De repente, sou tomado pelo pânico. Dá para sentir o suor escorrendo na minha testa e na parte inferior das costas. Meu peito aperta, e cada respiração parece superficial. As paredes estão se fechando, e estou de volta ao túnel de

Baltimore, cercado por vítimas de gripe inchadas e encharcadas, imerso na água parada. Só que agora, Andrew não está aqui.

Sem pensar, levanto, pego o travesseiro e a chave do meu quarto e abro a porta. Uma vez ao ar livre, me sinto um pouco melhor, mas meu peito ainda está apertado.

Bato na porta de Andrew.

Ele abre em segundos. Bom, então ele estava acordado. Só de vê-lo meu peito relaxa e sinto que posso respirar novamente.

— O que houve?

Balanço a cabeça. Parece ridículo agora, mas, segundos atrás, achei que fosse morrer.

— Não consigo dormir lá. Parece …

Não sei o que parece. "Parece que estou morrendo" soa como uma reação exagerada, mas Andrew parece entender.

— Eu sei, é estranho. Isso é o que eu não queria dizer antes.

— Hum… — Abraço o travesseiro contra o peito. — Posso dormir aqui?

— Pode.

Ele se afasta, e eu entro.

ANDREW

Vamos deixar uma coisa clara. É uma tortura do caralho ter o garoto que eu amo dormindo na mesma cama que eu. Tipo, bem do meu lado.

Só que, tipo, é uma tortura boa, eu acho. Se o inferno for real, e eu acabar lá por ser um assassino e puder escolher entre as abelhas no pênis e dormir na mesma cama ao lado de Jamie por toda a eternidade, mas sem nunca poder tocá-lo, eu escolho essa cama confortável.

E os roncos suaves de Jamie.

As abelhas no pênis que se danem!

Jamie adormece instantaneamente, mas não posso deixar de observá-lo durante um tempo na escuridão.

Já falei para calar a boca, que não há nada de esquisito nisso.

Ele é tão gentil e sensível. Aposto que ele sabia o quanto eu estava desconfortável aqui sozinho. Eu quase sabia que ele ia vir; por isso, quando ouvi as batidas na porta, pulei na mesma hora.

Ficar assim tão perto chega a doer fisicamente. Sei que não deveria me sentir desse jeito por ele, mas não consigo evitar. Ele não é o primeiro garoto hétero por quem me apaixono. Não, essa honra duvidosa vai para o meu melhor amigo desde o fundamental, Clark Murphy, agora vítima do vírus. Ainda assim, o sofrimento não é nem um pouquinho menor.

Nem percebo que adormeci até ouvir as batidas na porta.

Pulo, à procura da arma, mas não a encontro. Está na minha mochila, do outro lado do quarto. Levo um momento para lembrar que estamos no quarto de hotel, em Fort Caroline.

Já amanheceu e o sol brilha contra as venezianas penduradas na frente da janela. As batidas soam novamente.

No entanto, estão vindo do outro quarto. Eles estão batendo na porta de Jamie.

Jamie se senta e esfrega os olhos.

— Que horas são?

— Merda. Vai para o banheiro e fica quieto.

Ele se vira para mim.

— Por quê?

— Só… confia em mim. Vai.

Ele entra no banheiro sem perguntar mais nada. Quem está lá fora bate novamente na porta de Jamie. Olho ao redor, procurando algum sinal de que Jamie tenha passado a noite aqui.

Não sei quem são essas pessoas, mas nos colocaram em quartos diferentes de propósito. Claro, há mais do que o suficiente à disposição, mas eles pensaram que fôssemos querer dormir separados. Não queriam dois garotos compartilhando uma cama king size se não fosse realmente necessário, porque isso significaria algo que eles provavelmente não estariam preparados para pensar.

A batida finalmente chega à minha porta.

Não é Danny Rosewood ou Grover Denton parados ali. Não é nem mesmo a garota de ontem à noite, Cara. É uma mulher alta, com o cabelo claro puxado para trás em um coque apertado. Ela usa uma roupa bege que não valoriza sua pele pálida e tem um distintivo no peito.

Ah, olha só quem temos aqui, a Dona Fuzileira Naval.

— Cadê seu amigo? — pergunta ela.

Franzo a testa.

— Hum, oi. Bom dia, sou o Andrew.

— Nadine Price. Seu amigo, onde ele está?

— Que horas são? Ele é uma pessoa matinal, então provavelmente saiu para explorar.

Ela concorda.

— Se vista e me encontre no escritório quando estiver pronto. Tenho que te mostrar o lugar e vocês têm uma reunião com o xerife Denton ao meio-dia. Vamos encontrar seu amigo enquanto estivermos fora.

Ela não espera uma resposta e volta na direção das escadas.

Fecho a porta, e Jamie sai do banheiro.

— Conheci a Dona Fuzileira Naval! Ela é *tão legal*.

— Deu para perceber mesmo. Por que a gente só não contou de uma vez que eu dormi aqui?

Ah, Jaime. Doce e inocente Jamie.

— Porque eu queria te manter como meu segredinho sacana. — Dou de ombros, fingindo que não era nada. — É só força do hábito. Toda vez que tem um menino na minha cama, e alguém aparece, batendo…

Ele dá um sorrisinho e suas bochechas se tingem de rosa.

— Vai para o seu quarto antes que a Dona Fuzileira Naval resolva voltar. E, quando você nos encontrar no escritório, finge que estava passeando.

Jamie se levanta e bate continência, enquanto abre a porta, depois, olha para os dois lados e se abaixa como se estivesse tentando ser furtivo.

Nosso plano funciona bem. Quando chego ao escritório, Nadine está sentada em silêncio. Cara também está lá. Quieta. Pelo visto essas duas devem ser amicíssimas.

Enquanto Nadine me leva até a viatura no estacionamento, Jamie vai até a esquina com sua história de que "saiu para dar uma volta". Nadine não faz perguntas, nós embarcamos na parte de trás do carro e partimos para o passeio.

Há muito mais pessoas morando em Fort Caroline do que vimos na clareira ontem à noite. Centenas, talvez. E todos estão trabalhando. Há um grupo de pessoas vasculhando uma farmácia e separando produtos em grandes recipientes de plástico. Uma equipe de homens com marretas está destruindo o interior de uma vitrine.

— O que é tudo isso? — pergunto.

Nadine a princípio não diz nada; em seguida, murmura, rapidamente:

— Limpeza. Todo mundo tem trabalho a fazer.

Ela nos diz que há três turnos. Oito da manhã às quatro da tarde, quatro da tarde à meia-noite, meia-noite às oito da manhã. Os turnos mudam, semana a semana, para que ninguém fique cansado de trabalhar durante a noite, mas cada um faz a sua parte para ajudar a limpar e recomeçar.

Isso explica por que nenhuma das lojas foi saqueada. Porque não há lixo ou corpos nas ruas. Por que há mais vagas de estacionamento do que carros. Na verdade, não há carro nenhum nas ruas com exceção do de Nadine.

— O que vocês fizeram com os corpos de vítimas da gripe? — pergunto.

Nadine não responde. Me viro para Jamie, mas ele está olhando pela janela com os olhos semicerrados. Seu foco dispara para todos os lugares ao mesmo tempo, tentando absorver tudo.

— Para onde foram as vítimas da gripe? — tento novamente.

— Nós cremamos os mortos. Não há espaço suficiente para enterrar todo mundo.

A maneira como ela responde é seca e um pouco rude, como se achasse minhas perguntas irritantes, mas essa tal de Dona Fuzileira Naval que vá catar coquinho, estou curioso.

Por outro, ela tem uma arma. Então eu calo a boca e deixo que ela continue com esse tour de péssima qualidade. Sorrio para uma jovem que despeja um monte de livros de uma grande biblioteca de tijolos em uma lixeira do lado de fora das portas.

Ela não sorri de volta.

Abro a boca para perguntar o que estão fazendo com os livros da biblioteca. Contudo, lembro que Nadine tem a personalidade de um floco de milho envenenado, então fico quieto. Ainda me viro a tempo de ver alguém pegar um carrinho de mão cheio de livros e jogá-los em uma lixeira. Pelo visto não estavam fazendo a mesma coisa com o que havia na farmácia. Mas pelo menos eles não os estão queimando, né?

Espero que eles não os estejam queimando.

Nadine para em um grande prédio de blocos de concreto sem janelas, que diz "Delegacia de Polícia de Fort Caroline" em letras prateadas no topo.

— Esta é a delegacia — diz ela. Sabe de uma coisa? Aposto que ela nem era fuzileira naval antes do vírus coisa nenhuma. Ela provavelmente dava passeios na Disney World, *fingindo* ser fuzileira naval. — Você vai entregar seu questionário aqui, quando terminar. Sophie ou Gloria trabalha na recepção, das nove da manhã às seis da tarde. E, caso vocês tenham algum problema com um dos moradores, podem denunciá-lo aqui também. Fora isso, estamos aqui para ajudar, principalmente com problemas menores.

— Tipo o quê?

Ah, Andrew, por que você pergunta coisas que sabe que ela não vai responder?

No entanto, ela me surpreende.

— Roubo, principalmente. Mas até isso está parando. Todos entendem que somos uma comunidade agora, e roubar de uma pessoa significa roubar de todos. Além disso, eles entendem as regras de ração alimentar. A comida e os suprimentos que vocês trouxeram serão adicionados ao excedente, e nós lhes daremos certificados de racionamento por eles, além de seu vale alimentação semanal.

Certificados de racionamento?

Contudo, antes que eu possa perguntar, Jamie diz:

— Vamos ter que entregar nossos suprimentos?

— Só a comida e qualquer coisa considerada útil. Vocês ficam com as roupas e garrafas de água.

— E os livros? — pergunto.

Ela olha para mim pelo retrovisor.

— Vocês estão carregando livros?

— Não é fã de literatura?

— Não sou fã de desperdiçar espaço.

Uau. Talvez eles *estejam* queimando os livros, sim. Nadine sai do estacionamento do xerife e continua nosso passeio por Tristenópolis — quer dizer, Fort Caroline.

— Por que aqueles caras estavam destruindo a loja lá atrás? — pergunto.

Ela parece estar criando o hábito de me responder.

— Os vereadores criaram um plano para condensar a cidade, por isso temos uma farmácia, uma loja de conveniência, uma mercearia e o hospital. Qualquer loja considerada redundante está sendo esvaziada, e, quando surge a necessidade de algo, eles colocam no lugar. No momento, é só residencial. Temos alguns prédios totalmente ocupados, e nossos grupos de reconhecimento estão viajando mais longe do que nunca. Em breve, seremos ainda maiores e precisaremos de mais espaço para colocar essas pessoas.

Será que o pessoal de Fort Caroline tem noção de que inventou o socialismo?

Um grupo de cinco homens cerca um bueiro aberto no meio da rua. Um deles gesticula para Nadine dar a volta no buraco, e ela continua.

— Até onde vocês foram? — pergunto.

— Virgínia.

É claro. Isso explica por que foi mais difícil encontrar comida depois de sair de Alexandria. Também explica a rodovia desobstruída. Será que as pessoas que deixaram o carro encontraram uma carreata de Fort Caroline?

Nadine acrescenta:

— A expectativa é chegar a Washington até o final do ano.

— Passamos por Washington — diz Jamie. — Não há ninguém lá.

— Suprimentos, então.

— Espero que eles levem armas — murmuro para Jamie, e imito um rosnado de leão silenciosamente.

Ele não sorri. Ele não ri. Só mantém os olhos focados ali fora. Seus dedos se movem ao lado da perna, levantando e abaixando, um de cada vez. Será que está tentando falar algum código? Isso é linguagem de sinais? No entanto, quando passamos por outra equipe destruindo uma loja, percebo que ele está contando pessoas, mas nem todas.

O que é que está contando?

Nadine nos leva ao supermercado, que é um antigo Aldi, e explica como funcionam os vales de racionamento. Receberemos nossos primeiros *vouchers* assim que entregarmos o questionário que esquecemos de preencher. Eles são entregues todos os domingos de manhã. Há também um armazém de suprimentos, que processa o que trouxemos para a cidade, e também receberemos *vouchers* por isso.

Em seguida, ela nos mostra a escola e diz que crianças de cinco a quinze anos devem ficar lá das oito da manhã às seis da tarde. Pergunto se, depois dos quinze anos, eles têm que passar por uma colocação profissional. Nadine confirma com um grunhido.

Ela estaciona na frente do hospital, nos mostra o edifício e apresenta o pronto-socorro e a ala de saúde da família. Há algumas pessoas na sala de espera, mas o ferimento mais grave parece ser o de um cara grande e careca com um arranhão no olho esquerdo e um cara loiro atraente com um corte na perna que já parou de sangrar. Passamos por alguns corredores escuros, e os quartos dos dois lados parecem vazios. Como se a maioria das camas e equipamentos tivessem sido removidos.

Faço uma piada sobre saúde pública, que cai como um peixe morto. Depois, vamos para a farmácia. Parece movimentada. Há equipes em ambos os lados, mexendo em recipientes plásticos e enchendo caixas. Em seguida, eles entregam as caixas para outras pessoas, que vão à farmácia para esvaziá-las e voltam para pegar outras.

Estocando.

— Para onde vão todas as coisas extras? — pergunto.

— O armazém de abastecimento. Fica do lado de fora da rua principal, onde quase tudo é classificado e enviado para cá.

É metódico e também meio redundante — com pessoas esvaziando farmácias, levando os suprimentos para o depósito para triagem, e depois trazendo-os de volta para cá — mas pelo menos é um sistema, eu acho. E pelo menos estão todas trabalhando.

No entanto, enquanto observo todos entrando e saindo da farmácia, não consigo deixar de me sentir um pouco inquieto. Há algo de estranho nisso aqui.

Em todo mundo aqui.

Nadine nos leva de volta à delegacia, onde Grover Denton está nos esperando do lado de fora. Agradeço a Nadine pelo passeio quando saímos do carro. E sim, soa um pouco sarcástico. Contudo, tento sorrir para parecer que estou sendo sincero.

Dona Fuzileira Naval provavelmente sabe que estou sendo falso, e não responde.

Ainda há algo me incomodando neste lugar, mas não sei o que é. Talvez seja porque é perfeito *demais*? Todos os que estão ocupados são jovens e fortes, trabalhando juntos para reconstruir o mundo. Há um hospital. Uma escola. E até a merda de um supermercado. Faça-me o favor.

Grover está no meio de sua lenga-lenga sobre o questionário, aqui do lado de fora da delegacia de polícia — sério, o povo daqui parece que tem um tesão intenso por esse questionário —, quando diz algo que realmente me surpreende.

— Presumo que vocês dois tenham armas. — Não precisamos responder, porque ele viu o rifle que Jamie tinha na noite passada. — Podem ficar com elas. Na verdade, até incentivamos que fiquem.

Como é que é?

— Todos que puderem devem ter uma arma, para o caso de estranhos tentarem invadir a cidade. Como estamos nos Estados Unidos, temos o direito dado por Deus a uma milícia bem regulamentada.

Estou dividido aqui. Por um lado, sim, o mundo mudou, e, claro, precisamos de armas. Por mais que eu não quisesse a princípio, agora entendo o quanto é importante ter uma. Pelo menos não parece existir um zoológico em Fort Caroline.

Por outro lado, fico um pouco nervoso com todos esses estranhos com armas.

Grover continua.

— Só que vocês terão que registrar suas armas de fogo aqui. E também temos racionamento de munição, que vocês não podem estocar. Vocês precisam contabilizar cada bala que usam. E é claro que nem preciso dizer, mas não atirem em ninguém.

Aponto para Grover, e tento parecer brincalhão:

— Mas você falou mesmo assim.

— Ah, que bom! — Uma voz retumbante com sotaque do Sul me faz estremecer quando Danny Rosewood, mais uma vez ladeado pelos mesmos dois jovens de ontem à noite, dobra a esquina da delegacia de polícia. Ele veste um terno completo, mesmo no sol quente de verão, e grandes gotas de suor escorrem por sua testa vermelha. — Eu estava torcendo para que não perdêssemos o final do tour.

— Bem na hora, Danny — diz Grover. — Eu estava terminando.

— Já entregaram o questionário?

Viu só? É um tesão do caramba. E agora aposto que tenho um candidato para criador do questionário. Quanto tempo antes de ele levar o crédito?

— Ainda não — digo. — Ficamos um pouco cansados depois da noite passada.

— Não tem problema. — Ele acena com a mão inchada. — Não tem problema nenhum. Só entreguem o quanto antes. O questionário foi ideia minha...

Onze segundos.

— ... uma das melhores, se é que posso dizer. É importante entregá-lo, para que vocês possam obter suas colocações de trabalho. Isso é algo de que temos *muito* orgulho aqui. Todo mundo fica feliz em contribuir e ajudar a fazer os Estados Unidos voltarem aos trilhos.

Voltar aos trilhos? Quem ele está enganando? Nenhum país do mundo vai voltar a ser como era antes. É impossível.

— Vocês ouviram falar do Aeroporto Reagan? — pergunto, interrompendo o discurso de Rosewood. Ele se vira para mim. O sujeito parece confuso por um instante, por isso eu o ajudo. — A vinda da União Europeia para nos ajudar.

A percepção toma conta de seu rosto.

— Ah, certo! Em junho. Ouvimos, mas também recebemos notícias de algumas das pessoas mais novas de que não havia nenhuma ajuda a caminho.

Concordo com a cabeça.

— Foi de lá que viemos. Vai demorar um pouco até que qualquer lugar "volte aos trilhos".

O sorriso de Rosewood se alarga, e ele bate com a mão pesada no meu ombro.

— Estados Unidos em primeiro lugar, filho! Todos nós construímos esse país do zero uma vez, podemos construir de novo!

— Hum… na verdade a América foi *roub…*

— Que tipo de colocação de trabalho nós dois podemos esperar?

Jamie me interrompe, antes que eu possa lembrar Danny Rosewood de que seus ancestrais mataram os povos indígenas da América do Norte, depois construíram, com trabalho escravo, tudo o que foi perdido para o vírus. E, pensando bem, talvez Jamie esteja certo; é melhor ficar de boca fechada. Danny Rosewood não parece ser do tipo que muda de ideia facilmente, e minha bomba de conhecimento só serviria para nos tornar menos bem-vindos.

Rosewood olha para nós, de um para o outro.

— Quantos anos vocês têm, meninos? Dezessete? Dezoito?

— Dezesseis — responde Jamie.

— Ele faz dezessete em novembro — digo, esperando que a informação sirva para alguma coisa.

Danny Rosewood continua falando, mas algo acontece com um dos caras atrás dele. O cara mais alto, com um bigode horroroso e uma barba irregular, franze as sobrancelhas e olha entre mim e Jamie.

Merda. Conheço esse olhar. Quando o cara me percebe olhando, suas sobrancelhas voltam à sua posição normal, e ele se vira para encarar o garoto pálido à sua esquerda, que não parece prestar atenção em nada.

— Ah, e este aqui — Danny Rosewood se vira, e dá um tapinha no ombro do Senhor Bigodinho— é Harvey, meu filho mais novo.

Harvey Rosewood acena para nós dois, mas quando Danny Rosewood dá um tapinha no ombro do garoto pálido — e o apresenta como o melhor amigo de Harvey, Walt Howser — Harvey me dá o mesmo olhar hostil de antes. O olhar que dizia *tô ligado no que vocês são, e não gostamos disso aqui.*

E então tudo se encaixa, e eu me sinto tonto. O que há de errado com este lugar são as pessoas. São todos relativamente jovens. O mais velho que vi é Danny Rosewood, ou um dos homens perto do bueiro, que tinha cinquenta e poucos anos. Não vi ninguém de muletas ou cadeira de rodas. Não havia pessoas doentes no hospital. Nadine não apresentou a ala cirúrgica. Eu nem pensei em perguntar o que acontece caso alguém fique doente. E se tiverem apendicite? Será que há alguém para ajudar?

Será que sequer ajudariam? Ou pensariam que seria um desperdício de recursos?

E, ainda por cima, há o olhar que Harvey Rosewood está me dando. O olhar que diz, *seu lugar não é aqui.*

E ele tem razão.

Rosewood nos dá adeus e seu filho olha para trás apenas uma vez antes de virar a esquina. Em seguida, Grover Denton nos leva para o hotel.

Sinto náuseas durante o caminho inteiro. Quero sair daqui o mais rápido possível. No entanto, como convencer Jamie? Ele não é como eu. Sei que ele é sensível e inteligente, e que provavelmente consigo persuadi-lo, mas como? Ele não vê o mundo do jeito que eu tive que ver. Ele teve uma mãe compreensiva e amorosa. Amigos para quem não teve que mentir durante anos. Jamie não teve que passar a vida pensando constantemente no futuro e tentando não dizer nada que pudesse revelar aquele segredo sombrio que ninguém poderia saber. Ele não vê o olhar que Harvey Rosewood me deu ou o que isso significa.

Para ele, isso aqui é civilização. É o que estávamos procurando. Para Jamie, esta é sua nova casa. Ele nunca vai sair desse lugar.

Ele me segue até meu quarto, e eu fecho a porta. Não sei como contar. Como faço para fazê-lo entender?

No entanto, ele fala primeiro:

— Temos que dar o fora daqui.

JAMISON

Andrew simplesmente me encara. Eu estava preocupado com isso: que ele ficaria tão empolgado com a ideia de um assentamento que iria querer ficar — mas não podemos ficar aqui.

— Desculpa — digo. — Sei que é tudo... provavelmente ótimo, mas não para a gente.

Ele balança a cabeça lentamente.

— Será que eu posso... porra, te beijar de uma vez?

Meu rosto fica vermelho e meu estômago revira.

— O-o quê?

— Estou brincando, mas não tanto. Odeio este lugar.

— É estranho para caralho, né?

— Muito estranho!

— Eu contei enquanto estávamos no carro. Tinha talvez trinta pessoas com mais de cinquenta anos no total.

Ele parece finalmente perceber algo.

— Sim! Era isso o que você estava contando?

— Também contei quantas mulheres há aqui. Um pouco mais de cem, mas nenhuma parecia ter menos de quarenta anos.

Os quatro médicos do hospital eram homens. A enfermeira que conhecemos foi uma das poucas pessoas que vi com mais de cinquenta anos.

— A Dona Fuzileira Naval não pode ter mais de quarenta — diz ele. — E a Cara, lá debaixo, tem vinte, no máximo.

— Tá, então são duas. E eu não contei, mas havia muitas mulheres na clareira ontem à noite. Crianças, também. Só que eu não os vi lá fora, hoje.

Andrew faz uma careta.

— Todas as mulheres entre dezesseis e trinta e nove estão fazendo o quê? Brincando de creche?

— Pensando mais na linha dos papéis tradicionais de gênero. E também... — Estou preocupado com o fato de ele não acreditar em mim, que pense que sou louco ou tire conclusões precipitadas, mas, pelo menos até agora, ele acreditou em tudo. — Não vi nenhuma pessoa não branca aqui.

Quase metade da população da Filadélfia era negra, mais da metade da minha escola era. Então, caminhar por uma cidade nova onde todas as pessoas são brancas com certeza não passa despercebido.

É algo que notei na pequena cidade perto da cabana, quando minha mãe a comprou. Naquela época, em um verão, convidamos meu amigo Wes para passar uma semana. Ele brincou, dizendo que teria que se esconder no porta-malas caso fôssemos à cidade. E ele estava certo: assim que fomos ao supermercado alguém chamou a polícia. Eu nunca tinha visto minha mãe tão irritada.

Andrew mantém a voz baixa, mas acena com a cabeça, agitado.

— Esse lugar é *tão* branco. E olha que eu sou de Connecticut!

Isso me faz rir, mas é uma risada nervosa.

— Tudo bem, precisamos sair daqui.

— Sim. Agora.

— Não. — Levanto uma das mãos. — Devemos esperar até a noite. Parece que eles só têm o pedágio sob controle. Por isso, a gente sai pela floresta e se afasta o máximo possível.

— Você acha que não vão nos deixar ir embora? — pergunta ele.

Acho que não. Foi o questionário que mais me chamou a atenção. Eles são tão inflexíveis quanto a isso; e durante o tour, Nadine e o xerife Denton não disseram nada sobre sair, nem uma vez sequer. Atravesso a sala e pego a prancheta que Andrew colocou de lado.

Viro para a segunda página. Mais perguntas sobre a supergripe.

Quem foi o mais jovem da sua família a ser levado? "Levado", como se tivessem ido a algum lugar e não sido vítimas de um vírus mortal.

Quem foi o mais velho da sua família a ser levado?

Há um asterisco ao lado de ambos, que diz para incluir membros de qualquer grau de parentesco na resposta. Depois, as questões dão uma guinada. É provavelmente por isso que está na segunda página.

O questionário pergunta sobre religião, deficiência física, deficiência mental e orientação sexual. Na parte inferior, abaixo de tudo isso, há uma seção marcada "se for mulher".

Atualmente você consegue engravidar?

Você teve filhos antes da doença? Se sim, quantos?

Você já tomou anticoncepcional?

Você já fez um aborto?

— Puta merda. Andrew.

Ele se aproxima e lê por cima do meu ombro.

— Orientação sexual.

Ele não parece surpreso.

A próxima página é o histórico médico completo, incluindo outro asterisco, que nos lembra de incluir pessoas de todo tipo de parentesco. Há mais páginas. No entanto, são mais amigáveis e perguntam sobre hobbies e habilidades, provavelmente uma tentativa de fazer a coisa toda parecer algo diferente do que é: um registro.

— O que acontece se eles não gostarem das nossas respostas? — pergunta Andrew.

— Não vamos descobrir.

Coloco a prancheta de lado, e Andrew agarra meu braço. Sigo seu olhar para a janela que dá para a varanda.

— O que foi? — pergunto.

— As cortinas estão abertas. Estavam fechadas quando eu saí.

Mas a cama não está feita, então Cara não deve ter entrado. Ou, se entrou, não foi para arrumar o quarto. Além disso, duvido que o Hotel Fort Caroline tenha um serviço de camareira.

— Ah, não.

Andrew vai ao banheiro. Em seguida, volta para fora, olhando o armário e depois debaixo da cama. Abre a mesinha de cabeceira, com nosso atlas rodoviário em cima dela e pega a arma que dei a ele. O coldre não está lá, e a arma estava apenas na gaveta da mesa de cabeceira.

— O que foi?

— Eles pegaram as nossas mochilas, Jamie.

Ele puxa o ferrolho e verifica o cano, como eu ensinei; em seguida, solta o pente e me mostra que está vazio.

Eu me viro, procurando sua bolsa. Tem que estar aqui; não pegariam nossas coisas enquanto estávamos fora. Eles não têm motivo para isso.

Mas, na verdade, têm sim. Queriam a comida e os suprimentos. A munição.

Podemos manter as armas, é claro, mas eles controlam a munição. Eles controlam tudo em Fort Caroline.

Abro a porta e vou para o meu quarto. Já sei que vou descobrir que minha própria mochila sumiu, mas não meu rifle, que também está vazio.

Andrew para na minha porta.

— Eles deixaram as armas e roupas, mas levaram nossa comida e munição.

E *o caderno da minha mãe.*

Andrew me segue até o escritório. A porta está aberta, e Cara, a garota magra e esquisita da noite passada, está lá, escrevendo em algum tipo de caderno.

— Ei!

Ela estremece e se levanta, derrubando uma lata de café cheia de canetas e marcadores. Todo mundo está lá fora trabalhando, mas ela está aqui rabiscando. Quero saber o que a torna especial, mas não estou a fim de perguntar agora.

— Nossas mochilas sumiram. Onde você as colocou?

Ela se curva e se apoia na parede atrás. Não me responde; fica apenas nos observando enquanto uma caneta marca-texto rola para fora da mesa lentamente.

— Cadê as nossas mochilas? — pergunto novamente.

Ainda assim, ela não responde.

— Jamie.

A voz de Andrew é um aviso silencioso para que eu me acalme. Eles podem levar a comida que quiserem, mas quero meus livros de volta. O caderno da minha mãe é minha principal preocupação, mas eu também tinha aquele livro velho que Andrew me deixou. Eu quero os dois, e depois vamos dar o fora daqui.

— Para onde levaram nossas coisas?

Meu sangue bombeia nos ouvidos, e os músculos da minha garganta apertam.

— Jamie, para com isso. — Andrew dá um passo à minha frente e coloca a mão no meu peito. Seu toque tem um efeito quase instantâneo e até minha pressão arterial diminui. — Será que dá para...

Ele me faz um gesto de "deixa para lá" com a mão, e se vira para Cara.

Ele dá a volta ao redor da mesa, mas se detém.

— Você se importa se eu vier até aqui? Eu te ajudo a limpar.

Ele aponta para o chão, onde estão as canetas e os marca-textos. Cara não responde e se abaixa para pegá-las, sozinha.

Andrew desaparece atrás da mesa, e eu o ouço falando baixinho. Capto apenas algumas palavras aqui e ali. Ando pelo escritório lentamente, tentando me acalmar enquanto formulo um plano. Não sei para onde levaram nossas coisas, mas o lugar deve ser vigiado. E já chamamos atenção, porque somos os estranhos. Eles também levaram nossa munição, que disseram que seria racionada.

Andrew aparece com Cara e coloca a lata de café de volta na mesa.

— Você pode nos dizer como chegar lá?

A garota olha para mim, como se *eu* fosse o idiota que roubou as coisas *dela*, e pega papel de uma pilha sobre o balcão. É um mapa grosseiramente desenhado de Fort Caroline. Cara circunda um prédio com o marcador vermelho que tira da lata de café.

— O armazém de suprimentos fica aqui.

Ela coloca o marcador vermelho de volta, pega um lápis e circula o hotel.

— É aqui que estamos, e você vira à esquerda na avenida Cherokee, bem aqui na estrada Glower, depois à direita na Morgan Lane, à esquerda na estrada Magnolia, à direita na rua Berks, e aí vai estar bem na sua frente, na esquina da rua Berks com a avenida Broad. Você também pode atravessar o parque aqui, na Morgan. — Ela desenha uma estrela com a lapiseira na esquina da Morgan com a Glower e depois fornece três rotas diferentes. — Mas a primeira maneira é a mais rápida. A menos que você queira atravessar o parque.

Isso explica por que ela foi colocada no hotel. Ela pode ser tímida e não muito sociável, mas conhece esse lugar. Talvez ela estivesse neste hotel, antes mesmo de a gripe chegar.

Andrew me dá um olhar que diz que ele tem uma ideia.

— Espere aqui.

E ele nos deixa.

Gentilmente, pego o mapa e o analiso, seguindo as instruções. Há uma cruz em um grande quadrado no canto inferior.

— Aqui é o hospital?

Cara olha para onde aponto.

— Farmácia. O hospital tem o caduceu.

— O... — Nem sei que palavra é essa. Ela aponta rapidamente. Ah, já vi isso antes, são duas cobras enroladas em um cajado alado. — Não sabia que esse era o nome.

Ela está se afastando de mim e não responde e nem olha para cima quando falo. Eu me sinto mal por ter gritado com ela e estou tentando ser amigável, mas o estrago já foi feito. Ela não gosta de mim, e tudo bem. Ela mora aqui, então não deve ser flor que se cheire também. Mesmo assim, ainda há algo em Cara que não parece se encaixar neste lugar. Todo mundo parece feliz por estar aqui — ou, pelo menos, animado o suficiente para fingir que as coisas estão voltando ao que eles viam como normal. Cara quase parece sonâmbula. Até responde a perguntas, mas fornece apenas as informações necessárias e nada mais.

Andrew ainda não voltou, e o silêncio está ficando desconfortável.

— Esta é a delegacia de polícia? — Aponto para o prédio com a estrela de seis pontas.

A julgar pelo questionário, não acho que marcariam a sinagoga de Fort Caroline, se é que existe.

— Sim.

É para lá que terão levado nossa munição. Eles esperam que registremos nossas armas, antes de recebermos o racionamento de munição. O relógio a bateria na parede mostra que é quase uma hora. O sol se põe em pouco mais de oito horas. Temos oito horas para pegar nossa munição e nossa comida sem levantar suspeitas.

Andrew volta com o atlas rodoviário na mão. Cara observa com curiosidade quando ele o coloca à sua frente. Ela até parece começar a gostar um pouco da presença de Andrew. Parece menos cautelosa quando ele está presente.

— Estamos tentando chegar aqui.

Ele aponta para o mapa. A página está virada para a metade sul da Flórida, e seu dedo está em Keys.

— Andrew.

Ele está contando exatamente para onde estamos indo, quando o objetivo era fazer uma fuga rápida e silenciosa.

Ele levanta a mão para me silenciar.

— Poderia traçar uma rota para nós, de Fort Caroline até Keys?

Cara olha para mim, depois para Andrew, antes de voltar ao atlas rodoviário. Ela examina o mapa e, em seguida, estende a mão, mas não o toca. Suas mãos pairam sobre ele, e ela pergunta:

— Posso pegar emprestado? Consigo te responder em algumas horas. Só preciso saber a escala, medir as distâncias e encontrar a rota mais rápida.

Andrew olha para mim. Tento o meu melhor para comunicar com um olhar que não gosto dessa ideia, mas ele diz a ela que sim.

Ela imediatamente pega o mapa, começa a examiná-lo e pega uma régua na mesa. Andrew se junta a mim, fora do escritório.

— Por que você disse a ela para onde estamos indo?

— Porque precisamos dela. Talvez você pense que essas pessoas vão *nos deixar* roubar comida deles, mas eu não. Eles virão atrás de nós, Jamie. E se eles moveram os carros na estrada para o Norte, para a Virgínia, quem sabe até que ponto ao sul eles a limparam? Isso significa que eles estarão dirigindo atrás de nós. Se queremos ser mais rápidos, não podemos ficar parando para verificar o mapa a cada saída. E à noite, vai ser ainda mais difícil.

Dou um suspiro. Ele pode ter razão. Vamos ter que ir o mais longe que pudermos o mais rápido que conseguirmos.

— E se ela disser para onde estamos indo?

Andrew olha para a garota. Ela está curvada sobre o mapa, escrevendo rapidamente em um pedaço de papel de rascunho.

— Acho que ela não vai contar a ninguém.

— O que te dá tanta certeza?

— Nada. Mas ela me lembra… — Ele faz uma pausa. — Eu apenas confio nela, mais do que em qualquer outra pessoa daqui. Ela é diferente. É por isso que eles a empurraram para cá, sozinha. Todos os outros lugares têm turnos, e ela é a única que trabalha nesta mesa.

E claro que isso faz eu me sentir pior ainda por ter sido um idiota com ela. Eles a mandam trabalhar neste hotel para ajudar a orientar os recém--chegados e provavelmente a mandam mapear suas rotas em viagens de reconhecimento. Agora quero saber o que vai acontecer quando ela não for mais útil para essa gente, mas isso é problema de Fort Caroline. Minha única preocupação é o que vamos encontrar quando chegarmos aonde estamos indo. E o que faremos depois.

Se a filha de Henri estiver morta, então vamos simplesmente ter irritado o maior assentamento que já vimos para nada. E não voltamos para a cabana porque queríamos encontrar mais pessoas, mas talvez todos estejam em um extremo assim agora. Mesmo que a filha de Henri esteja viva, ela pode estar com um assentamento semelhante.

— Vamos — diz Andrew. — Precisamos ver como recuperar nossas coisas.

— Espere. — Volto para o escritório. — Cara? Desculpe incomodá-la. — Seus ombros sobem, mas ela não olha para nós. — Gostaria de dar a você outro projeto para trabalhar, depois desse. Caso você ache que consegue terminar até as oito da noite.

— Que projeto?

Ela ainda não olha para cima.

— Posso? — Aponto para o atlas, e parece que ela não vai soltá-lo, mas em seguida se afasta da mesa. Andrew se junta a nós, me observando com desconfiança. Viro algumas páginas para trás, e mostro uma página com a parte sudeste da Pensilvânia. — Você pode traçar uma rota para cá?

Aponto para uma área a noroeste da Filadélfia.

— Qual cidade?

— Não importa. Só a área.

Sua testa franze enquanto ela examina a página do atlas. Cara não responde.

— Qualquer cidade?

Ela ainda está olhando pela página; seus olhos correm como se ela estivesse tentando seguir uma mosca irritante.

— Hum… — Andrew passa por mim e aponta aleatoriamente. — Esta aqui.

Seus olhos se concentram naquele ponto.

— Daqui ou de Keys?

— Keys, por favor — digo.

— Muito obrigado. — Andrew dá um sorriso enviesado quando olho para ele. — Tudo bem para você?

— Tudo muitíssimo bem. — Ele se vira para Cara, e seu sorriso desaparece. — Ah, e Cara? Quando você fizer a rota a partir de Keys, será que dá para… tentar evitar este lugar o máximo possível?

Observo-a parar de escrever. A princípio, ela não diz nada; em seguida, seus olhos se arregalam e se fixam nos de Andrew, depois nos meus. Há algo ali, mas não sei o suficiente a respeito dessa garota para entender o que é. Talvez ela esteja desconfiada ou talvez esteja com raiva. De qualquer forma, não adianta muito fazer eu me sentir menos culpado. Ela vira a cabeça para longe de nós novamente.

— Sim.

— Obrigado, Cara.

— De nada.

ANDREW

A gente realmente não devia se separar. Quer dizer, Jamie merece um desconto, já que não sabe nada de cultura pop. Por isso, não faz ideia de que, nos filmes de terror, as pessoas sempre morrem quando se separam. No entanto, não tenho desculpa. Quando temos um plano formado, são quase três da tarde, o que nos deixa cinco horas para organizar tudo.

Salvo quaisquer imprevistos.

Jamie vai à delegacia de polícia registrar nossas armas para que possa recuperar um pouco de nossa munição. Já perguntei o que acontece caso não deem nada. Ele disse que vamos ter que checar todas as lojas de artigos esportivos ao longo do caminho até encontrarmos alguma coisa

Que Deus abençoe os Estados Unidos.

Estou indo para o armazém de suprimentos, seguindo as instruções de Cara.

Que Deus abençoe Cara.

O armazém de suprimentos de armazém não tem nada. Na verdade, é uma galeria de *fast-foods* com um estacionamento enorme — e vazio — na frente. Há um barulho alto vindo lá de trás, como um gerador.

As placas foram tiradas da frente, mas a arquitetura é inconfundível. Dá para te ver daqui, Olive Garden. E você também, Cheesecake Factory. E você é o... Red Lobster, talvez? Ou um Bob Evans?

Eles tornaram as coisas mais fáceis para mim, fechando com tábuas o Olive Garden e o "Bob Lobster", que cercam a Cheesecake Factory, cujas portas estão abertas. Eu entro, esperando que alguém esteja no estande do host com um menu de cem páginas de todas as iguarias que Fort Caroline tem a oferecer. Ah, e quantos cupons de racionamento cada uma custaria. No entanto, não se parece em nada com o que me lembro de uma Cheesecake Factory.

Todo o restaurante foi eviscerado e repintado de branco. O piso de ladrilho preto continua lá, mas todos os assentos reservados foram arrancados. Há eletricidade aqui. A iluminação fraca, destinada a esconder todas as calorias que os clientes consumiam, foi substituída por lâmpadas de potência industrial — brancas como a luz do dia... que Deus nos ajude. Até os antigos pilares egípcios-barra-vitorianos desapareceram. As paredes de ambos os lados do restaurante foram cortadas para abrir passagem direta para o Olive Garden e o "Red Evans" — que agora é ainda mais inconfundível.

Em vez de um estande de host, há uma mesa enorme que se estende por todo o comprimento do restaurante, como um balcão de banco, que me impede de avançar. Prateleiras de metal cheias de tudo, de xampu a carne enlatada, preenchem corredores por todo o restaurante e nos outros ao lado também. Há cerca de doze pessoas andando pelos corredores, estocando prateleiras com produtos em carrinhos de compras.

Eu me aproximo da mesa. A mulher mais próxima de mim para de estocar a prateleira e se aproxima com um sorriso educado.

— Posso ajudar?

Ela deve ter uns trinta e poucos anos, é branca e usa um crachá que diz Jennette.

— Oi, Jennette, eu sou o Andrew. Meu amigo Jamison e eu somos novos na cidade e, enquanto estávamos em um tour, alguém roubou nossas malas do hotel. Eu esperava que pudéssemos conseguir comida ou suprimentos, para substituir o que foi levado.

— Certo. Espere. — Ela levanta um dedo, e se move para o lado direito da mesa. Alcança a parte de baixo e puxa uma pequena caixa de plástico, cheia de pastas suspensas. Ela folheia rapidamente, examinando as abas no topo. — Você disse que seu nome era Andrew?

— Isso. Nós só chegamos aqui ontem.

Ela para de olhar e suspira, fechando os olhos com força.

— E é claro que é feriado, e estamos atrasados.

— Vocês têm folga nos feriados?

— Recebemos mudanças de turno. Estão acendendo fogos de artifício nos dias três, quatro e cinco. Porém, todo mundo está tão envolvido em comemorações que o trabalho desacelera um pouco. Parece que suas coisas ainda não foram processadas.

— Processadas?

Aquele questionário idiota de novo.

— Sim. — Jennette coloca a caixa de volta e se vira para mim. — Sua propriedade não deveria ter sido tirada do seu quarto. Normalmente, eles apenas classificam tudo nos portões e, em seguida, fornecem um *voucher* que lista seu inventário. Você traz aqui, verificamos nossos registros... — Ela acena com a mão, na direção da caixa. — E damos seus cupons de racionamento, para substituí-los. Contudo, suas coisas ainda não foram processadas.

— Poxa! — Estou tentando parecer burro e gente fina. Me inclino para frente no balcão. — Alguma ideia de quando eles vão nos processar? Quer dizer... Não quero ser rude, mas é que a gente já estava com fome *antes* de encontrar vocês, e agora não temos comida.

— Eu sei... — Ela morde os lábios. Dá para perceber que essa moça está tentando descobrir uma maneira de misturar sua gentileza sulista pré-vírus com o autoritarismo de Fort Caroline. — Deixa eu ver se consigo encontrar suas malas. Era para terem sido trazidas para cá. Como elas são?

Respondo, e ela pede licença. Aproveito o tempo para ler o pôster escrito à mão na parede, descrevendo as regras. Os vales de racionamento são entregues aos domingos, depois da igreja. E as pessoas que não vão à igreja? Ah, isso mesmo, o questionário as elimina.

Os vouchers são coloridos. Vermelho, verde e azul. Aos domingos, o vermelho pode usar o Armazém de Suprimentos Cheesecake entre uma e três da tarde, o verde entre três e cinco da tarde, e o azul entre cinco da tarde e sete da noite. Nos demais dias, os *vouchers* podem ser utilizados a qualquer hora, no supermercado ou na farmácia.

Eu bufo, imaginando Danny Rosewood e os vereadores todos sentados ao redor da mesa, criando o maior número possível de regras. Toda vez que alguém criava uma nova, recebia um *voucher* vermelho de presente.

— Andrew? — Jennette está de volta, e segurando a mochila de Jamie e a minha.

— Perfeito! Então, o que fazemos agora?

— Pode ficar com isso aqui. — Ela desliza os tapetes de ioga e os sacos de dormir para mim. — Porém, acho que vocês não vão mais precisar deles.

Ela dá um sorriso alegre, e dou uma risadinha.

Ah, se você soubesse, Jenette.

Ela abre o zíper da bolsa de Jamie, e começa a tirar nossas coisas. O caderno da mãe de Jamie, minha velha cópia de *A Viagem*, que minha tia Sara me deu, nossa comida, kit de primeiros-socorros e garrafas de água. Nada de munição. Já levaram isso.

Jennette pega uma prancheta e começa a anotar tudo, verificando as coisas à medida que avança, e depois colocando-as de lado.

Quando termina, ela diz:

— Tudo bem, com toda essa comida, vocês ganham oito *vouchers*. O kit de primeiros-socorros vocês podem guardar ou doar para a farmácia. E vocês querem os livros? Acho que a biblioteca não precisa de mais nada.

Não. Nós os vimos a esvaziando.

— Os livros são mais sentimentais. E vou ficar com o kit de primeiros-socorros, também.

— Pronto, então é isso!

Ela puxa as malas de volta, mas eu estico os braços.

— Na verdade, posso ficar com as malas também?

Ela semicerra os olhos para mim.

— Por quê? Temos sacolas de compras.

Ela não se importou que eu levasse os tapetes de ioga e sacos de dormir, mas está desconfiada das mochilas? Sério?

— Prefiro usar essas. É mais fácil para transportar tudo de um lado para o outro.

Ela dá de ombros e me deixa pegá-las para transportar tudo o que Fort Caroline não quer.

— Você quer usar os cupons para pegar esta comida mesmo? Ou trocar?

Trocar? Olho para as latas. Não é nada de especial, mas... talvez possa ser. Não. Jamie e eu não precisamos ser gananciosos. Exceto ... Alcanço os cogumelos e giro-os de frente para ela.

— Alguma chance de trocarmos esses aqui?

De nada, Jamie.

XXX

Recarrego as mochilas e vou em direção a nosso ponto de encontro — "ponto de encontro", é sério? Estou em Fort Caroline há tempo demais. É o parque na esquina da Morgan com a Glower, que Cara disse ser um atalho para a delegacia. Estou virando na Glower, quando alguém chama.

— Ei!

Eu me viro, vejo Harvey Rosewood marchando em minha direção e sinto um calafrio. Por alguma razão, ele está com a mão no coldre em seu quadril.

Meu estômago revira, e imediatamente penso em Jamie. Aconteceu alguma coisa. Algo deu errado na delegacia, eles o prenderam. E Harvey veio me procurar.

Ele me alcança e sorri com suas gengivas salientes como as de um tubarão branco. Esse sorriso não faz nada para acalmar meus nervos.

— Andrew, certo? O que está achando de Fort Caroline?

O sotaque não é tão forte quanto o de seu pai. Talvez ele tenha uma mãe do Norte?

Quando falo, baixo um pouco a voz e diminuo a velocidade. Estou tentando bancar o machão, sabe como é.

— É bacana.

— Que bom, que bom. De onde vocês são originalmente?

— Sou de Connecticut.

— Connecticut. Nunca estive em Connecticut.

— Eu não iria agora.

Dou uma risada falsa e seu sorriso de tubarão cresce mais.

— E aquele... amigo seu. Jamison?

Engulo em seco. Não gosto do jeito que ele diz *amigo*. Como se quisesse dizer *outra* palavra.

— Ele é da Filadélfia.

— Vejo que você parou no armazém de suprimentos. Pegou suas porções?

— Peguei. Jamie deveria registrar nossas armas, também. Acho que ele está na delegacia de polícia.

Harvey não confirma nem nega.

— Acho melhor eu ir. Aquele questionário do seu pai é bem grande.

Me viro, mas ele me segue, portanto eu paro. Quero acabar com essa conversa. Parece que ele está tentando me prender de alguma forma. Como se, ao continuar fazendo perguntas inócuas, ele irá me encurralar pelo que quer que ele ache que estejamos fazendo. Sei que Jamie não disse nada, mas... ah, merda.

Cara. Talvez eu estivesse errado sobre ela. Talvez ela tenha contado tudo a Danny Rosewood. Talvez ela seja mesmo Cara Rosewood. Mas seu sotaque é diferente...

— Deu tudo certo com a comida lá? — Ele sabe que estávamos pegando. Não digo nada. — Você não tem nenhuma necessidade dietética especial, não é?

Necessidade dietética?

— Não. Estou de boa.

— Tem certeza? Nada que você prefira... ter mais. Ou menos. Ou nem um pouco.

Reviro os olhos.

— Acho a falta de caviar simplesmente terrível. É isso, cara? Está tirando sarro dos americanos ferrados, é? Porque, depois do apocalipse, é meio gauche da sua parte.

Com isso, seu sorriso desaparece.

— E o seu *amigo*?

Mais uma vez, dá para perceber que ele queria mesmo era dizer outra coisa em vez de "amigo". Não é dos americanos que ele está tirando sarro. E não está falando de comida. Aquele olhar que ele deu a Jamie e a mim mais cedo... Ele sabe. Ou pelo menos suspeita. E usar a palavra "gauche" provavelmente não ajudou.

Sinto meus joelhos começarem a tremer. Uma gota de suor desliza pela minha coluna, e minha boca está seca. Olho em volta. Não há mais ninguém aqui. Somos apenas eu e Harvey Rosewood. E ele tem uma arma.

Tento falar devagar e com firmeza.

— Jamie não gosta de cogumelos. Eu amo, mas ele não gosta. Essa é a única restrição alimentar que temos. Tudo bem para você?

Ele me encara em silêncio por dez segundos completos, e sua mão nunca se afasta da arma. Então, finalmente, sua boca de tubarão retorna, ele me dá um tapinha no ombro, se vira e volta para o outro lado. Ele grita por sobre o ombro:

— Te vejo por aí, Connecticut.

Não se eu te vir primeiro, Harvey Rosewood.

XXX

Quando chego ao parque, Jamie está me esperando. A três passos de distância de Harvey Rosewood, percebo o quanto eu estava assustado. Passei o último quarteirão tentando respirar e não chorar. Ver o rosto de Jamie me faz sentir seguro de novo, mas não consigo mais segurar.

Explodo em lágrimas e corro para ele. Seu sorriso desaparece, e ele deixa o rifle cair enquanto me puxa para um abraço.

— O que foi?

— Nada.

No entanto, continuo soluçando. Não consigo evitar. Mas então caio na real. Me afasto de Jamie e olho ao redor, para ter certeza de que ninguém nos viu. O parque está vazio e com muito mato. As calçadas estão rachadas, as ervas daninhas crescem até o joelho, através das fissuras. Fort Caroline ainda não tem um departamento de parques.

— Andrew. O que houve?

— Eu estava preocupado com você. Conseguiu nossa munição de volta?

Ele franze a testa e me entrega a arma que ele tinha enfiado no short. Ainda está faltando o coldre.

— A arma, sim. Mas eles não registrariam o rifle sem você lá. Uma arma por pessoa, pelo visto. E só permitem que certas pessoas carreguem as armas pela cidade, por isso não vão devolver o coldre.

— É melhor do que nada. A gente acha algum na estrada. Só quero dar o fora daqui. Agora.

— Agora não dá.

Eu sei. Estamos em plena luz do dia. Teremos que esperar o anoitecer.

— Descobri algo — digo. — Há mais fogos de artifício esta noite.

— Eles têm o suficiente para um segundo show?

— Terceiro, na verdade. Acho que cada turno recebe um. Então, as pessoas que estarão de guarda esta noite vão fazer turno duplo.

Jamie sorri, e já me sinto melhor.

— Então, um terço deles estará nos fogos de artifício, e todos aqui estarão distraídos.

— E só vão perceber que a gente vazou amanhã de manhã.

— Vamos fazer as malas.

JAMISON

Quando vamos pegar o mapa de volta, Cara não só não nos delatou, como também nos forneceu uma rota afastada da estrada para fora da cidade. É através da floresta, do lado oposto do hotel. Ela nos diz para ficarmos longe da parte da floresta que beira a estrada, porque é para lá que eles estão indo, para o show de fogos de artifício.

Ela também nos diz quando os ônibus estão saindo, para que saibamos quando precisamos sair.

Falta pouco para o sol se pôr, e, muito embora Fort Caroline esteja no escuro, as nuvens estão iluminadas em tons vibrantes de rosa e roxo. Vamos para a floresta e apuramos os ouvidos enquanto andamos lentamente. Concordamos com isso no hotel. Vamos nos mover devagar até chegarmos à estrada que Cara destacou para nós. Andrew e eu não falamos enquanto caminhamos, ficamos apenas ouvindo todos os sons ao redor. As cigarras são barulhentas e abafam nossos passos.

Chegamos à estrada e viramos à direita, do jeito que Cara mapeou.

Me sinto mal por deixá-la. Devíamos ter pelo menos nos despedido. Ou talvez oferecido para deixá-la vir conosco, se não por outro motivo, pelo menos para não deixarmos uma ponta solta. Porque é isso que Cara é agora, uma ponta solta, que sabe exatamente para onde estamos indo.

A voz de Henri me lembra de confiar nas pessoas, e eu afasto o pensamento.

Não precisamos parar, porque ambos memorizamos a rota. Passamos nossas últimas duas horas em Fort Caroline, revisando-a, até que pudéssemos recitá-la. Quanto menos pararmos, melhor.

Viajamos noite adentro e também pela manhã com as pernas doendo e as camisas encharcadas de suor. O tempo vai esquentando à medida que o sol se ergue mais alto no céu; deve estar quase trinta e oito graus, e está úmido também, mas continuamos. Não paramos para comer e racionamos a água mesmo morrendo de sede.

Quando o sol se põe, finalmente paramos para descansar. Estamos em algum lugar da Geórgia. Antes de pararmos, vi placas para Ludowici, South Newport e Darien. Verifico o atlas da estrada enquanto Andrew junta gravetos para acender uma fogueira. Vai ser um fogo rápido, apenas para ferver a água do córrego aqui perto. Depois vamos apagá-lo durante a noite. Não queremos chamar a atenção no escuro.

Cara destacou nossa rota sugerida em rosa, com desvios em azul, caso partes da estrada estejam bloqueadas ou precisemos sair da rodovia principal. Ela também descreveu as áreas para onde Fort Caroline já enviou grupos de busca para procurar suprimentos. Acabamos de deixá-las para trás. Viajamos quase sessenta e quatro quilômetros em vinte e quatro horas desde que partimos.

E meus pés definitivamente sabem disso. Tiro os sapatos e sinto as bolhas nas laterais do pé queimando. Andrew ajeita os gravetos que encontrou no chão e faz o mesmo enquanto acendo a fogueira.

— Acho que estamos a salvo — digo, acenando para o atlas rodoviário. — Já saímos da área deles.

— Graças a Deus. — Ele estremece enquanto esfrega o pé. — Se tivermos que continuar nesse ritmo, acho que meus dedos vão cair.

O sapato do seu pé direito — da perna que foi ferida — está mais desgastado do que o esquerdo.

— Talvez devêssemos tentar encontrar outro carro que funcione.

As estradas eram todas limpas, mas isso fazia parte da limpeza que Fort Caroline fazia ao longo de suas rotas de busca.

— Eu daria a minha vida por um ar-condicionado — diz Andrew, tirando a camisa encharcada de suor.

Estou olhando para ele, na luz fraca do fogo. Meus olhos não estão dispostos a se afastar, e meu estômago dá aquela reviravolta que tem feito ultimamente.

— O que foi? — pergunta Andrew.

Saio do meu estupor.

— Desculpa. Nada. Só cansado.

— Vai dormir — diz ele. — Eu termino aqui e pego o primeiro turno.

— Não estou tão cansado, vou fic…

— Jamie. Vai dormir. Não tem problema.

Ele me dá um sorriso torto, e eu me deito. Ele está a apenas uma pequena distância, mais próximo da fogueira, mas ainda parece longe demais. Meu peito não está apertado como em Fort Caroline, mas eu ainda gostaria que ele estivesse mais perto de mim. Felizmente, também estou cansado demais para me preocupar com isso. A última coisa que vejo, antes de cair em um sono intermitente, é o rosto de Andrew.

E meu estômago se revira novamente.

XXX

Estamos desacelerando, tentando não ficar esgotados. Antes de Fort Caroline, fazíamos uma média entre vinte e cinco e trinta quilômetros por dia, mas agora estamos em quinze, no máximo. Viajamos quase em silêncio durante o dia, como se estivéssemos tentando economizar nossas energias. Até *Andrew* ficou calado. O que me dá uma chance de pensar sobre tudo.

Não sei o que esses sentimentos significam. Será que dá para ser bissexual e não perceber? Me faço essa pergunta o tempo todo, mas é um questionamento idiota, porque a resposta é: *Sim, idiota, não diga.* Depois, penso no passado — no passado bem distante —, e tento entender se eu soube, em algum outro momento, que talvez fosse. Porém, não consigo me lembrar de uma vez que tenha me sentido assim antes dele.

Antes de Andrew, muitas vezes, eu cheguei a quase desistir. Com medo de sair da cabana, horrorizado com a perspectiva de ficar sozinho com todas as memórias que me assombravam lá.

Então, ele apareceu.

Queria que minha mãe ainda estivesse viva. Por mais estranho que pareça, eu poderia conversar sobre isso com ela. Sei que ela ficaria de boa com o que quer que eu fosse, e ela poderia me ajudar a colocar tudo isso para fora e a me entender. Ela apenas ouviria.

Não tenho ninguém para me ouvir agora, e não quero contar a Andrew. Eu poderia dizer a ele qualquer coisa, menos isso; seria uma provocação. Então, novamente, estou sendo otimista. Seria uma provocação *se* ele sentisse o mesmo por mim, o que não sei se é verdade porque não falo com ele sobre isso. Não vou presumir que, só porque sou um cara, e ele se sente atraído por caras, ele *deve* se sentir atraído por mim. Isso claramente não é o caso, já que estou atraído por Andrew, mas nunca senti atração por outros caras antes.

Minha nossa, mas que merda. Não sei como Andrew sobreviveu a todos esses questionamentos constantes e idas e vindas quando mais novo.

— E para que esse calor do *caralho*?

Percebo tarde demais que disse o último pensamento em voz alta.

— Você... acabou de ter uma conversa na sua cabeça e falou a última parte em voz alta?

Andrew está me dando um sorrisinho.

Suspiro.

— Sim. Tive.

Talvez meu cérebro esteja tendo um colapso. Quero esvaziar minha garrafa d'água sobre a cabeça, mas o alívio será de curta duração. E depois teríamos que ferver mais água. Passamos por uma placa coberta de trepadeiras na beira da estrada, dando-nos as boas-vindas a Darien, Geórgia.

— Qual foi a primeira metade da conversa?

Eu poderia contar. Este pode ser o momento em que eu digo como me sinto, pergunto o que isso significa, se estou sendo estúpido ou carente e se tudo é apenas temporário.

Tive três namoradas na vida: Jessica Webley, Lori Hauck e Heather Brooks. Jessica quase não conta, porque foi no verão entre a sétima e a oitava série, e, quando voltamos para a escola no outono, nos ignoramos.

Lori Hauck foi a primeira garota para quem eu disse "eu te amo". Ela foi a primeira garota que eu levei para um baile, no primeiro ano, a primeira garota que levei para um jantar de verdade. Era o Dia dos Namorados, tínhamos quinze anos e foi só no lugar mexicano na rua da minha casa — porque não existe nada mais romântico do que feijão frito e queijo derretido. Talvez seja por isso que ela também foi a primeira garota a terminar comigo. Na época, eu não sabia que todas essas primeiras vezes também poderiam ser as últimas.

Por causa do apocalipse. Não por causa de Andrew.

Mas talvez por causa de Andrew também.

Com Lori, comecei a sonhar acordado sobre nosso futuro. Ir ao baile juntos, nos formar juntos, ir para a mesma faculdade ou ser o casal para quem a distância realmente funciona. No entanto, é claro que ela terminou comigo e começou a sair com Mike King, então todos esses devaneios foram arruinados.

É aí que tudo isso parece diferente. As coisas ainda eram novas com Heather quando a supergripe a pegou, e Jessica e eu éramos crianças, praticamente brincando de namorar. Parecia temporário, desde o início.

Com Andrew, não parece temporário. Se alguém colocasse uma arma na minha cabeça e me mandasse imaginar um futuro sem ele... acho que não seria possível. Abro a boca, esperando que as palavras venham, mas elas não vêm.

— Olha! — Andrew aponta à nossa frente. — Me fala que não é miragem.

Sigo seu dedo pelo asfalto; parece molhado e o ar ondula com o calor. Abro minha boca para dizer que, sim, é uma miragem, mas paro.

Ao lado da estrada, a grama acaba e se transforma em água, depois continua até encontrar o horizonte.

— Aquilo é um rio? — pergunto.

— E parece grande para caramba.

— Vai!

Nossa caminhada se transforma em uma corrida e sinto que nosso corpo vai superaquecer, mas estamos tão perto. O suor queima meus olhos; escorre pela minha coluna e pelas minhas pernas. A mochila nos ombros bate nas minhas costas, fazendo um som molhado de estalo. Alcançamos a estrada que atravessa a água e pulamos a mureta até a grama alta.

Tiro o rifle descarregado — ainda não encontramos uma loja de artigos esportivos que não tenha sido saqueada — e a mochila dos ombros. Tiro os sapatos, um de cada vez, saltitando, enquanto faço isso. Deixando uma trilha de roupas suadas em meu rastro, tiro cada peça de roupa do corpo e corro direto para a água. Meu corpo estremece. A água não está nem perto de congelante, mas está muito mais fria do que o ar quente e espesso que paira acima dela. Mergulho a cabeça, deixo a água me refrescar, me sentindo revigorado.

Andrew e eu nadamos, depois nos movemos para a margem lamacenta e nos sentamos com água até o peito. Percebo que é a primeira vez que ficamos totalmente nus na frente um do outro. Desvio meus olhos e percebo que ele faz o mesmo. É como se estivéssemos tentando ser respeitosos um com o outro, mas não sei por quê.

Na verdade, os meus motivos eu sei: ficar pelado com ele meio que me deixa nervoso. Porém, pensar em sexo sempre me deixou nervoso. Talvez ele esteja preocupado que eu me sinta estranho.

— Já viu *Conta Comigo*? — pergunta Andrew.

É a pergunta que sempre dá início à nossa brincadeira.

Então, claramente, ele não está pensando muito em sexo agora. Vi o filme e sei aonde ele quer chegar com isso.

— Não vem estragar isso aqui, não — digo a ele, fecho os olhos e deixo meu corpo voltar para a lama fria.

— Já se arrependeu de ter saído da cabana? — pergunta ele.

— Ainda não. Mas se você continuar fazendo essas perguntas, vou começar a me arrepender bem rapidinho.

Ele para e ficamos sentados em silêncio. Em seguida, eu escuto: é rápido e fraco, mas acho que está lá. Levanto a cabeça da água e olho ao redor. Andrew parece preocupado.

— O que é?

— *Shhh*, escuta.

Silêncio; nem as árvores se movem porque o ar está estagnado.

Depois, escuto novamente.

É um pássaro cantando.

Pensei que a gripe tivesse acabado com todos, mas talvez eles sejam como nós. Talvez alguns fossem imunes.

— Impossível.

Andrew se levanta da água, e eu não olho.

Mas quero tanto olhar.

— Você o vê? — pergunto.

— Não. Vamos encontrá-lo.

Levanto a mão enlameada.

— Estou traçando um limite. Eu te segui até Alexandria, estou indo junto para a Flórida ...

Ele interrompe.

— Ir para a Flórida foi ideia sua!

— Mas não vou te seguir na floresta para procurar um maldito pássaro.

— Este é o primeiro pássaro que vimos desde o vírus! Isso pode significar que a gripe se extinguiu. Como somos imunes, pode haver pássaros que também sejam imunes. O vírus pode estar totalmente acabado.

— É fantástico e coisa e tal, mas você não é um epidemiologista.

— Ah, verdade. — Ele afunda o corpo até o pescoço na água. — Mesmo assim é bem legal, né?

Resmungo afirmativamente.

— Enfim, *Conta Comigo*... aquela cena do pântano na floresta...

Vou até ele. Meu peito aperta de nervoso e de empolgação quando alcanço seu ombro e o puxo para perto de mim. Fixo os olhos nele e digo:

— Eu sonhei com este lugar.

— Tá bom, vou parar! Nada de cenas da lanchonete Winkie's.

Ele joga água em mim suavemente e sua mão roça meu peito.

Dou um sorriso, mas não o solto e nem me afasto. Meu coração está vibrando e meu estômago revira de expectativa. É a proximidade. Tudo escondido pela água, mas ainda assim lá. É difícil respirar, e continuo o olhando nos olhos.

Eu observo engolindo em seco e tentando falar alguma piadinha. Sua voz parece hesitante. Como se ele não tivesse certeza se deveria fazer piada ou não. Isso é novo, especialmente para Andrew. É como se ele estivesse tão nervoso quanto eu.

Ele diz:

— Juro que, mesmo que eles tenham eletricidade e aparelhos de DVD na Flórida, nunca vou assistir a esse filme.

Dou uma risada. O pássaro sobre o qual ele estava falando ficou em silêncio. As árvores sopram uma brisa leve e repentina; em seguida, algo na grama alta atrás de nós se move e eu me viro.

Há dois homens caminhando em nossa direção — dois homens que reconheço.

Se alguém me perguntasse quais eram as duas pessoas que eu menos queria ver de toda a população sobrevivente do mundo, seriam Harvey Rosewood e seu amigo, Walt. Harvey está com o rifle que deixei no chão antes de tirar as roupas.

Não está carregado, mas as pistolas em suas mãos são suficientemente assustadoras. Estamos muito além da zona de influência deles, portanto Cara deve ter nos delatado. É a única explicação.

— Andrew.

Minha voz é baixa e cheia de cautela, mas ele não entende.

— Para. Eu não falei das sanguessugas, então você pode pular aquele mendigo queimado assustador atrás do restaurante.

— *Andrew* — digo mais bruscamente, e ele finalmente percebe que há algo de errado.

— O que é isso aqui? — pergunta Harvey.

Andrew se vira com os olhos arregalados de horror.

— Cadê a sua arma?

Mantenho a voz baixa o suficiente para que eles não possam me ouvir, mas, se Andrew demorar muito para responder, eles conseguirão ouvi-lo.

— Mochila.

É tudo o que ele diz, e, quando olho para baixo, vejo Walt segurando a mochila de Andrew. O zíper ainda está fechado. Registrei a arma em Fort Caroline, portanto é a única que tem balas. O canivete suíço de Henri tem uma faca, mas está enfiado no bolso da minha calça em algum lugar na grama alta.

— Interrompemos alguma coisa, rapazes? — pergunta Harvey.

Há um tom em sua voz que causa calafrios na minha espinha. Eu me viro para Andrew, ele parece pálido.

— Não — digo, tentando manter a calma.

Eles não levantaram as armas para nós. Ainda não há motivo para pânico.

— Parece que um de vocês deixou cair isso — diz Walt, segurando a mochila.

Meu coração está acelerado, e a água do rio está muito fria — ou talvez seja apenas meu sangue.

— Isso é meu — digo. — Obrigado, pode deixar na margem do rio.

— Eu discordo, na verdade. — Harvey Rosewood sorri e os dois trocam olhares, porém ele não solta a mochila. — Mas acho que a coisa mais ofensiva é que você nos roubou e depois decidiu ser tão descuidado com nossa propriedade.

— Não é sua propriedade — digo. — É nossa, e era antes de conhecermos vocês.

Eles trocam outro olhar.

Pararam de se mover na beira da água. Eu me mantive na água por pudor, mas uma ideia me ocorre.

Eu me levanto, completamente nu, e caminho em direção a eles. Tem o efeito pretendido, pois, por um momento, eles ficam chocados com a nudez e desviam o olhar. Eu me aproximo de Walt e estendo a mão.

— Se importa se eu vestir alguma coisa?

Ele está tão desconfortável que não registra o que eu disse. Está se esforçando para manter contato visual, mas entrega a mochila.

— Espera aí.

Harvey aponta o rifle direto para mim enquanto me apoio em um joelho e abro a mochila.

Levanto a mão esquerda, mas a direita continua na mochila, procurando.

Harvey não se move em minha direção, mas também não aponta a arma para longe.

— Tira a mão daí — diz ele. — Agora.

Pego uma camiseta, e a puxo lentamente sobre a cabeça.

— Apenas tentando ficar decente, cara — digo.

Espero que eles não achem estranho eu estar colocando roupas novas, em vez das espalhadas pela estrada. Minha mão volta para a mochila, tentando encontrar a arma, mas ela provavelmente está no fundo.

— Walt! — Harvey olha para Walt quando ele aponta sua arma para Andrew. Eu congelo.

Sinto o metal frio na ponta dos dedos, mas não me movo. Andrew me encara, ainda com água até o peito.

— Tire a mão da mochila — diz Harvey. Em seguida, ele abaixa a voz. — Ou meu amigo atira no seu... *amigo*.

Ele diz *amigo* como se fosse uma palavra suja, e eu sei exatamente o que vai acontecer.

Não preciso imaginar por muito mais tempo, porque Harvey se inclina para mim e sussurra algo em meu ouvido que comprova minha teoria. Ele está com um sorriso nojento no rosto enquanto fala.

— Vou mandar ele atirar na perna do seu *amiguinho*. Não vai ser rápido, mas vou matá-lo primeiro. E você pode assistir. O que acha? *Amigo?*

Algo em meu estômago dá um nó, e tudo o que posso fazer é forçar meu corpo para que não trema de medo. Lembro dos gritos de dor de Andrew quando ele tentou ficar de pé com a perna quebrada. Nunca mais quero ouvi-lo fazer aquele som. Prefiro morrer, antes que isso aconteça. Puxo a arma e fecho a mão em torno dela. Sinto a trava de segurança e a abro.

— Tudo bem — digo. — Vou me mover bem devagar. Não precisa fazer nada precipitado. Vocês é que estão armados.

Andrew se ergue da água e levanta as mãos. Vejo Walt olhar para o céu, para longe do corpo nu de Andrew.

Agora.

Muita coisa acontece de uma vez só. Eu me levanto, aponto a arma para a barriga de Walt e puxo o gatilho. O estrondo é alto, na margem silenciosa do rio. Sem olhar para ver se acertei, viro para Harvey.

Ele levanta o rifle no meu peito, e o gatilho estala em uma câmara vazia. Harvey tem apenas um segundo para perceber seu erro, antes de eu colocar nossa arma em seu sorriso idiota — que desaparece lentamente, em surpresa — e puxar o gatilho.

Sangue respinga no meu rosto, e o mundo acelera novamente. Harvey está morto no chão. Ao lado dele, Walt está gritando e agarrando a lateral do próprio corpo com as mãos. Há uma arma ao lado dele. Eu a chuto para longe.

Andrew.

Corro para a água, e ele continua, nu, com os olhos arregalados de medo.

— Você foi atingido? — pergunto, frenético.

Não tenho certeza se Walt conseguiu puxar o gatilho antes de eu atirar.

Andrew não responde, e sou forçado a escanear seu corpo em busca de um ferimento de bala. É a primeira vez que realmente olho para seu corpo, que foco meus olhos em cada centímetro, e eu odeio Harvey e Walt por este momento. Não era para ser assim.

Alcanço seu ombro.

— Andrew, você está bem?

— Sim — diz ele. E finalmente olha para mim. — E você?

— Estou bem.

Ele aponta para o rosto com a mão trêmula.

— Tem... sangue.

Vejo o sangue em minhas mãos e percebo que estou tremendo também. Entrego a arma para ele, mergulho as mãos no rio e jogo água em meu rosto.

Quero o sangue de Harvey fora de mim.

— Jamie, ele está fugindo — aponta Andrew.

Eu me viro, e Walt está mancando de volta por onde veio, gritando, chorando e deixando um rastro de sangue contra a grama alta.

Pego a arma de Andrew e a aponto. Parece muito mais pesada e minhas mãos ainda tremem.

Não atiro. Walt desaparece nas árvores e se vai. Em seguida, olho para o rosto mutilado de Harvey e vejo exatamente o que acabou de acontecer.

Eu matei alguém. Walt apontou a arma para Andrew, e eu entendi o que eles planejavam fazer.

Eles teriam nos matado. Teriam matado Andrew.

A barba irregular de Harvey nem faz mais parte de seu rosto.

Procuro minha própria mochila e minhas roupas, e nos vestimos em silêncio. Ainda estou usando a camisa de Andrew, que fica muito apertada em mim. Ela também tem o sangue de Harvey. Eu a tiro e a uso para cobrir o rosto de Harvey; depois, visto minha própria camisa.

— É melhor a gente ir — digo.

Não há necessidade de parar e enterrar Harvey como fizemos com os Foster. Havia um motivo daquela vez; Andrew fez tudo aquilo por engano. Agora, porém, embora estivéssemos no lugar errado e na hora errada, não foi um erro.

— Ei. — Andrew pega minha mão e me puxa para ele. — Você está bem?

— Sim. A gente só precisa...

Minhas palavras se perdem, e eu me afasto para vomitar na grama. Meu café da manhã se mistura com o rastro de sangue de Walt, o que me faz vomitar de novo.

ANDREW

Assim que estamos vestidos e com nossas coisas empacotadas, saímos rapidamente. Dá para ver o rastro de sangue de Walt se movendo para um lado da floresta, por isso vamos para o outro. Jamie ainda não fala quando chegamos à estrada. Está quente e úmido, e está difícil de respirar, mas não paramos.

Continuamos em frente até o sol se tornar uma mancha vermelha no céu, a oeste. Então, Jamie finalmente se vira para mim.

— Será que a gente continua ou para aqui para passar a noite?

— Para — não digo isso no sentido de "parar aqui para passar a noite". — Você está bem?

— Sim.

— Jamie, é sério, para. — Pego suas mãos. Ele aperta as minhas com força, e eu o encaro bem nos olhos. Ele parece prestes a chorar. — Fala comigo.

— Eles iam te matar.

Quero dizer que está tudo bem, que ele fez o que tinha que fazer, mas sei que não vai significar nada. Não significou nada para mim. Em vez disso, eu o puxo para perto; pela primeira vez, ele se encolhe contra o meu corpo. Pela primeira vez, o grande e forte Jamie parece pequeno em meus braços.

Jamie continua:

— Eu precisei fazer aquilo. Desculpa. Foi o *jeito* como eles falaram. Eles teriam matado a gente.

— Estamos bem. — Esfrego suas costas enquanto ele chora em minha camisa molhada de suor. — Vamos ficar bem.

Será que vamos?

Montamos acampamento fora da estrada, mas não acendemos uma fogueira. Tento fazer Jamie comer, mas ele mal toca na lata de sopa fria que abrimos. Depois que adormece ao meu lado, fico acordado ouvindo sua respiração.

Quero estar aqui para ele, desperto. Lembro dos pesadelos que vieram depois que matei os Foster. Duraram semanas.

Até que eu o encontrei.

Nós dois somos assassinos agora e não tenho certeza de que tipo de pessoas isso nos torna. Uma versão masculina e pós-apocalíptica de Bonnie e Clyde talvez? Quero dizer a ele que sua razão para matar foi muito melhor que a minha. A minha foi pânico, foi o calor do momento.

Ele estava me salvando. Nos salvando.

Jamie solta um gemido enquanto dorme, e sua respiração acelera. Estendo a mão e agarro a dele. Em instantes, sua respiração volta ao normal, e ele volta a dormir.

XXX

Através de um dos desvios de Cara, saímos da estrada principal e dois dias se passam sem vermos outra pessoa. Toda noite fico acordado, escutando na escuridão, prestando atenção para ver se há mais alguém de Fort Caroline a caminho. Ouvindo os gritos de Jamie quando ele acorda de um pesadelo. Estendo a mão na escuridão, aperto as mãos dele, e ele aperta de volta. Eu sussurro que está tudo bem. Ele se deita novamente e coloco minha mão em suas costas.

Por mais que eu queira que seja, não é fofo nem romântico. Porque ele está sofrendo. E não há nada que eu possa fazer para que ele se sinta melhor.

No terceiro dia, continuamos contornando a rota principal de Cara.

O quarto dia é a mesma coisa. Conto a Jamie sobre filmes, mas ele não ri. Ele não sorri. Estou tentando tanto não chorar, porque ele precisa que eu seja forte, mas é difícil. Toda vez que sinto lágrimas queimando em meus olhos, digo que tenho que fazer xixi e vou para trás de alguma casa ou loja. Algum lugar fora de vista, onde eu possa chorar baixinho.

Não sei mais o que fazer.

Naquela tarde, chegamos a uma cidade pequena, tão pequena que não tem nem semáforos. Há um posto de gasolina e um restaurante na avenida principal, e digo a Jamie que devemos parar. Ainda é cedo, talvez quatro da tarde. No entanto, a lanchonete parece um bom lugar para dormir. Além disso, minha perna dói. Um prenúncio de chuva.

Marchamos pelo estacionamento de cascalho até as portas duplas destrancadas da lanchonete. Colocamos nossas mochilas em um reservado perto da porta e vamos até a cozinha nos fundos enquanto Jamie observa a estrada. Nosso revólver ainda é o único com munição, e ele o segura de prontidão, com o dedo na trava de segurança.

Obviamente, não há eletricidade, mas mesmo assim ainda aperto o interruptor na parede. Nem me dou ao trabalho de conferir os freezers — porque, se havia alguma coisa lá, agora está podre. A despensa tem poucos itens de comida, incluindo uma caixa de cereal fechada de tamanho industrial, sacos plásticos com pão cinza mofado e macarrão seco. Há também uma lata gigante de pêssegos em calda. Todo o resto foi levado.

Nada de proteína, mas pelo menos não vamos passar fome.

Pego o cereal e os pêssegos. Há um grande abridor de latas preso ao lado de um balcão de aço. Coloco a lata ali embaixo e a abro um pouco; depois, esvazio metade da calda em uma pia vazia.

— Andrew!

O sussurro alto de Jamie, lá na frente da lanchonete, me faz pular. Coloco os pêssegos no chão e corro de volta para onde ele está. Ficou mais escuro; as nuvens de tempestade estão se espalhando.

Ele está agachado atrás do balcão do almoço, com a arma apontada para as janelas. Eu me abaixo e me junto a ele.

Há alguém do lado de fora, parado no meio da rua. É uma menina. Examino as outras janelas empoeiradas, tentando encontrar movimento. Outras pessoas. Armas, carros, qualquer coisa.

Porém, é só ela.

Ela está no meio da estrada, usando uma pequena mochila e com o cabelo preso em um coque. Há uma bicicleta no chão, a seus pés.

Ela se vira lentamente e olha pelos arredores. Procurando por algo.

Em seguida, a garota olha para o restaurante.

Minha voz quebra o silêncio.

— Não.

Dou a volta no balcão. Jamie sussurra para que eu me abaixe, mas quero olhar mais de perto. Quero ter certeza.

É ela. Mesmo pela janela empoeirada, dá para ver que é Cara. A garota do hotel.

Porra, eles nos encontraram de novo.

Quando a conhecemos em Fort Caroline, Cara me lembrou minha irmãzinha com seus maneirismos tímidos e quietos e o jeito sarcástico com que falava. Como se houvesse algum tipo de humor escondido, que só aparecia para as pessoas que ela acreditava que iriam reconhecê-lo. Ela também era literalmente uma excluída, colocada na periferia da cidade, onde ficava apenas o hotel. Eu realmente pensei que poderíamos confiar nela. Claro, ela sempre soube o caminho que seguiríamos.

— O que a gente faz? — pergunto a Jamie enquanto me abaixo atrás do balcão.

— Pegue a espingarda.

— Está vazia.

— Eles podem não saber disso. Harvey tentou atirar em mim com ela, talvez eles não se deem conta de que ainda não encontramos munição.

Deveríamos ter pegado as armas de Harvey e Walt ou pelo menos as munições. No entanto, estávamos com tanta pressa que as deixamos.

Pego o rifle, mas mesmo assim, parece errado. Eu deveria pegar o revólver. Jamie é melhor do que eu. Ele matou para nos proteger — não por comida ou simplesmente porque estava com medo, mas para me proteger. Sei que ele faria de novo, mas... Não quero que faça.

— Espere — digo. Estendo minha mão para ele. — Me dá a arma.

Ele olha para a minha mão, depois de volta para mim.

— Não, por que é que...

— Eu meti a gente nessa furada. Confiei nela e estava errado. Me desculpa. Tem que ser... — Quase digo "minha vez", mas, meu Deus do céu, que coisa mais horrível de falar. — Me dá a arma. Você pega o rifle.

Ele olha nos meus olhos, como se estivesse tentando encontrar uma maneira de discutir comigo, mas acaba desistindo.

Trocamos; em seguida, vamos para a porta.

Cara se vira, quando saímos. Seus olhos se arregalam, e suas mãos vão para o alto quando ela vê que nós dois temos armas apontadas para ela.

— Não. Desculpa, eu vou embora — diz ela.

Jamie e eu atravessamos o terreno de cascalho, esmagando as pedras sob nossos sapatos gastos.

— Cadê todo mundo? — pergunto, tentando deixar minha voz o mais severa possível.

— Eu... eu...

Suas mãos tremem.

— Responde — diz Jamie. — Sabemos que você enviou Harvey e Walt por uma das rotas que você mapeou. Agora que viemos por aqui, você aparece. E duvido que apareceria sozinha. Então, cadê o restante?

Mal posso ouvir o que ela diz, então, dou um passo à frente. Jamie chama meu nome em advertência, mas Cara gagueja:

— Só... só sou eu.

Examino a estrada, em ambas as direções. A grama alta no lado oposto da rua. As árvores. Um trovão ressoa ao longe, e o vento fica forte, soprando poeira em meus olhos. Pisco rapidamente e recuo um passo para tentar limpar minha visão.

Jamie também está olhando ao redor. Paro um momento para limpar a poeira e as lágrimas dos meus olhos, e me dou conta de que colocaram Cara na frente, como uma distração.

Viro e olho para o restaurante. Esperando ver vinte Fort Carolinenses com armas em punho.

Contudo, há apenas Jamie com seu rifle vazio.

Uma rajada de vento sopra nas árvores atrás da lanchonete, e as folhas se erguem, mostrando suas barrigas cinza-esverdeadas, contra o céu escuro. Relâmpagos piscam. Me volto para Cara e digo:

— Você está sozinha?

Ela confirma, sozinha de novo, assim como no hotel.

— Por que você está aqui?

Ela murmura alguma coisa, mas um estrondo de trovão abafa o que ela diz. O vento aumenta novamente, e as primeiras gotas grossas de chuva começam a cair no asfalto rachado. Ela seguiu os desvios que nos deu. Porém, se estava tentando nos parar, tentando fazer com que Fort Caroline nos encontrasse, por que nos ofereceria rotas alternativas? Por que nos ajudaria com qualquer coisa? Por que não iria direto ao xerife Denton e contaria que estávamos planejando partir?

Obviamente, essas perguntas não serão respondidas nessa tempestade.

— Vem.

Não consigo ouvir nada, por isso pego o braço de Cara. Ela recua, mas pega a bicicleta e caminha lentamente para frente.

Enquanto se dirige para o restaurante, Jamie me dá um olhar questionador. Paro e digo baixinho:

— Não tem mais ninguém. Já teriam aparecido.

— Não podemos confiar nela — diz Jamie.

Cara vira a esquina da lanchonete e esconde a bicicleta.

— Por que ela forneceria desvios? Ela sabia que as estradas haviam sido abertas por Fort Caroline, então por que nos fornecer desvios no caso de estarem bloqueados ou destruídos? Desvios dos quais acabamos nunca precisando.

Jamie parece não entender. A chuva fica mais forte, relâmpagos faíscam o céu e trovões ressoam logo em seguida.

Eu o ajudo a ligar os pontos.

— Era a rota *dela*.

Os olhos de Jamie suavizam.

— Ela traçou sua própria rota.

— Para que pudesse nos seguir. Não eram desvios. Era a rota dela, e os lugares onde ela poderia nos encontrar. Ela tem nos seguido. Sozinha.

E aí está aquela palavra mágica de novo: sozinha. Ela não estava com todo mundo na clareira na noite em que aparecemos, e também não foi ao show de fogos de artifício final, na noite em que saímos. É possível que ela tenha ido à primeira noite de fogos de artifício no dia três de julho, mas duvido muito.

Jamie olha para o restaurante. Cara já está sentada em uma cabine reservada. Ele abaixa o rifle vazio e corremos para dentro. E bem na hora. Granizos do tamanho de ervilhas começam a bater nas janelas de vidro. As mãos de Cara estão entrelaçadas na mesa.

Jamie desliza para o assento em frente a ela, mas eu permaneço de pé.

— Está com fome? — pergunto, elevando a voz por causa do granizo que cai.

Ela assente e rapidamente abre sua mochila. Está cheia de comida enlatada.

— Puta merda!

Ela se encolhe. As sobrancelhas de Jamie se erguem.

— Você roubou tudo isso?

— É meu — diz ela. — Andei guardando.

Jamie e eu nos entreolhamos. Ela estava planejando fugir havia um tempo; só precisou de nós para lhe dar um incentivo. Talvez ela não quisesse ficar sozinha. Como Jamie. Como eu.

Eu me sento de frente para ela e apoio o queixo na minha mão.

— O que nós, três mosqueteiros, estamos com vontade de fazer?

Na penumbra do restaurante, Cara olha para mim. E acho que quase consigo vê-la sorrir.

JAMISON

Cara divide sua comida conosco, e comemos um jantar capaz de saciar nós três, embora Cara não coma muito, para começar.

— Por que você veio atrás de nós? — pergunto.

É a pergunta que Andrew me fez, e eu menti. Portanto, estou esperando que ela minta para mim agora. Não estou totalmente convencido de que ela ainda não esteja trabalhando com Fort Caroline.

Ela dá de ombros e usa a mão direita para apertar o espaço entre os dedos médio e indicador da mão esquerda.

— Não é o suficiente — digo.

Cara se vira para mim e, por um instante, vejo o que poderia ser interpretado como irritação, mas o sentimento rapidamente se dissipa, e ela olha de volta para suas mãos.

— Jamie — adverte Andrew.

— Não, você deixou sua casa, com muita comida e segurança, para vir atrás de nós. Então é melhor explicar ou pode voltar agora mesmo.

— Fort Caroline não era a minha casa.

Ela olha breve e diretamente para mim quando diz isso, e vejo a irritação retornar a seus olhos. Em seguida, ela volta a olhar para a mão e bate os dedos de leve na mesa de fórmica.

— Onde é a sua casa? — pergunta Andrew.

— Easton. É em Maryland. Na costa leste.

Andrew mantém o ritmo da conversa.

— Como você chegou a Fort Caroline?

Relâmpagos piscam e vejo que os olhos dela estão se enchendo de lágrimas.

— Eu… perdi todo mundo.

Andrew e eu trocamos um olhar. Ela está sozinha, como nós. Não é uma característica única nos Estados Unidos pós-supergripe, mas já é alguma coisa.

— Nós também — diz Andrew.

Ela balança a cabeça rapidamente, e lanço um olhar confuso para Andrew.

— Você foi à procura de Fort Caroline?

— Não. Eles me encontraram.

— Como? — pergunto. — Eles disseram que só tinham chegado até a Virgínia.

— Eu... saí.

— Da sua casa? — pergunta Andrew. — Por que você não ficou?

— Porque minha casa não estava mais lá.

Não sei identificar se ela quer dizer fisicamente ou emocionalmente, mas nenhum de nós tem a chance de perguntar. Enxugando o olho, ela olha pela janela e começa a falar mais rápido do que já a ouvi.

— Eu saí, e estava tentando ir para Houston, porque minha tia morava em Houston, e eu gostava de visitá-la antes... antes da... E aí, eles me encontraram.

Parece que ela pulou um pouco da história, para chegar ao fim.

— Fort Caroline.

— Por que você era a única trabalhando no hotel? — pergunta Andrew.

Sua voz fica grave, e ligeiramente ressentida.

— Porque eu ficava fora do caminho. Eles não me queriam lá no começo, mas Grover disse para me deixarem ficar e ajudar com o hotel.

Grover Denton, o xerife. O sujeito que nos levou para a cidade.

— Por que ele queria que você ficasse?

— Porque ele é legal.

Mal consigo segurar meu suspiro de zombaria. Ele não tem como ser tão legal assim, se estava associado a eles — às pessoas que vieram atrás de nós por algumas latas de comida e ameaçaram matar Andrew. Fort Caroline é muito pior do que o grupo de Howard, perto da cabana.

Andrew aponta para a bolsa de Cara.

— Você estava planejando sair faz um tempo, né? É por isso que você tem toda essa comida.

Ela não responde por um momento, depois pergunta:

— Por quê?

— Não se pode confiar neles.

— Então por que você esperou tanto tempo para sair?

Mais uma vez ela não responde, e depois de vinte segundos de silêncio, presumo que nem vá.

— Ainda não é o suficiente.

Eu me estico, pego a arma de Andrew e aponto diretamente para Cara. Ela se encolhe e levanta as mãos. Lágrimas escorrem pelo seu rosto enquanto Andrew grita para que eu pare.

Meu estômago ameaça esvaziar seu conteúdo na mesa entre nós, mas a voz de Harvey ecoa em minha mente. As ameaças e aquele sorriso repugnante. Me recuso a deixá-los machucar Andrew, e... irei matá-la, para protegê-lo.

— Onde eles estão?

— Não sei!

Ela está se esforçando muito para não olhar para mim. Um fino fio de muco pende de seu nariz enquanto as lágrimas caem sobre a mesa.

— Como podemos confiar em você? — pergunto.

— Jamie, pare!

Eu o ignoro.

— Fort Caroline enviou pessoas para nos encontrar porque roubamos comida. E você os está ajudando.

— Não estou.

Sua voz é quase inaudível. Ela provavelmente está fingindo essa timidez toda e veio para nos fazer baixar a guarda. Eles acham que vamos deixá-la se juntar a nós, porque ela tem comida e está bancando a boazinha.

— Abaixe a arma!

Andrew coloca a mão no meu braço, e percebo que ele está tremendo; mas não, ainda não. Não vou parar até saber que estamos seguros. Farei qualquer coisa para protegê-lo. Já fiz antes, e posso muito bem fazer de novo. Abro a trava de segurança.

Cara se encolhe e coloca as mãos para cima.

— Jamie, não!

O medo na voz de Andrew é suficiente para que meu dedo, instintivamente, se mova para fora do gatilho. E eu tenho um momento para perceber o que poderia ter acontecido. Cara enterra o rosto nas mãos, e eu coloco a arma na mesa lentamente. Andrew se move para o lado dela da poltrona e tenta confortá-la. No entanto, ela se afasta e se espreme contra a janela.

Ele me dá um olhar que diz *"qual é o seu problema, porra?"*, e só consigo sentir vergonha. Não sei qual é o meu problema, não sei como mudei tanto. Sete meses atrás eu tinha medo de usar uma arma; agora, estou apontando uma para uma garota desarmada que nos ajudou.

Junto minhas mãos trêmulas à minha frente. Andrew passa alguns minutos sussurrando para Cara, tentando acalmá-la.

Por um momento, acho que acabou, e ela não vai dizer mais nada. Quando ela finalmente fala, sua voz é tão baixa, tão cheia de mágoa, que preciso me esforçar para ouvi-la.

— Todos na minha família morreram.

Andrew olha para mim do outro lado da mesa.

— Eles foram mortos. Não pela gripe. Por pessoas como *eles*.

Ela não precisa explicar que se refere a Fort Caroline.

— Então, por que você ficou lá? — pergunto.

— Por que vocês saíram?

Ela olha para mim; seus olhos estão vermelhos e úmidos. No entanto, ela parece mais confiante, por um momento, como se isso fosse algo em que ela vinha pensando havia algum tempo. Não respondemos e, quando ela volta a falar, aquela indignação reaparece.

— Vocês descobriram mais rápido do que eu. Quando me dei conta, já era tarde demais. Por isso fiquei, porque não tinha para onde ir, mas vocês dois não ficaram.

— Não sabemos o que nos espera em Keys — diz Andrew.

Ela balança a cabeça e, mais uma vez, volta sua atenção para mim.

— Isso é bom. Não sabia o que me esperava quando saí de casa, mas agora sei o que não quero encontrar. Não quero encontrar pessoas como eles novamente. Eles pensam que são justos, mas não são. Eles são veneno e envenenam outras pessoas tolas e inocentes. Por isso, coisas ruins acontecem.

— O que faz você pensar que somos melhores? — pergunto. Ela não responde; em seguida, digo o que aconteceu antes de ela aparecer. — Eu matei Harvey Rosewood. E provavelmente seu amigo Walt.

Ela olha para mim com os olhos arregalados de surpresa. Andrew acrescenta, rapidamente:

— Eles iam nos matar.

Cara continua olhando para mim enquanto a tempestade começa a diminuir.

— Eles devem ter enviado grupos para encontrar vocês. Porque estavam com medo de que vocês soubessem demais, de que contassem aos outros como entrar e sair despercebido. Sinto muito.

Eu me viro para Andrew, e ele parece desapontado. Pergunto, pela última vez:

— Você disse a eles onde nos encontrar?

— Não.

Há algo na simplicidade com que ela responde. Não é mentira. O que significa que eu realmente a ameacei sem motivo.

— Você acha que eles virão atrás de nós?

Cara dá de ombros.

— Eles não gostam de desperdiçar coisas. Mas... Harvey...

Rosewood vai querer vingança, e ele pode desperdiçar tudo de que precisa para obtê-la.

— Nós provavelmente devíamos dormir um pouco — digo. — É melhor sairmos cedo se quisermos nos afastar mais deles. Eu fico com o primeiro turno.

Eu me levanto, pego a arma na mesa e a coloco na parte de trás do meu short. Andrew me segue, fora do alcance dos ouvidos de Cara.

— Você está bem?

— Sim.

— Não está, não. Fala comigo.

— Eu estava com medo, tá? Deixa para lá. Vai descansar um pouco. Eu faço a primeira vigília. Depois eu te acordo quando for a sua vez.

Ele parece que vai discutir. Porém, em vez disso, gentilmente agarra meu antebraço e o aperta. Ele vai para trás do balcão para se deitar, enquanto Cara deita debaixo de uma mesa, o mais longe possível de mim.

A tempestade para após o pôr do sol, e as janelas do restaurante embaçam. Depois de algumas horas, acordo Andrew para seu turno, mas não durmo muito.

Um pouco antes do nascer do sol, estamos novamente na estrada.

Nós três. Cara se recusa a deixar a bicicleta e a traz, andando silenciosamente com ela, três passos atrás de nós.

Nós caminhamos. E caminhamos. Os dias estão quentes, e Andrew continua tentando me fazer falar, mas eu não quero. Fico pensando em Harvey Rosewood e Walt. No que Harvey disse, no que ele faria com Andrew. Se ele estivesse na minha frente agora, eu o mataria de novo para proteger Andrew. Contudo, gostaria de saber por que ainda me sinto assim. Culpado, mas também tão certo. Tão certo de que foi algo horrível, mas a coisa certa a fazer. Toda vez que me lembro, a culpa volta junto com as palavras de Cara sobre Fort Caroline. Ela disse que eles pensam que são justos, mas na realidade são o veneno.

Talvez esse seja eu agora. Tão envenenado por ter feito o que eu *achava* ser certo, eu estava disposto a apontar a arma para Cara, e possivelmente matá-la, também para proteger Andrew. Parece que há um câncer maligno de violência se espalhando por meus pensamentos.

Eu sei que está lá, e não há cura para isso.

Nós caminhamos.

E caminhamos.

E eu continuo pensando em Harvey e Walt.

ANDREW

Não sei o que fazer para Jamie melhorar. Ter Cara conosco não ajuda. Ela falou o suficiente quando estava defendendo seu caso para ficar conosco; mas agora voltou a ser a garota quieta do hotel. Há algo tão parecido na maneira como eles agem, e Jamie não era assim antes. Porém, sempre que pergunto sobre a família de Cara para quebrar o silêncio, ela meneia a cabeça e não fala. E agora, o silêncio de Cara se espalhou para Jamie, da mesma forma que o vírus se espalhou entre as pessoas. Na maioria das vezes, parece que estou falando comigo mesmo.

No entanto, eu entendo. Não fomos feitos para um mundo assim. Antes do vírus, havia regras, regulamentos e leis. Tínhamos anos de código moral enraizado em nossa mente; agora, nada disso importa. Será que alguma coisa importa? Sinto que só o tempo é capaz de fazer alguma coisa; depois, ele voltará a ser o Jamie de antes. Mesmo assim, sempre teremos as memórias do que fizemos.

Me permiti pensar em Keys uma vez, e apenas uma vez. Se continuar assim, vou acabar ficando doido. E aí, nós dois ficaremos deprimidos, e Cara vai ficar pensando "eu deixei meu hotel para isso?". O que acontece se não tiver ninguém lá? E se todo mundo estiver morto? E se tudo o que resta no mundo for Fort Caroline, um cara gay, um garoto heterossexual despedaçado, um gênio da cartografia com TEPT, e uma mulher de setenta anos com uma espingarda lutando contra animais de zoológico? Além da gangue de Howard. Depois, há Chris e seu irmão e sua irmã, mas espero que eles estejam em Chicago agora.

Podemos lançar a primeira sitcom pós-apocalíptica.

Deixo isso tudo para lá, porque o clima está sombrio demais para brincadeirinhas agora. Jamie precisa acreditar que haverá algo lá. Ele precisa acreditar que estamos realmente tentando ajudar alguém. Acho que é só o que vai salvá-lo.

O que vai *nos* salvar.

Tropeço numa rachadura no chão e dou um grito. Contudo, o braço de Jamie aparece para me agarrar antes que eu caia.

— Obrigado.

— Você está bem? — pergunta ele.

A preocupação de sua voz me enche de carinho. Ou será que esse calor é só vergonha?

Olho para o tênis no meu pé direito. A sola de borracha se soltou completamente da lona rasgada. Mexo os dedos e parece que meu sapato está falando.

— Você devia arranjar tênis novos — diz Cara.

Olho para ela, enquanto dobro a frente do sapato para baixo para que a meia suja fique visível para todos.

— A Amazon provavelmente ainda está entregando, né?

Ela coloca a mochila no chão e pega o atlas rodoviário. Enquanto folheia, procurando pela Flórida, provoco um pouco mais o destino.

— Você trabalhou para o Google Maps antes do apocalipse?

— Não.

É mais ou menos o que eu esperava dela. Mesmo assim, continuo forçando a barra.

— Então você só gosta de olhar para estradas? — Jamie diz meu nome, em tom de advertência. — Tá bom, vou calar a boca. — Só que é mentira, porque continua falando. — Estou só tentando conhecer melhor nossa nova amiga.

— Você está sendo intrometido.

— Sim! É assim que conheço meus novos amigos. Ou você se esqueceu?

Jamie realmente dá um sorriso. É superfalso, mas não consigo deixar de amá-lo por tentar.

Os olhos de Cara permanecem no atlas rodoviário enquanto ela examina cada página para encontrar nossa localização. Acho que não vai responder, mas então ela me surpreende.

— Na infância, eu ficava enjoada quando andava de carro.

Eu me viro para Jamie.

— Ah, sim, agora com certeza faz sentido.

Cara ergue os olhos do atlas rodoviário para mim.

— Você quer conhecer sua nova amiga ou quer continuar falando?

Jamie bufa.

— Eu não daria essa opção a ele.

Mostro a língua para ele e faço sinal para Cara continuar. Ela volta a folhear o atlas rodoviário.

— Meu pai me pegava na escola, e eu sempre ficava enjoada assim que nos movíamos. Por isso, para me distrair, ele apontava placas de rua e dizia: "Olha! Lá embaixo está o PetSmart. Agora estamos passando pela rua Madison, onde fica a biblioteca!" Finalmente, comecei a apontar as ruas por conta própria, e isso se tornou um jogo. Depois, em alguns dias, ele fazia uma curva errada de propósito e me pedia instruções.

Ela solta um suspiro rápido pelo nariz e se concentra novamente na página à sua frente.

— O enjoo passou à medida que cresci, mas assim que tirei minha carteira de motorista, eu estava animada para dirigir sozinha, então comecei a fazer isso de novo. Depois, virou um hábito. É apenas... relaxante.

Me viro para Jamie para ver sua reação, mas ele está olhando para a estrada com o rosto completamente ilegível. E é assustador. Normalmente, sei dizer no que ele está pensando, mas não agora. Ele volta ao normal, quando Cara fala novamente.

— Talvez haja uma loja nesta cidade. — Ela aponta para a pequena cidade de Yulee, alguns quilômetros ao norte de Jacksonville. — Há uma saída aqui.

Ela guarda o atlas e continuamos pela estrada, com Jamie ainda quieto. Depois de um tempo, através do ar nebuloso de julho, vejo a saída de que ela falou. Eu preciso de tênis. E talvez haja algumas outras lojas pelas quais possamos passar para pegar comida. O olhar no rosto de Jamie me diz que a decisão é minha.

— Você também precisa de um novo par — digo, apontando para seus tênis gastos.

— Você consegue andar? — pergunta ele. — Ou você precisa de nós para levá-la, princesa?

— Então essa opção sempre existiu?

Antes que Jamie possa falar qualquer coisa, Cara diz:

— Não.

Então, mal olhando para nós, ela continua em direção à saída.

— Uau — digo, cutucando Jamie.

Esse é o mais próximo que Cara chegou de contar uma piada. Eu ... acho que foi uma piada, pelo menos.

Jamie também parece pensar assim, porque seu sorriso cresce e quase chega a parecer sincero. Quase.

XXX

Yulee, na Flórida, é calma e vazia. Cara, sempre um gênio quando se trata de direções, nos leva por uma estrada cheia de fissuras até um shopping center. E, com certeza, há um Lowe's, um Wendy's, uma Burlington, um salão de manicure, uma farmácia e um lugar chamado Sole for Real.

— Como você faz isso? — pergunto, indo para a Sole for Real.

Ela dá de ombros.

— Vi a placa do Lowe's na estrada. Só pensei que fazia sentido que houvesse outras lojas ao redor.

Jamie para do lado de fora da loja e olha para a placa de acrílico rachada.

— Eu não entendo o nome. É um trocadilho?

— Era um grupo de R & B — diz Cara.

— Ah, canta uma música deles, Cara! — tento.

— Não.

Desta vez, Jamie me cutuca, e eu sorrio para ele. A vitrine e a porta do Sole for Real já foram arrombadas. Parece que todas as outras lojas do shopping também foram saqueadas.

O vidro range sob nossos pés quando passamos pela porta da frente.

Jamie para, e procuramos sinais de vida, mas só há silêncio. As prateleiras estão quase vazias; as caixas, espalhadas pelo chão com sapatos sem os pares. Alguns sapatos de mostruário ainda estão no topo das prateleiras, acima de etiquetas de preço, que parecem ridículas agora. Jamie acende a lanterna e aponta para uma placa na frente de um corredor que diz "Masculino". Pego minha própria lanterna, e a entrego para Cara.

— Aqui, fica com a minha. Procura uns sapatos novos também.

— Não precisa.

Ela levanta os pés um por um, agarrando os tornozelos para verificar as solas, que não estão tão gastas quanto as nossas.

Não, Cara, essa foi uma indireta muito sutil para você ir passear, para que eu possa conversar com Jamie. Por favor, caia na real e vá.

— Você pode ficar de olho na frente? — pergunta Jamie e voltamos para o corredor. — Qual o seu tamanho? — pergunta Jamie, pegando caixas do chão.

Mantenho minha voz baixa.

— Quarenta e dois. Você está bem?

— Aham.

Ele empurra uma caixa para o lado.

— Jamie.

Ele suspira, para de olhar para o chão e se concentra em mim.

— O que você quer que eu diga?

— Quero que fale comigo.

— Falar não vai me fazer sentir melhor, Andrew! — Sua voz falha, e eu nem espero antes de puxá-lo para um abraço apertado. Posso senti-lo tentando não chorar.

— Está tudo bem. Não precisa falar, então. — Ele finalmente se solta e enterra o rosto no meu ombro enquanto tenta acalmar os soluços. Seu braço aperta meus ombros e me puxa para perto. — Está tudo bem.

— Não, não está.

Ele se afasta de mim. Eu me viro para um dos bancos no meio do corredor e gesticulo para ele.

— Vem, senta aqui.

Ele não discute comigo, apenas deixa a mochila cair e se senta. Eu me abaixo ao lado dele e continuo esfregando seus ombros.

— Antes eu não conseguia. — A voz de Jamie é tão baixa que mal consigo ouvi-lo. Acho que o ouvi errado, mas ele continua. — Eu matei eles.

— Eles iam machucar a gente.

Já tivemos essa conversa. *Ele* me deu esse sermão antes, quando soube a respeito dos Foster.

— Eu sei que iam.

— Então você estava nos protegendo. Foi uma questão de sobrevivência. Era eles ou nós.

A frustração se intensifica.

— Eu sei, Andrew!

Ele coloca a palma das mãos contra os olhos. Eu me viro para a frente da loja e vejo a silhueta de Cara contra a porta aberta. Ela está de costas para nós, mas sei que ela provavelmente ouviu pelo menos essa parte.

— Antes, eu... — Jamie tenta continuar. — Quando minha mãe ficou doente, ela sabia o que ia acontecer. Ela tinha visto tudo aquilo no hospital e me contou. Ela disse que não queria morrer daquele jeito.

Minha mente se move na velocidade da luz. Imaginando o que ela faria. Ela era médica, portanto, talvez tomasse uma dose letal dos remédios para dor que Jamie tinha. Ou talvez tenha arranjado uma outra maneira. Me lembro da minha irmãzinha. O vírus era doloroso e prolongado. Se soubesse uma forma mais pacífica de ter dado fim ao sofrimento dela, eu poderia ter feito alguma coisa. Eu acho...

— Mas não consegui. Ela queria que eu fizesse a dor parar, e eu não consegui. Uma nova rodada de soluços sacode seu corpo.

Enquanto isso, a fúria explode dentro de mim. Estou com tanta raiva que quero gritar. Quero puxar as prateleiras das paredes e queimar este shopping inteiro.

Como é que ela teve coragem de *pedir* uma coisa dessas? Essa foi a mulher que provavelmente salvou minha vida, porque criou Jamie, uma pessoa tão maravilhosa. Ela deu a ele o caderno que dizia como me ajudar. Por que é que pediria algo assim a *Jamie*?

Porque estava com medo.

A fúria no meu peito começa a se dissipar. Estávamos todos assustados. E o medo nos obrigou a fazer coisas coisas assim.

— Eu falei que não conseguia — continua Jamie. — Depois, ela me disse como administrar os remédios que poderiam matá-la. E eu disse a ela que faria, mas... não consegui. *Eu* a deixei sofrer, porque não queria machucá-la. Eu não conseguia nem caçar, quando estávamos na cabana. Minha mãe me ensinou, mas nunca consegui atirar em nada.

Então, ele me conheceu. É isso o que ele quer dizer. Porque, antes de me conhecer, ele nunca teria atirado em Harvey e Walt. Eu arruinei Jamie.

Chuto uma caixa de sapatos para fora do caminho, me agacho na frente dele e o faço me olhar nos olhos.

— Você não queria machucá-la porque é uma boa pessoa, Jamie. E foi por isso que eu saí da cabana e fui para Alexandria. Porque eu queria ser bom. Queria ser... melhor. Mais como você.

Ele funga.

— Não me sinto uma boa pessoa.

Dou de ombros, na penumbra.

— É isso que te *faz* ser uma boa pessoa. Apesar de tudo, você sente que não fez o suficiente. Mas nada nunca é suficiente, Jamie. Não há um pote de boas ações que a gente enche para depois ir se aposentar na Flórida. Quer dizer, acho que nem existem pessoas boas na Flórida, né?

Ele consegue rir e limpa o nariz com as costas da mão.

— Bom, estamos na Flórida agora — digo. — Então, pelo menos duas a gente sabe que tem.

— Não se esqueça da Cara.

— Não esqueci. Estava contando você e ela. Eu sou um lixo humano. Eu *mereço* a Flórida.

Consigo fazê-lo dar outra risada. A sensação é de que estou ganhando!

— Você não é um lixo humano — diz Jamie.

Continuo segurando sua mão esquerda. Seu polegar se move lentamente sobre os nós dos meus dedos, para frente e para trás. Meu peito se aperta.

É um pequeno gesto, que talvez não signifique absolutamente nada, mas *parece* íntimo. Mais íntimo do que dividir uma cama em Fort Caroline, ou abraçar um ao outro no escuro de um túnel inundado, ou até mesmo deitar no chão de uma cabana enquanto suas mãos acariciavam minha perna.

Parece muito diferente de tudo isso.

Troco um olhar com ele. Metade de seu rosto está na sombra, e há tristeza lá, mas há algo mais em seus olhos. Ele parece esperançoso. Talvez... Será que... estamos tendo um momento? Tipo, um momento *romântico*?

— Rapazes.

Cara interrompe nosso momento. Ela vem pelo corredor. Solto a mão de Jamie, me levanto e me afasto dele. Independentemente do que estivesse rolando, foi muito nojento da minha parte tentar tirar uma casquinha enquanto Jamie estava chateado. Credo, eu *realmente* mereço a Flórida.

— Tem alguém vindo — diz Cara. — É um grupo. Um grupo grande.

Minha boca fica seca. Jamie se levanta ao meu lado.

— Fort Caroline? — pergunta ele.

Na mesma hora, também digo:

— Quantos?

Cara balança a cabeça.

— Muitos. Uns vinte, eu acho. Talvez mais.

— Fundos da loja.

A voz de Jamie é baixa, séria. Se está com medo, está escondendo bem.

— Foi mal — sussurra Cara quando passa por mim.

Pelo quê? Ela não tem por que se desculpar. Não estávamos fazendo nada. Não havia nada rolando! Eu os sigo até o fundo da loja e nos agachamos atrás da ponta de uma gôndola.

Duas vozes gritam de um lado para o outro do estacionamento. Muito longe, indistinto.

— Cara — sussurra Jamie. — Eles têm armas?

— Têm.

Merda. Tiro a trava de segurança da arma. Não sei quantas balas nos restam, mas definitivamente menos de vinte.

Uma voz na frente da loja me faz pular. É uma mulher.

— Um segundo! Quero ver se arranjo um presente de aniversário para o JJ! Te encontro lá!

Uma voz responde de longe, seguida por outra.

— Sim, sim — responde ela. O vidro estala sob seus pés. Ela está na loja. Há papel de seda e papelão espalhados pelo chão. A mulher cantarola para si mesma e começa a proferir as letras. —Você é meu amor, você já sonhou com...

Sua voz se aproxima.

Jamie me dá um tapinha no ombro, e aponta para trás, para longe dela. Faço um sinal para Cara seguir. Nos movemos silenciosamente, pisando com cuidado.

Ou pelo menos Jamie e Cara pisam com cuidado. Meu sapato surrado fica preso no chão, e eu tropeço e caio em uma pilha de caixas de sapatos.

Merda.

Eu congelo. Jamie e Cara congelam. E a voz da mulher para.

Por um momento, tudo fica em silêncio, nada se move.

— Oi?

O que fazemos? Será que respondemos? Corremos? Não faço ideia se ela está armada ou se há mais alguém esperando para vê-la sair da sapataria com um presente de aniversário para JJ.

— Quem está aí? — pergunta ela.

Sua voz está mais próxima. Há um clique, que soa como uma arma sendo destravada. Em seguida, uma luz pisca pelo corredor até a parede dos fundos à minha esquerda. Uma lanterna. Era só isso, não uma trava de segurança de arma. Pelo menos eu acho.

Jamie me agarra por trás e me puxa pelas axilas. A luz vira de repente pela esquina que dobramos, e aqui está ela. Apontando uma arma para nós.

Ela para. Ninguém se mexe. Não levantei minha arma, mas ela não abaixou a dela. As mãos de Jamie estão em mim, portanto o rifle deve estar em seu ombro. É uma garota negra que parece ter mais ou menos a nossa idade. Seus olhos estão arregalados de medo e sua boca é uma linha fina.

— Esperem. — Suas mãos se erguem. A arma e a lanterna apontam para o alto. — Não vou atirar em vocês.

— Ok.

Mesmo assim, ainda não guardei minha arma.

— Há mais de vocês? — pergunta ela.

— E se houver? — diz Jamie.

Claro, ela quer saber se vai ser emboscada depois que nos matar.

— Eles estão na loja de ferragens onde meu pessoal está? Se sim, eles podem estar em apuros.

É uma ameaça ou um aviso?

— É só a gente — digo.

Jamie dá um leve aperto no meu ombro, e eu quero dizer a ele que vai ficar tudo bem. Acho que vai.

— Bom. — Ela enfia a arma na parte de trás do jeans, ainda mantendo a lanterna acesa. — Por que vocês vieram aqui?

Levanto o pé, para que a mandíbula quebrada do sapato abra para ela.

— Preciso de tênis novos.

Ela me olha, como se estivesse tentando entender se estou brincando ou não.

— Então peguem e saiam. Acho que tem uma saída por trás. Sigam até o beco e vão até a estrada que corre ao longo da parte dos fundos do shopping. Virem à esquerda, em direção à rodovia. Acho que foi de lá que vocês vieram, né?

Eu me viro para Jamie. Cara está atrás dele, com os olhos arregalados de horror. Como se ainda estivesse esperando que essa garota nos mate.

— Vocês têm vinte minutos.

Com isso, ela se vira e caminha de volta para a frente da loja.

Jamie sussurra para mim:

— Como sabemos que ela não foi só chamar os outros com quem veio aqui?

Cara passa em torno de nós e espia a frente da loja.

— Porque ela está esperando ali na frente.

Olho pelo canto da parede e a vejo parada na porta da frente, de costas para nós.

— Então vamos pegar esses sapatos e dar o fora.

Há uma caixa de tênis de cano baixo, verde-caçador, tamanho quarenta e dois, pelos quais eu troco os meus. Jamie encontra um par de tênis roxo escuro que cabe perfeitamente nele e nos dirigimos para a saída dos fundos.

Eu paro, quando Cara abre a porta do estoque.

— Obrigado — digo em voz alta.

A menina não responde.

Espero que ela encontre um bom presente para JJ.

JAMISON

Abrimos certa distância entre nós e Yulee na tentativa de passar por Jacksonville o mais rápido possível, para o caso de ser o ponto central do grupo. Caso seja, eles não são tão metódicos quanto Fort Caroline. As estradas estão caóticas, cheias de lixo espalhado e carros.

Andrew faz várias referências a Blake Bortles — referências que eu consigo entender.

— Como você sabe quem é Blake Bortles? Ele nem jogava mais pelos Jaguars quando a supergripe chegou.

— *The Good Place*, cara.

E essa eu não conheço; mas, pelo canto do olho, vejo Cara sorrir.

Na primeira noite, paramos para descansar na estrutura incendiada de um shopping center, onde ninguém pensará em olhar. Cara, no entanto, enlouquece e se recusa a chegar perto. Ela cai em prantos em silêncio, se agacha no meio do estacionamento e tapa os olhos. Suas mãos estão tremendo, e toda vez que Andrew tenta reconfortá-la, ela o afasta.

— Beleza — Andrew sussurra para mim. — Vou encontrar outro lugar para passarmos a noite. Você pode só... ficar com Cara até ela melhorar?

— Não vou te deixar sair sozinho.

O simples fato de pensar nisso já me faz ficar atormentado com medo e ansiedade. Como se houvesse alguma versão zumbi de Harvey Rosewood à espreita, nas sombras desta cidade, esperando Andrew baixar a guarda.

— Eu vou ficar bem. — Ele olha além de mim, para onde Cara está, agachada ao lado de um poste no estacionamento. — É com ela que estou preocupado.

— E aí você vai deixá-la com o cara que apontou uma arma para ela. Faz muito sentido.

O rosto de Andrew fica sério.

— Não gostei dessa piada.

Meu estômago se aperta, e toda essa ansiedade me faz sentir que vou pular para fora da minha pele. Porque Andrew está desapontado comigo. Tento formular um pedido de desculpas, mas sua mão aperta suavemente meu braço.

— Ela vai ficar bem, ela só está... Sei que tem a ver com a família, mas ela nunca conta nada. Então, só fique com ela. Eu volto logo, tá bom?

— Tá bom.

Quinze minutos depois de Andrew sair, Cara se acalma um pouco. Pego a água na mochila e me sento ao lado dela. Ela não se encolhe ou se afasta de mim. O que já é um progresso. Ofereço a água.

— Você devia beber alguma coisa.

— Não precisa — diz ela, com aquela voz baixinha.

Suspiro e coloco a garrafa de água no chão, entre nós.

— Quando eu tinha seis anos, chorei por quase uma hora no estacionamento do shopping King of Prussia, porque minha mãe não quis comprar um DVD do *Godzilla* para mim.

Ela olha para mim.

— O quê?

— Para ser justo, era *King Kong vs. Godzilla*, o antigo. Só achei a capa legal. Eram apenas cinco dólares, na gôndola de promoções. Mas, sim, por quase uma hora. E ela ficou lá em silêncio o tempo todo, até que eu finalmente comecei a me acalmar. Sabe o que ela fez depois?

Cara balança a cabeça e estende a mão para a água. Tento não olhar enquanto ela bebe.

— Ela colocou uma música no celular e apertou o play. E era Rolling Stones. "You Can't Always Get What You Want", conhece? Que significa tipo "Nem sempre dá para ter o que a gente quer". Fiquei chorando por mais uns sete minutos enquanto ela cantava a plenos pulmões.

Cara ri, se engasga com a água e cobre a boca enquanto tosse. Tento não sorrir, mas é quase impossível não achar a lembrança engraçada.

— E depois que eu me acalmei, a gente voltou para o shopping e sabe o que ela comprou para mim?

— O DVD do Godzilla?

— Não! Sapatos!

Cara solta uma risada, enxuga os olhos e bebe mais água.

— E uma calça para a escola. Depois disso, ela sempre, *sempre*, tocava aquela maldita música quando algo não saía do meu jeito. Ela ficava dançando pela casa, dizendo que nem sempre dá para ter o que se quer, mas que, se a gente tentar, às vezes conseguimos o que precisamos. — Em seguida, meus olhos começam a arder com lágrimas, e eu solto um suspiro. — Sinto muita saudade dela. Por isso, acredite em mim quando digo que entendo essa coisa chorar em um estacionamento. Ainda mais se for de saudade de alguém.

Cara estende a garrafa para mim; eu agradeço e a pego.

— Meu pai cantava aquela música do Talking Heads, sobre a casa e a linda esposa — diz ela, balançando a cabeça. — Ele era um cantor terrível.

Agora é minha vez de rir e me engasgar com água.

Poucos minutos antes do pôr do sol, Andrew volta e nos leva ao saguão de um hotel abandonado para passarmos a noite.

XXX

Na segunda noite, estamos no meio do nada. Por isso, saímos da estrada em uma cidade pequena e acampamos em um estacionamento de fazenda vazio.

Acendemos uma fogueira para ferver água de um riacho próximo, com gravetos de paletes de madeira seca que encontramos atrás do quiosque descascado da fazenda. Andrew termina de nos contar sobre o filme *10 Coisas que Eu Odeio em Você*.

— Eu não me lembro do poema inteiro, mas o número um é que ela não o odeia, "nem de perto, nem um pouco, de jeito nenhum".

Cara, sentada mais longe do fogo, enxuga uma lágrima do olho, enquanto Andrew se levanta.

— Volto já, tenho que mijar. Decidam a qual filme vamos assistir quando eu voltar.

Sorrio enquanto ele vagueia pelo cascalho até a floresta. Está ventando esta noite, e as árvores balançam com as rajadas. O único barulho mais alto é o das cigarras.

— Gosto de como ele conta os filmes — diz Cara.

— Eu também.

— Eu vi *10 Coisas que Eu Odeio em Você*, e ele acertou todos os pontos da trama.

Sorrio novamente.

— Ele melhorou muito. Você devia ouvir como ele conta *Miss Simpatia*.

— Nossa, eu adoraria.

— Então esse vai ser o próximo.

Concordo enquanto atiço o fogo.

— Você o ama.

Paro e a encaro. Ela está com os olhos semicerrados para mim. Não digo nada.

— Dá para perceber — continua ela. — Minha irmã flertava descaradamente com nosso jardineiro. Depois, acabou se casando com ele.

— Eu não flerto descaradamente.

— Não. Mas quando ele conta os filmes, você o observa e se ele se levanta e fica muito perto do fogo, você observa os pés dele e move os braços em direção a ele. Ela fazia algo parecido com o que você faz. Quando Andrew está contando uma história sobre vocês dois, você fica meio tenso, porque não sabe se vai ser embaraçoso ou fofo. Mas, de qualquer forma, fica com o mesmo sorriso no rosto no final.

Não sei como ela sabe que eu o amo, se nem *eu* mesmo sei. Sei que presto atenção nos pés dele, porque não quero que ele chegue muito perto se for fazer alguma piada física. Com certeza não sei como fica meu rosto quando ele fala sobre nossa jornada juntos até aqui; mas, sim, às vezes fico preocupado que ele conte uma história embaraçosa. E, mesmo quando é o caso, ainda gosto do jeito que ele a conta.

— E ele te ama — diz ela. — Mas vocês não dizem isso um para o outro quando vão dormir.

— O que... eu ... Não. Não dizemos.

— Por quê?

Eu meio que quero saber de onde diabos veio tudo isso.

— Porque eu ... sei lá. Simplesmente não é algo que se diz para todo mundo.

— Não. Vocês brigaram?

— Cara ... Não, eu... É mais complicado do que isso.

Viro e olho para a floresta tentando ter certeza de que Andrew não está vindo.

— Por quê?

— Porque é. Não dá para explicar meses e meses de complicações no tempo que o Andrew leva para fazer xixi.

— Mas você não precisa explicar para ele.

Imagino Andrew se inclinando para mim e sussurrando: "Essa quenga sacou qual é a sua."

Porque ela sacou mesmo. Andrew é a única pessoa que esteve comigo esse tempo todo. Faz tempo que desejo alguém com quem conversar sobre isso, mas só tenho ele por perto. Ele é o único que restou.

Cara parece entender algo do meu silêncio.

— Eu posso sair.

— Não, não precisa sair.

— Vou pegar água. Você pode falar o que precisa falar.

Ela não espera e começa a se ajeitar.

— E se ele não... gostar... de mim?

Cara me olha, mas parece confusa. Como se ela não entendesse como eu poderia estar dizendo as coisas que estou dizendo.

— Ele gosta.

Ela pega sua garrafa de água e a coloca na mochila.

— Cara. — Ela volta sua atenção para mim. Há algo que está me incomodando desde que a vimos na rua do lado de fora do restaurante. — Há quanto tempo você estava realmente nos seguindo?

Ela não hesita, nem mente.

— Desde que vocês partiram.

— E você manteve distância. Não te vimos nenhuma vez, mas você nos viu. Você saiu ao ar livre e ficou na rua para que finalmente pudéssemos te ver, não foi?

Quando ela não responde, tomo isso como confirmação.

— Então, por que você finalmente apareceu do lado de fora do restaurante?

Ela me observa por um momento, por cima da pequena fogueira. Espero que ela diga que é porque viu como éramos um com o outro. Espero que ela diga que soube imediatamente que éramos confiáveis, que não a machucaríamos. No entanto, é mais prático do que isso.

— Ia chover.

Ela sorri, pega a mochila e a joga por cima do ombro. Não consigo deixar de rir. Antes que ela saia, alcanço a mochila de Andrew e pego a arma.

— Aqui. — Eu a entrego, mas ela não a aceita. Eu a aproximo mais dela. — Pega. Andrew vai me matar se eu te deixar ir para a floresta sozinha sem uma arma. — Abro a trava de segurança. — É só apontar para cima e atirar que a gente vai correndo.

Timidamente, ela pega a arma e a coloca na mochila usando apenas o indicador e o polegar.

— Boa sorte.

Com isso, ela se vira e caminha na direção oposta, em direção ao riacho.

Estou sozinho junto ao fogo baixo, pensando no que vou dizer. Cara está certa. Realmente faz tempo que quero falar algo, mas nunca fui capaz de descobrir o quê. Parece horrível dizer que o que aconteceu com Harvey me fez perceber que meus sentimentos são reais, mas é verdade. Não o ato de matá-lo — aquilo foi horrível. Aquilo é algo que não quero experimentar de novo. Porém, proteger Andrew é algo que eu faria em um piscar de olhos. Eu faria qualquer coisa por ele.

Ouço seus passos atrás de mim e sinto um frio na barriga. Olho para a pequena fogueira, tentando descobrir por onde começar.

À medida que seus passos se aproximam, começo a arrancar os pelos da perna. Estou tão focado em tentar descobrir o que vou dizer, que não percebo que algo parece estranho em seus passos até que ele esteja a alguns metros de distância; em seguida, ouço seus gritos abafados.

Levanto e me viro para encontrar um homem segurando as mãos de Andrew atrás das costas e com uma arma apontada para a sua cabeça.

— Não se mova — diz o homem.

Os olhos de Andrew estão arregalados de medo, e há uma camisa ou algum tecido enfiado em sua boca. Atrás dele, há um grupo de outros quatro homens, todos com armas.

Coloco minhas mãos para cima, não que faça diferença. Cara está com a única arma útil para nós, agora. Dei-lhe a arma, para que ela pudesse atirar para o alto se precisasse de ajuda, sem saber que seríamos Andrew e eu que acabaríamos precisando da ajuda *dela*.

— Volte a ficar de joelhos — diz o homem.

Faço o que ele me diz enquanto tento focar meus pensamentos em Andrew, e, telepaticamente, dizer que tudo vai ficar bem.

Não sei como, mas vai.

Um dos homens atrás dele emerge das sombras, e meu estômago se revira. É Grover Denton.

Ele se ajoelha ao meu lado. Consigo ouvir as tiras de plástico clicando enquanto ele as aperta em torno de cada um dos meus pulsos e depois os junta atrás das minhas costas.

— Abaixe a arma, Steve — diz Grover.

Steve, o homem que mantém Andrew preso, chuta a parte de trás de seus joelhos, e ele cai na minha frente. Instintivamente, tento chegar para frente para pegá-lo e as abraçadeiras de plástico cortam meus pulsos.

Andrew tropeça no cascalho, grunhindo de dor, e a fúria quente e venenosa me invade. Gostaria de ter a arma comigo, para que pudesse fazê-los todos pagar.

— Droga! — grita Grover. Ele se move ao meu redor e puxa Andrew pelas abraçadeiras de plástico que lhe prendem os pulsos. — Você não precisa ser tão idiota assim, Steve.

— Vai tomar no cu, Denton, eles mataram o filho de Danny.

Claro que eles sabem sobre Harvey.

Walt. Eu atirei, mas ele não morreu — deve ter encontrado o caminho de volta para outro grupo de busca, ou até mesmo para Fort Caroline. Lá, contou o que aconteceu: que matamos Harvey Rosewood e tentamos matá-lo. E Fort Caroline partiu para a retaliação. E, de alguma forma, nos encontrou aqui.

— Liguem para Rosewood — Steve grita para os homens atrás dele. — Parece que pegamos os filhos da puta.

Um deles se afasta do grupo, com o *walkie-talkie* na mão, e começa a resmungar.

— Como você nos encontrou? — pergunto a Grover Denton.

Ele franze a testa para mim; não quer compartilhar seus segredos. Steve não é tão orgulhoso.

— Walt contou onde ele e Harvey encontraram vocês — diz Steve. — Pegamos a estrada e começamos a vasculhar a partir de lá.

— Steve, cala a boca — avisa Grover.

Steve, no entanto, não escuta.

— Tinha muita gente procurando por vocês dois, mas aí vimos sua fogueira esta noite. A sorte acabou de nos fazer tropeçar...

— Steve! — Grover se vira para ele. — Mandei. Calar. A. Boca.

Steve faz uma careta, se vira e caminha em direção aos outros. Grover se abaixa e puxa a mordaça da boca de Andrew.

— Sinto muito — diz Andrew.

Ele parece desapontado consigo mesmo. Como se tivesse como saber que seríamos emboscados na floresta pelos Fort Carolinenses. Eu não fazia ideia. Não aqui, tão longe.

— Não precisa pedir desculpa. — Olho para Grover Denton, que caminha em direção aos outros homens que buscam vingança por Harvey Rosewood. — Só que eu preciso.

— Não é culpa sua — diz Andrew, com lágrimas nos olhos.

— Não, não isso. Eu... — Engulo em seco e me interrompo.

Os outros conversam entre si. Não estão prestando atenção em nós enquanto comemoram silenciosamente nossa captura. Torço as abraçadeiras de plástico. Não são daquelas brancas grossas que os policiais usavam para prender as pessoas quando não havia algemas disponíveis. São das mais finas, que se compra em lojas de ferragens.

Andrew parece tão desapontado. Quero chegar perto dele e dizer que está tudo bem, mas seria mentira. Vamos ser mortos. É tudo o que consigo ver em nosso futuro. Movo um joelho para frente, rastejo pelo cascalho e me inclino para ele. Coloco minha testa contra a dele. Provavelmente parecemos idiotas, mas é maravilhoso. Andrew olha nos meus olhos, e eu, nos dele. Ele faz o seu melhor para sorrir.

— Desculpa por... ter perdido tanto tempo — digo.

— Como assim?

Meu coração está acelerado, e não tem nada a ver com o fato de que nossas mãos estão amarradas e de que estamos a minutos de morrer.

— Eu... Eu... É ...

Ah, que se foda, por que é que estou falando?

Eu o beijo.

Ele congela, e eu avanço, tentando dizer que está tudo bem, que ele pode me beijar de volta porque quero que ele retribua o beijo. Ele finalmente retribui, abre a boca para a minha e solta pelo nariz a respiração que estava prendendo.

Em seguida, ele se afasta.

— Você me beijou — diz ele, como se eu não soubesse o que estava fazendo.

— Beijei.

Ele grunhe de sofrimento, e eu fico surpreso.

— Você me beijou pela primeira vez, e eu passei os últimos dez minutos com uma camiseta suja enfiada na boca.

— Eu... você... o quê?

— Dane-se, não importa. Será que dá para... fazer de novo?

— Dá.

A palavra mal sai da minha boca, e os lábios dele já encontram os meus.

A gente se beija, e é difícil, porque quero colocar minhas mãos em seu pescoço e passá-las por seu cabelo. Inclusive, agora que penso nisso, está na hora de cortá-lo.

No entanto, nosso beijo tem o efeito oposto de um conto de fadas. Quando acaba, não vem a parte "felizes para sempre". Ainda estamos na mesma situação.

— Ei — digo, tentando chamar a atenção de Andrew. Não vou morrer assim. *Nós* não vamos morrer com um beijo de despedida de merda, um beijo em que eu não pude nem passar os dedos pelo cabelo dele ou sentir suas mãos nas minhas. — Eu não sabia o que era no começo, porque era com você, e isso nunca aconteceu comigo antes. — Eu suspiro. — Na verdade, acho que algo assim nunca aconteceu comigo, e eu quero que você saiba que não importa o que aconteça... Parece idiota, e eu odeio ter que dizer isso agora, dessa maneira.

Estou balbuciando como um completo idiota, e meu coração está disparado. Andrew sorri, tentando me ajudar.

— Você está tentando dizer que me ama?

— Obrigado, sim. É isso. Eu te amo. — Estou chorando agora. — E, que nem aquela música, "I Will Always Love You", "Eu sempre vou te amar".

— Da Dolly Parton ou da Whitney Houston? — pergunta ele. Lágrimas rolam de seus olhos. Não consigo segurar o riso e um fio de catarro escorre do meu nariz. Solto um grunhido, e ele ri. — Uau, você é tão sexy.

Rio ainda mais. As lágrimas continuam a cair. Sei que ele está tão assustado quanto eu, mas também está entorpecido pela nossa proximidade. Por nossa testa se tocando. Estamos enfrentando o fim, e não está tudo bem, mas está. Está tudo bem. O mundo acabou, e só sobrou um monte de merda.

E ele.

Nós.

Então, tudo bem.

— Pode usar minha camisa para limpar o catarro — diz ele. — Se vamos morrer, prefiro que você não me beije uma última vez e confesse seu amor por mim com meleca saindo do nariz.

Aceito a oferta e esfrego meu rosto em seu ombro. Ele ri.

— É por isso que eu te amo — digo. — Exatamente por isso. Eu estava com tanto medo antes de você chegar aqui. — Não esclareço, mas me refiro à cabana. Eu estava perdido sem ele, e teria morrido, sei disso agora. Eu nunca teria sido capaz de sobreviver mais um ano sozinho naquela cabana. — Você me faz sentir seguro. Como se o mundo não tivesse acabado, como se ainda houvesse uma vida por aí. Porque eu tenho você.

Ele coloca a testa contra a minha.

— Posso até te fazer se sentir seguro, mas é você quem me salva o tempo todo. — Sua voz falha, e ele fecha os olhos com força. — Gostaria de poder fazer o mesmo agora.

— Está tudo bem. — Eu o beijo. — Você está aqui.

Eu o beijo novamente com a esperança de que ele saiba que é o suficiente para mim.

— Eu te amo, Jamison.

É tudo tão sombrio, mas nunca ouvi nada tão maravilhoso quanto ele dizendo essas palavras para mim. Semanas — não, *meses* — de medo e dúvidas se foram em um instante. Ele me ama. Eu só gostaria que pudéssemos encontrar uma maneira de sair dessa confusão, para que ele tivesse a chance de recontar toda essa história para mim como se fosse um filme estilo Sessão da Tarde.

Abro a boca para dizer que o amo, mas um tiro soa no escuro. Nós dois caímos no chão. Tento perguntar se Andrew está bem, mas os homens gritam por cima de mim. Outro tiro soa, e uma nuvem de poeira explode do cascalho.

Todo mundo está atirando agora, mirando cegamente na escuridão ao nosso redor. É Cara; ela está lá, atirando da floresta. Na minha frente, Andrew luta para tirar as abraçadeiras de plástico de seus pulsos.

Torço minhas próprias amarras e sinto o plástico cavando fundo na minha pele enquanto tento encontrar um ponto mais fraco. É então que penso na ferramenta multiúso de Henri. Meu Deus, como amo aquela mulher.

Alcanço o bolso de trás do meu short, pego-a e tateio até abrir a faca.

Os homens de Fort Caroline param de atirar e escutam no escuro. Faço uma pausa para escutar também. Cara parou de atirar. Para começo de história, ela tinha só quinze balas.

Em seguida, outro tiro ressoa na escuridão, desta vez do lado oposto do terreno. Poeira se levanta nos pés de Grover Denton, o que o faz saltar para trás. Os Fort Carolinenses se viram e agora atiram todos, com exceção de Denton. Ele está gritando para que parem de desperdiçar balas, mas ninguém lhe dá ouvidos.

Abro a faca do canivete e me corto ao tentar deslizá-la contra as amarras de plástico. Eu suspiro e tento cortar enquanto mantendo os olhos em Grover e nos outros. Estão muito ocupados atirando na floresta.

Minha nossa, espero que Cara esteja bem.

Consigo arrebentar o plástico e uso as mãos para me levantar do chão.

Andrew sorri à luz do fogo quando vê o canivete suíço na minha mão.

Eu o liberto.

— A gente também te ama, Henri — diz Andrew.

— Sim, amamos mesmo. Agora vamos dar o fora.

Saímos correndo para pegar nossas coisas. Pego o rifle sem munição, coloco-o no ombro e puxo a mochila enquanto Andrew pega minha mão.

Corremos para a linha das árvores. Atrás de nós, ouço alguém gritar:

— Ei!

Eu me viro para olhar, e Grover Denton está nos observando correr com a própria arma apontada para o chão. Um homem por cima de seu ombro direito aponta a mira diretamente para nós. Assim que nos abaixamos atrás das árvores, ele começa a atirar. Solto a mão de Andrew, e uma bala atinge a árvore que nos separa.

Estamos correndo o mais rápido que podemos, no escuro. Um galho de árvore me atinge na boca faz com que eu cuspa sangue. Há mais gritos atrás de nós.

— Andrew! — grito.

— Aqui. — Ele está à minha esquerda, um pouco mais à frente. — Continue.

Faço o que ele diz, e uma bala passa zunindo pela minha orelha — perto demais para ser confortável —, antes de atingir a árvore à minha esquerda.

Mais tiros ressoam atrás de nós, mas estão cada vez mais distantes. Toda vez que atiram, eles param de se mover; isso os está atrasando. Há outro tiro, e meu pé enrosca em uma árvore caída: nem tenho tempo suficiente para estender as mãos e amortecer a queda. Bato a cabeça no chão e a dor explode na lateral do meu rosto; parece que caí em uma pedra, mas não tenho tempo para a dor.

Volto a ficar em pé; instável, por um momento.

— Andrew — digo baixinho.

As vozes estão mais longe agora.

— Jamie.

Sua voz está à frente. Atravesso a floresta em direção a ele. Minhas pernas estão ficando um pouco dormentes, mas eu consigo.

— Andrew — digo novamente.

Ele não responde, e meu coração dá um solavanco.

Folhas são trituradas perto de mim, e uma mão pega meu braço.

— *Shhh*, por aqui — diz ele. Nos movemos lentamente; as vozes da milícia de Fort Caroline estão mais próximas. — Aqui embaixo.

Há um morro. Ele lidera o caminho, e eu tento andar de lado, mas a dor se espalha pela minha perna e eu desmorono, rolando morro abaixo. Me sinto tonto. Deve ser o galo na minha cabeça por causa da queda ou o galho que bateu no meu rosto; espero não ter uma concussão.

Andrew está me chamando. Ele soa tão distante, mas não acho que posso ter caído tão longe.

Ele está ao meu lado, agarrando meu braço novamente. Ele o sacode, e se inclina para perto de mim com seu hálito quente fazendo cócegas no meu ouvido enquanto pergunta se estou bem; por um momento, estou de volta. Sorrio. Abro a boca para dizer que sim, mas não consigo. As palavras não saem.

Estou respirando pesadamente; cada respiração traz uma nova dor latejante à lateral do meu corpo.

— Jamie, fale comigo — Andrew consegue dizer.

Estou molhado. Estamos deitados em um córrego?

Nem sei onde está a milícia. Andrew está falando baixinho, mas eles vão nos ouvir se ele continuar.

— Você foi atingido.

Ele soa como se estivesse em pânico, e continua pressionando o lado onde eu caí na rocha.

Tento gritar, mas a dor me traz de volta à realidade. Dói muito, e ele a está piorando. Tento empurrar sua mão para longe de onde a dor irradia como fogo. Porém, ele não me deixa afastá-lo e minhas mãos voltam molhadas.

— Você foi atingido.

É tudo o que ele diz. A dor que sinto não foi causada pela pedra.

Lembro do filhote de cervo da clareira perto da cabana. Eu nunca poderia ter atirado nele, nem em sua mãe. Não se doía assim.

Nunca deveríamos ter saído da cabana.

— Jamie — sussurra Andrew. — Jamie, o que eu faço? Como faço o sangramento parar?

É a última coisa que ouço antes que sua voz desapareça e tudo o que resta é…

ANDREW

— Jamie, você tem que me ajudar, ouviu? — pergunto, mas ele ainda não responde.

Está respirando, mas é uma inspiração curta e seca.

Pressiono novamente. Desta vez ele não dá aquele grito triste e rouco como antes. Aquele grito como se quisesse gritar de dor, mas sabia que atrairia os homens atrás de nós.

Escuto a respiração de Jamie e as vozes dos homens de Fort Caroline. Estão todos mais distantes.

Puxo a mão da mancha molhada na lateral do corpo de Jamie e tiro minha mochila. Procuro o kit de primeiros-socorros, mas meu estômago se contrai e sinto que vou vomitar. Cara está com o kit de primeiros-socorros. Ficou na mochila dela porque Jamie e eu pegamos mais comida, para distribuir um pouco o peso. E acho que a mochila dela está na clareira. Não faço ideia de onde Cara esteja.

Isso não importa agora. Pego duas camisas. Ele está sangrando muito: tenho que estancar primeiro.

— Jamie?

Tento de novo. Sem resposta.

Sua respiração está desacelerando.

Coloco minha mão novamente em sua barriga. O sangue vem do lado direito, logo acima do quadril. Meus olhos estão fechados, mas nem faz diferença. Está tão escuro. Mesmo assim, toco tímida e gentilmente o ferimento.

Há um buraco ali.

Ai, Deus. Meus olhos queimam e meu coração para no meu peito. O sangue jorra do buraco na lateral de Jamie em um fluxo constante. Pego uma das camisas, e a pressiono contra a ferida.

Continuo tocando a lateral de seu corpo até as costas.

Há outro buraco, menor. Atingiram-no nas costas e o ferimento da frente foi por onde a bala saiu. Pressiono a segunda camisa lá. Estendo a mão livre, pegajosa e coberta de sangue para trás e pego um par de calças.

— Vamos — digo.

Puxo seu torso pesado e deslizo uma perna da calça sob ele. Meu braço está coberto de algo úmido e quente que não consigo ver. Reajusto as duas camisetas e amarro a perna da calça o mais apertado que consigo em torno de sua barriga.

Coloco meu pé contra seu quadril e o uso como alavanca enquanto aperto mais o jeans; depois, dou um nó duplo. Jamie geme, ainda vivo, mas desacordado.

— Eu sei — digo, colocando a mão sob o jeans para ter certeza de que as camisetas continuam pressionadas contra a ferida. — Desculpa.

Não sei mais o que fazer. Não percebi isso antes, mas agora noto a umidade quente em minhas bochechas. Eu me entrego e deixo escapar soluços silenciosos enquanto mantenho a mão em sua barriga.

Ele está se esvaindo em sangue diante dos meus olhos, e não há nada que eu possa fazer.

Eu me inclino para frente e o beijo. Seus lábios estão frios e secos.

— O que eu faço? — pergunto. — Por favor, me diz o que fazer.

Ele continua respirando, mas não diz nada. Não consigo nem pensar no que poderia ser útil no kit de primeiros-socorros, mas a bicicleta de Cara também está na clareira. Eu poderia voltar para pegá-la.

Presto atenção na escuridão para ver se percebo a presença dos homens de Fort Caroline. Não ouço nada. Olho para a sombra na forma de Jamie à minha frente. Sei que eles estarão de volta na clareira, esperando por nós ou procurando na floresta. Foi assim que me encontraram quando fui fazer xixi. Ouvi o galho estalar, antes que alguém me surpreendesse com um soco. Em seguida, havia um grupo de pessoas em cima de mim, e, antes que eu pudesse gritar, eles enfiaram a camiseta na minha boca.

No entanto, se eu não fizer nada, Jamie vai morrer. Apalpo o jeans amarrado para verificar se há mais sangue. *Acho* que não tem mais.

Ai, Deus, é idiotice. Me inclino para frente e beijo a testa fria de Jamie. Ele expira de forma superficial contra o meu pescoço.

— Já volto.

Subo a colina, de volta por onde viemos. Não sei até onde corremos, e, no escuro, posso estar totalmente desorientado. Porém, preciso fazer alguma coisa. Não posso ficar sentado enquanto Jamie sangra até a morte. E, se ele morrer, estou pronto para matar cada um desses filhos da puta.

Acontece que não preciso de bússola mental, porque os homens de Fort Caroline não conseguem ficar de boca fechada. Sigo as vozes de volta para a clareira. Só quando vejo os faróis fracos de uma picape ali é que reconheço a voz.

É Danny Rosewood. E ele está irritado.

— ... e enquanto estamos nisso, como diabos você os deixou escapar?

— Eu te disse, Danny... — É o xerife Denton agora. — Alguém estava com eles.

— Quem, então?

— Não sei, não encontramos ele.

Ele? Eles têm que saber que foi Cara. Ela saiu do hotel um dia depois de nós. Então, por que Grover Denton está agindo como se não soubesse quem poderia estar conosco? A bicicleta de Cara está apoiada na parte de trás da barraca da fazenda, fora de vista. Será que nenhum deles voltou lá para dar uma olhada?

Cara. Ela tem que estar bem. Não acho que seria capaz de suportar se os dois fossem baleados. Se ambos estiverem mortos.

Fúria e tristeza crescem em meu peito; quero correr para fora da floresta gritando. Quero estrangular Danny Rosewood até a morte.

— Volte lá e encontre-os! — grita Danny Rosewood. Os homens se movem, mas Grover Denton estende a mão e grita para que parem. — O que, em nome de Deus, você quer dizer com "não", Denton?

— Quero dizer, não, senhor. Não vamos mais fazer isso.

— Você não decide o que vamos fazer, eu decido!

Rosewood dá um grande passo em direção a Denton, olha para ele e aponta um dedo em seu rosto.

— E estou dizendo que não vamos mais fazer o que você diz. Você está emotivo...

— Claro que estou emotivo! Eles mataram meu garoto! Ele foi forte o suficiente para lutar contra a gripe, mas aqueles pés-rapados o emboscaram que nem um bando de marginais e agora ele está morto.

Denton está tentando manter a calma, mas continua falando alto para que todos na clareira possam ouvir.

— Já perdemos tempo e recursos suficientes nesta sua jornada de vingança. Você não permitiu a Walt o remédio de que ele precisava...

— Porque Walt estava condenado à morte. Sabemos exatamente onde esses vagabundos estão, e você está perdendo tempo batendo boca comigo!

— Chega, Danny! Você pode ser o líder dos vereadores, mas não será mais se desperdiçar toda a nossa munição, comida e combustível nessa caçada. Você precisa colocar sua cabeça em ordem.

Rosewood olha para os outros homens. Todos parecem muito interessados nas pedras que compõem o estacionamento de cascalho.

— É isso que todos vocês pensam? — grita Rosewood.

Claro que sim, seu louco filho da puta.

Um deles realmente fala.

— É que... Estamos preocupados com todos em casa. Metade da nossa segurança está espalhada pela estrada. Isso deixa Fort Caroline vulnerável.

Denton salta sobre o suporte.

— Vamos pensar em alguma outra coisa, Danny. O mundo agora é um lugar pequeno. Vamos divulgar para os assentamentos que conhecemos e obter mais olhos para ajudar.

Danny Rosewood se vira e chuta a pequena fogueira; faíscas e brasas voam pelo ar noturno enquanto ele grita de fúria. Ele respira fundo duas vezes, de forma entrecortada e trêmula e depois se vira para Denton.

— Tudo bem — rosna ele. — Mas acho que talvez precisemos repensar um pouco na nossa polícia quando chegarmos em casa.

— Se você diz, Danny.

Grover Denton se vira e volta para as picapes estacionadas na rua.

— Embarquem, todos vocês!

Rosewood passa empurrando todo mundo e entra na picape. Todos seguem, mas ninguém fala nada. As picapes arrancam e saem, uma por uma, na escuridão, enquanto suas luzes traseiras vermelhas desaparecem na rampa de acesso à rodovia.

Parece bom demais para ser verdade. Por que viajar de tão longe para nos deixar? A menos que Grover Denton seja realmente muito mais esperto que Danny Rosewood. Ele sabe que a sobrevivência de todos depende de quais decisões são tomadas.

E, a julgar pelo que ouvi, eles deixaram Walt morrer. Nem tentaram ajudá-lo porque seria um desperdício de recursos, mas vieram até aqui. É claro. Isso é Fort Caroline: ninguém importa, a menos que seja importante para alguém no poder.

Eu me agacho na escuridão o máximo que posso antes de me mover em direção ao estacionamento. Devagar. Espero que as picapes voltem rugindo pela estrada, com seus faróis acesos, enquanto elas dão a volta pelo estacionamento do quiosque da fazenda.

No entanto, ninguém vem. Está silencioso. Eles realmente foram embora.

Me movo rapidamente para o que resta da fogueira.

— Andrew. — A voz de Cara me faz pular, e eu grito.

Viro e a encontro bem atrás de mim.

— Meu Deus do céu, Cara. Desculpa, não te vi.

Na escuridão, ela parece bem.

— Você está bem? — pergunto, para me certificar.

Ela concorda e estende a arma para mim, como se fosse um rato morto.

— Obrigada. Você salvou nossa... — Jamie continua na floresta. Tenho que voltar para ele. — Jamie. Eles o acertaram.

Ela olha para mim, e quase consigo ver o medo em seus olhos.

— Ele está...?

— Ele está sangrando muito. Não sei o que fazer, mas... Sei que precisamos de algumas coisas.

— Eu vou. — Ela nem espera que eu lhe diga o que fazer; pega o kit de primeiros-socorros de sua mochila e entrega para mim, junto com algumas de suas camisetas e calças. Em seguida, sobe na bicicleta. — Vou voltar aqui. Deixe um rastro de roupas, e eu o seguirei até você.

Cara não espera que eu diga qualquer coisa, antes de sair do cascalho. Ela acende a lanterna e pedala na escuridão.

Faço o que ela pede, andando em linha reta e deixando cair uma camisa a cada duzentos passos. Encontro o morro por onde escorregamos, e penduro um par de jeans lá para ela, como um aviso para andar com cuidado.

Olho para Jamie. Estou com medo de tocá-lo. Com medo de que ele esteja morto, e, se estiver, não sei o que vou fazer. Eu me agacho ao lado dele e coloco a mão em seu peito.

Por um segundo ele não se move, e meu próprio peito se aperta em pânico. Lágrimas queimam meus olhos. Porém, em seguida ele puxa o ar de maneira superficial e trêmula. Suspiro, deito ao lado dele e beijo seu ombro.

Deixo minha mão em seu peito. Umas quatro horas devem ter se passado quando finalmente adormeço.

JAMISON

Está calor. Estou deitado de olhos fechados. Dói para respirar, para me mexer, para viver.

Andrew.

Tento chamá-lo, mas a dor na lateral do meu corpo dispara como uma explosão no meu peito. Meus músculos se retesam e a dor piora, então prendo a respiração e tento deixar meu corpo relaxar, depois solto o ar lentamente.

Tento forçar meus olhos a se abrirem, mas as pálpebras estão pesadas. Abro-os o suficiente para olhar para o céu através dos cílios.

O bosque. As armas. Fort Caroline.

Começo a me lembrar de tudo. A luz do sol passa através das folhas acima de mim, e os sons da floresta são enganosamente calmantes. No entanto, as coisas não estão calmas. Não estamos seguros aqui.

Estou totalmente alerta agora, procurando por Andrew. Ele não está aqui. A mochila dele sumiu. Os homens de Fort Caroline devem tê-lo levado. Eles não o mataram porque teriam deixado o corpo dele aqui assim como deixaram o meu.

Eles pensaram que eu estivesse morto porque...

Olho para baixo, para a razão da minha dor. Fui baleado. Há um par de jeans encharcado de sangue, amarrado em volta da minha barriga.

Bom trabalho, Andrew.

Ele os amarrou com força e cobriu a ferida para estancar o sangramento. E enfiou um pedaço de papel ali. Eu o pego, e reconheço do caderno da minha mãe.

Fui atrás de suprimentos. Fica aqui. Eu te amo. A.

Sorrio e solto um suspiro fraco de alívio. Ele está bem. Eu não estou, mas ele está. Ele está...

✗✗✗

— Jamie?

Sinto suas mãos em meu corpo e sorrio, ainda tonto. Quando abro os olhos, posso ver que a luz do sol mudou. Estou exausto, então certamente não adormeci. Devo ter desmaiado.

— Jamie — diz ele, novamente. Seus olhos estão arregalados de preocupação e alívio. Ele sorri e toca minha bochecha novamente. Inclino o rosto ao sentir seu toque. — Oi.

— Oi.

— Como você está?

— Com dor.

— Eu sei. Estou tentando arranjar algumas provisões para você.

Deixo meus olhos vagarem ao nosso redor.

— Não está fazendo um ótimo trabalho.

Ele ri e revira os olhos.

— Eu o terceirizei. — Cara. Graças a Deus, ela está viva e bem o suficiente para conseguir suprimentos. — Então relaxa e fica quieto. Há mais alguma coisa que eu deveria estar fazendo?

Olho novamente para o jeans ao redor do meu ferimento.

— Você arrasou — digo.

— Tive um bom professor.

Sorrio e sinto sua mão na minha. Andrew tenta sorrir, mas está nervoso. Ele fica mordendo o lábio inferior e seus olhos continuam esquadrinhando tudo à nossa volta. Parece que está tentando se concentrar. Querendo que algo aconteça.

— Qual é o problema?

Ele pula, assustado. Em seguida, abre um sorriso falso.

— Nada.

— Você está mentindo. O que foi?

— É que está ficando tarde. Cara ainda não voltou, e estou ficando preocupado.

— Podemos ir procurá-la.

Tento erguer meu corpo, mas a dor explode novamente e parece que estou em chamas; solto um grunhido e grito. Andrew estica as mãos e me segura. A tontura retorna quando me deito de novo.

— Para. Você não vai se mexer tão cedo.

— Não podemos ficar aqui para sempre. Precisamos chegar a algum lugar seguro, um lugar coberto.

Temos que limpar a ferida e ir para um lugar aquecido. Não podemos estar aqui quando começar a chover. E depois, há os Fort Carolinenses — quanto mais longe estivermos deles, melhor.

— Nós vamos, mas agora você tem que esperar aqui.

— Não — digo. Ele vai discutir comigo, eu sei, mas também sei que estou certo. Então, falo mais alto que ele. — Não vou me mexer, mas precisamos descobrir uma maneira de me mover. Você tem que construir uma maca.

— É claro. Tenho pinhas e uma meia, deve dar para construir uma.

Rio, mas sinto dor.

— Pare de tentar me fazer rir, dói.

— Desculpa. Como se faz uma maca?

Agora ele me pegou. No entanto, isso pode ser bom; ele precisa de algo para fazer.

— Vá encontrar alguns galhos mais ou menos do mesmo comprimento do meu corpo.

Do jeito que ele se levanta, parece até que ficou feliz por se ocupar e não ficar apenas esperando.

— Espera. Coloque nossas mochilas perto de mim. Deixa eu ver o que temos aqui.

Ele abre os zíperes e as coloca ao meu lado.

— Ei — digo quando ele se levanta novamente. Ele olha para baixo, determinado, tenso. — Me dá um beijo.

Assim, todo o medo e a preocupação desaparecem de seu rosto, e ele sorri. Se ajoelha ao meu lado. Seus lábios são macios, gentis. Ele se inclina para trás, e sorri para mim.

— Eu te amo.

— Pare de falar como se eu estivesse morrendo.

— Você tem um buraco na barriga.

— É só uma ferida superficial.

Andrew ri, missão cumprida. Quero que ele se concentre em outra coisa, porque as chances de que eu realmente morra são extremamente altas. Fui baleado, não temos suprimentos, não temos antibióticos, antissépticos, gazes, bandagens. Temos água, mas deveria ser para beber, e depois que acabar, não teremos mais nada.

Andrew aperta minha mão mais uma vez antes de sair.

Quero dar uma olhada no ferimento para ver qual é a gravidade. Contudo, estou com medo de tirar o jeans e as camisetas que o embalam. Se não estiver coagulado corretamente, posso ter uma hemorragia, antes mesmo de ter a chance de amarrá-lo novamente.

Estou lúcido o suficiente agora, para ficar muito, muito assustado. Minha mãe teve que cuidar de vítimas de tiros quando fazia plantões de emergência na Filadélfia. Na maioria das vezes, a única maneira de uma vítima sobreviver era a sorte. Tinham sorte de chegar ao hospital rápido o bastante, sorte de a bala não atingir as principais artérias e órgãos, sorte de não terem um tipo sanguíneo raro.

Meu tipo sanguíneo não é raro, mas não há hospitais e não há como descobrir se a bala atingiu um órgão a não ser que eu tenha uma infecção e acabe morrendo.

Repasso todas as possibilidades na minha cabeça. Eu poderia sangrar quando ele mover o jeans, eu poderia ter um fígado rompido. Depois, há a infecção secundária.

Para com isso. Eu preciso parar.

Andrew está voltando; ouço seus passos. Tenho que ser corajoso e ajudá-lo. Não posso morrer assim, não tão cedo, não depois de perceber que ele era o que eu queria. Tudo no mundo está uma merda, mas ele continua aqui.

Quero continuar também.

Andrew vem correndo em minha direção, segurando três gravetos maiores do que eu.

— Que tal esses?

Ele os coloca ao meu lado; um é muito curto, mas os outros dois são excelentes. Ele joga o mais curto de lado.

— Perfeito. Me ajuda a vasculhar as mochilas. Vamos ver o que temos para fazer a maca.

São apenas nossas roupas, mas estou tentando ganhar tempo. Podemos usar um saco de dormir, mas não sei como prendê-lo em dois dos gravetos para que não caia.

— A gente podia cortar algumas camisas em tiras, e amarrá-las nos gravetos, tipo uma escada — diz Andrew.

— Isso. Pode ser. — Ele tira uma camisa e levanta a manga; parece estar prestes a rasgá-la, mas então para.

— O quê?

— Estou pensando ... — Ele continua a olhar para a camisa, depois coloca a manga do avesso, para dentro do torso. — Que tal?

Ele faz o mesmo com outra. Depois, coloca a ponta de um dos gravetos no topo da manga. Ele puxa o graveto para baixo e para fora, pela parte inferior da camisa. Em seguida, repete o processo do outro lado, e segura os gravetos para cima, esticando a camisa. Parece uma pequena rede.

— Podemos colocar três camisas assim, e você deita nelas.

É estranho que eu me sinta orgulhoso dele?

— É perfeito.

Ele completa a maca e a coloca ao meu lado. Passamos de uns quinze a vinte minutos tentando me mover para cima dela, centímetro por centímetro. Não falo que eu provavelmente não deveria estar me movendo, e que se eu me esforçar demais, a atadura da ferida pode se soltar e posso sangrar até a morte.

Não quero preocupá-lo, mas toda vez que estremeço de dor, o medo aparece em seu rosto.

Ele pega a ponta da maca e começa a me puxar. No começo, parece que vou escorregar para fora. Cada buraco em que Andrew bate, cada vez que ele ajusta as mãos para não perder o controle, é uma agonia. Uma dor aguda e lancinante se espalha pela lateral do meu corpo e pela minha perna.

Ele continua perguntando se estou bem, e eu digo que sim do melhor jeito que consigo. No entanto, ele deve saber que estou mentindo. Me sinto tão inútil.

Quando a dor fica intensa demais, solto um suspiro ou gemido agudo, e ele diz que precisa fazer uma pausa.

Ele poderia continuar me arrastando para sempre, e não iria reclamar ou parar, não importa o quanto seus músculos queimassem. Ele só está parando por mim. Chegamos a uma estrada, e Andrew me puxa pelo asfalto. É um pouco mais suave que a floresta e consigo fechar os olhos e descansar.

O sol está se pondo quando chegamos ao quiosque da fazenda. É a hora mágica, e as nuvens acima de nós estão cor-de-rosa. Andrew me coloca no chão suavemente e dá alguns passos em direção à orla da floresta, à procura de algo.

— Você precisa ir — digo.

— Não fode.

Ele não fala com maldade; é mais uma resposta distraída.

— Andrew, só vai embora, para o Sul, eu te alcanço quando conseguir andar direito. Prometo.

Ele finalmente olha para mim. Parece que vai apontar minha mentira, mas não o faz. Não quero que ele se machuque.

— Eu não vou te deixar de novo.

— Você prec...

— Eu *não* vou te deixar.

Sua mandíbula está tensa, e seus olhos, furiosos.

— Você é teimoso para caralho.

— *Eu* sou teimoso? Foi você que...

— Vocês dois são teimosos e muito barulhentos.

É a voz de outra pessoa. Andrew se assusta e põe a mão na arma, mas não a saca. Ele relaxa ao reconhecer Cara saindo da estrada e pedalando em nossa direção com sua mochila estufada e cheia.

— Desculpa — diz Andrew.

Ela coloca o suporte da bicicleta e desliza a mochila para o chão ao meu lado.

— Que tal? — pergunta ela, estendendo sua aquisição.

Andrew olha para mim. Há compressas de gaze e bandagens, um litro de água, um frasco de álcool e alguns frascos de comprimidos.

— Onde você achou tudo isso? — pergunta Andrew.

— Tive que invadir casas. Algumas estavam vazias, outras... não estavam. — Tenho certeza de que ela quer dizer que viu corpos, não pessoas vivas. — Eu não tinha certeza do que vocês precisavam, mas sinto muito por ter demorado tanto.

— O que é isso aí? — Aponto para os comprimidos.

Ela olha na minha direção, mas não responde; em vez disso, os entrega a Andrew. Ele os inclina, para tentar lê-los na luz tênue.

— Opiáceos.

— Fantástico! — Estendo as mãos. — Me dê quatro.

— *Quatro?*

— Eu levei um tiro, Andrew!

Ele parece que vai discutir comigo, mas depois pega quatro e os entrega junto com a água. Engulo as pílulas de cavalo de uma só vez.

— Algum antibiótico?

Cara balança a cabeça.

— Teremos que encontrar mais tarde. — Isso se eu estiver vivo mais tarde. — Por enquanto, temos que limpar a ferida e trocar o curativo antes que escureça.

Essa parte vai ser uma merda.

— O que fazemos?

Aí é que são elas. Eu poderia ter uma hemorragia em segundos, e não quero morrer.

— Desamarre o jeans. Depois, eu posso… Posso desmaiar de dor e, se isso acontecer, apenas continue. Não pare, não importa o que eu fizer. Despeje a maior parte da água no ferimento, depois continue com o álcool. Coloque uma gaze estéril por cima e depois enrole com força

— Espere. — Cara coloca a mão dentro da mochila. — Eu encontrei isso.

Um kit de costura. Ah, Deus, não vai ser nada divertido. Quem diabos sabe se eu sequer estarei acordado para isso? Provavelmente não.

— Ótimo — digo. — Despeje álcool na linha e na agulha. Nas suas mãos também. Na verdade, desinfecta tudo primeiro. E passe a linha na agulha antes que o sol se ponha. Cara, você pode segurar a lanterna quando escurecer?

Ela não responde. Em vez disso, olha para o jeans ensanguentado amarrado na minha barriga e depois de volta para sua própria mochila. Ela concorda com a cabeça.

— Certo — diz Andrew. — Aqui vamos nós.

Ele se move lentamente, alcançando as pernas do jeans amarradas na minha cintura. Quero segurar sua mão coberta de álcool, mas sei que não posso. Ele tem que continuar para que possamos ter alguma esperança.

Ele puxa, mas o nó está úmido e apertado — o jeans encolheu. Toda vez que ele tenta desamarrá-lo, mais dor sobe pelo meu corpo. Estou suando e minha boca secou.

O nó finalmente começa a se soltar. Estou me sentindo tonto e enjoado.

— Andrew — consigo dizer.

Ele olha para mim e pergunta se estou bem. Não acho que esteja. Estou tão cansado, e a dor está passando. Estou ficando com frio. Acho que morrer é assim. Aquela buracada da estrada deve ter rompido algo dentro de mim.

Ele diz outra coisa, mas não entendo o que é.

— Eu te amo — digo.

E a escuridão me cerca mais uma vez.

ANDREW

A tempestade cessou há uma hora. Então, Cara e eu deixamos a biblioteca na qual nos abrigamos para explorar a cidade. Estamos em Delray Beach, Flórida, a pouco mais de três quartos do caminho até a costa. Por causa das bicicletas que encontramos em Vero Beach, podemos percorrer muito terreno de maneira muito mais rápida.

Estar com Cara ajuda. Ela verifica o mapa de manhã e sua memória fotográfica nos ajuda pelo restante do dia.

— Há uma farmácia na esquina, a cerca de um quilômetro e meio — diz ela para mim.

Ela diz isso com cuidado, como se eu fosse uma bomba; como se, caso falasse muito alto ou da maneira errada, eu fosse explodir. Porque, aparentemente, agora eu sou assim.

Não quero dizer o que estou pensando. Tenho sido muito negativo ultimamente e sinto que isso anda irritando Cara. Só que ela jamais falaria uma coisa dessas para mim.

Ainda assim, sei o que vai acontecer. Vamos chegar à farmácia, e ela estará vazia. Sem água, sem remédios, sem comida. As mercearias são todas iguais. Cheiram a mofo, a resíduos de animais e a alimentos perecíveis que foram deixados para apodrecer.

Quando chegamos à farmácia, vigio a entrada e deixo Cara entrar.

Ela volta de mãos vazias.

Não tive um momento sequer de esperança.

— Tudo bem — digo. — Vamos voltar.

Subimos nas bicicletas e voltamos por onde viemos. As ruas de Delray Beach estão tranquilas. No entanto, ainda mantenho meus olhos abertos para qualquer um que espie por trás das cortinas nas casas vazias. Fico atento a qualquer movimento.

Nos últimos cinquenta quilômetros, quase não havia suprimentos nas lojas que verificamos. Há alguém aqui. Ou pelo menos por perto.

Cara insiste que não pode ser Fort Caroline. Ela ainda não tinha feito uma rota tão distante para eles.

Descemos das bicicletas e as escondemos atrás de um arbusto bem cheio, na frente da biblioteca.

— Acho que devemos continuar em movimento — diz Cara.

Ela diz isso timidamente, mas de maneira mais séria do que das outras vezes.

— Também acho — digo.

— Vou conectar a carretinha na *bike*.

— Obrigado.

Ela se abaixa atrás da minha bicicleta e inicia o processo de conectar o carrinho de madeira e garantir que esteja seguro.

Entro na biblioteca pela porta dos fundos. Está úmida, mas cheira a poeira e a coisas velhas apesar da *vibe* meio cores pastel de 1989 daqui. As prateleiras estão cheias, e tudo mal parece ter sido tocado, ao contrário do resto da cidade.

Há uma tosse baixa e cortante vindo da seção infantil, que me dá uma pontada no coração. Prendo a respiração e espero que continue até se transformar num acesso ofegante, mas foram apenas duas tosses.

Deve significar uma melhora.

Né?

Jamie está deitado em um colchonete de espuma na frente dos livros ilustrados. Sua testa está coberta por uma camada de suor. Seu cabelo desgrenhado está molhado; apesar de estar tremendo, ele jogou de lado o cobertor que deixamos para ele.

Pego o cobertor e o puxo sobre ele, ficando de conchinha fora da coberta. É complicado, porque ele é maior do que eu; mesmo assim, ele ainda puxa meu braço contra o peito, com força. Beijo sua bochecha.

Nossa, ele está ardendo de febre.

— Não encontramos nada — digo. — Precisamos continuar andando.

Ele não responde de primeira. Chamo seu nome, e ele finalmente resmunga alguma coisa e tenta se sentar. Sua respiração é ofegante. Parece úmida.

Ajudo-o a levantar, e pego o cobertor e sua mochila. Tiro de dentro dela os dois últimos antibióticos do frasco laranja que encontramos em uma casa no caminho para cá. Não havia muitos, por isso tivemos que distribuir as dosagens. Porém, o que resta não está fazendo nada para retardar a infecção.

Quando trocamos os curativos, Jamie desmaiou de dor na hora, ou talvez pela perda de sangue. Eu fiz os pontos e pensei que tudo ficaria bem na manhã seguinte. Puxei-o na maca, enquanto Cara andava de bicicleta. Saímos do raio de busca de Fort Caroline e acampamos por alguns dias enquanto Jamie descansava, e Cara e eu procurávamos suprimentos.

Encontramos uma casa com um carro na entrada. Em seguida — depois de nos certificarmos de que estava vazia —, Cara e eu fizemos uma busca lá dentro. Encontrei um frasco de água oxigenada, compressas de gaze e quatro comprimidos de antibiótico. Cara encontrou as chaves do carro.

Os comprimidos duraram dois dias para Jamie. Cara e eu procuramos por mais, mas não encontramos. Por fim, colocamos Jamie no banco de trás do carro e amarramos a bicicleta de Cara no porta-malas. Em seguida, dirigimos, até encontrar uma pilha de carros queimados bloqueando as pistas para o Sul da 95, perto de Vero Beach.

Enquanto estávamos lá, encontrei a outra bicicleta e o carrinho para rebocar atrás dela que carinhosamente chamamos de carretinha do Jamie. Gostaria que fosse realmente uma carretinha. A ideia de Jamie sentado em uma dessas com óculos e de capacete é adorável.

Jamie disse que estava bom para viajar, por isso saímos.

A infecção na lateral de seu corpo começou há dois dias, nos arredores de Júpiter. Verificamos o hospital, que havia sido incendiado; tudo lá dentro havia sido destruído. Paramos em todas as farmácias e casas para procurar antibióticos; porém, só encontramos o frasco que está em minhas mãos. Havia nove comprimidos quando partimos para o sul de Júpiter.

Agora, há dois.

Entrego-os a Jamie, mas ele balança a cabeça.

— Devemos guardá-los.

— Não serão úteis se você estiver morto. Toma de uma vez. Vamos encontrar mais.

Só que não vamos achar coisa nenhuma. Sei que não iremos, e isso está me matando. Assim como esta infecção o está matando.

Relutantemente, ele pega os comprimidos da minha mão, e os toma com água. Cara está com tudo pronto quando saímos. Ajudo Jamie a subir no carrinho, e ele se aconchega com nossos suprimentos. Lentamente, puxa as pernas em direção a seu peito debilitado, estremecendo.

Olho para ele depois de pedalarmos por um tempo. Sua mandíbula está aberta, com baba escorrendo na mochila sob sua cabeça. Meu coração ainda dispara.

Ele não pode morrer.

— A que distância estamos de Islamorada? — pergunto a Cara.

— Três dias. Talvez quatro.

Tem sido nosso propósito durante tanto tempo. Só preciso chegar lá. A esperança de que a filha de Henri esteja viva e bem era tudo o que nos motivava antes. Agora, me desculpe, Henri, mas preciso ter esperança em outra coisa. Preciso que haja alguém vivo, bem e com suprimentos para ajudar Jamie. E, depois, eles teriam que ser diferentes das pessoas que conhecemos até agora.

— E se pedalássemos a noite inteira?

— Isso não seria uma boa ideia.

— E se pedalássemos mesmo assim?

Ela morde os lábios. Superior, depois inferior. Notei que ela faz isso quando está nervosa ou insegura. Ela morde o lábio superior com os dentes inferiores, depois o lábio inferior, com os superiores.

— Dois dias.

— Cara, ele está morrendo. — Ela não diz nada. — Estou pronto para pedalar por quarenta e oito horas, se for preciso.

Lábio superior, lábio inferior.

— Precisamos encontrar ajuda para ele.

— As casas no caminho...

— Os antibióticos não estão funcionando. Precisamos de alguém que possa ter saqueado um hospital.

Havia antibióticos na cabana. Por que foi que viemos até aqui? Começou comigo tentando fazer a coisa certa, mas para quê? Para que eu pudesse me sentir melhor por ter matado duas pessoas que também tentaram me matar?

Será que agora me sinto melhor?

— Pode haver hospitais no caminho.

— Tenho certeza de que sim, e vamos parar lá também. Mesmo assim, precisamos sair da estrada de vez para que Jamie possa realmente descansar. Temos que ir até lá.

Lábio superior, lábio inferior, repete.

— E se não houver ninguém lá?

— Cara — digo em tom de advertência.

— A gente devia colocar as lanternas na frente das bicicletas.

Fazemos exatamente isso, e quando o sol se põe, continuamos a pedalar noite adentro.

XXX

Minhas pernas estão queimando, minhas costas protestam em agonia e minha bunda parece que vai cair. Além disso, o sol nos castiga. Paramos três vezes desde que amanheceu e a cada parada fica mais difícil continuar.

Jamie acordou tempo suficiente para beber água, mas não saiu do carrinho para fazer xixi ou comer e simplesmente voltou a dormir.

Pergunto a Cara a que distância estamos, depois de passarmos por Homestead. No mapa parecia perto, mas ela diz que ainda faltam oitenta quilômetros. Nunca vamos conseguir.

Não. Preciso manter as esperanças. Tenho que acreditar no melhor cenário, porque qualquer coisa menos do que isso é...

Olho de volta para Jamie. Ele continua dormindo, e a mancha de suor na gola de sua camiseta está crescendo. Não posso perdê-lo.

Concentro-me em tudo por que Jamie e eu passamos, em vez da agonia ardente em minhas pernas e costas. Concentro-me nas lembranças de seu sorriso. Na forma como suas bochechas formam covinhas quando ele ri. Na sensação de quando ele segura minhas mãos.

— Andrew, olhe.

Cara me tira do meu torpor. Eu estava olhando direto para lá, mas é preciso a voz de Cara para me fazer percebê-lo: um grande portão corta a estrada à nossa frente. Desaceleramos, até parar.

O portão é de aço preto e tem três metros de altura. Ele atravessa a estrada inteira, e se conecta a uma cerca de aparência semelhante, que vai em ambas as direções nos dois lados; para a esquerda, até onde podemos ver, e para a direita, até o oceano.

— Será que dá para fazer a volta? — pergunto a Cara.

Ela para, apoia o suporte da bicicleta no chão e vai até a mochila que está aos pés de Jamie. Verifica o atlas rodoviário, virando-o, e inclinando-se para perto da página, movendo-se como um pássaro enquanto se concentra. Em seguida, a mordida do lábio.

— Não. Esta estrada leva a Key Largo e desce até Islamorada. Não há outra maneira de acessá-la, a menos que voltemos à SR-905A, e tentemos a ponte Card Sound.

Não é uma opção. Este é o fim da linha.

Apoio meu próprio suporte no chão e checo como Jamie está. Ele está ardendo. Puxo a barra de sua camisa para cima, para olhar para a ferida na lateral de seu corpo. Ficou pior.

Antes, estava só com pus e quente. Agora, virou vermelho brilhante ao redor do fio azul-marinho que usei para suturá-lo às pressas. A vermelhidão se espalhou em volta em ramificações finas. Veneno, procurando seu coração e seus órgãos. Ele está entrando em choque séptico, e isso significa que estará morto em algumas horas.

Não. Ele não está morrendo. Não posso perdê-lo.

Corro até o portão e puxo e empurro o mais forte que consigo. Grito e berro até sentir gosto de sangue. As correntes ao redor do portão seguram, mas eu chuto e chuto, tentando... não sei o quê.

Minhas pernas estão com raiva de mim por ter pedalado a noite inteira e se recusam a me segurar enquanto abuso delas ainda mais. Caio de joelhos e os ralo no asfalto. Olho para Jamie no carrinho, ainda dormindo. Ainda morrendo.

Cara está com as mãos sobre as orelhas e de costas para mim.

Merda. A Bomba Andrew explodiu.

— Desculpa, Cara.

Ela não vira. Provavelmente vai ficar assim por um tempo. A última vez que gritei de frustração — quando encontramos o hospital incendiado —, ela não se mexeu durante uma hora, embora eu ache que tenha mais a ver com o local incinerado do que com meus gritos. Ela respondeu de forma semelhante ao shopping center incendiado onde tentamos acampar. No entanto, agora não temos uma hora para ela se acalmar.

Tem que haver algo, qualquer coisa por aqui. Vou voltar e procurar em todas as casas de Homestead, procurando por alicates, se for preciso. Cara pode ficar aqui sozinha. Não vou deixar Jamie sobreviver ao vírus só para morrer por causa de uma porra de uma bactéria porque um bando de psicopatas atirou nele.

— Cara, vou voltar para Homestead. Você pode ficar aqui ou pode vir comigo.

— Pego o guidão e começo a virar a bicicleta, mas ela não está me ouvindo. Geralmente sou paciente com ela, mas não agora. Não consigo esconder o aborrecimento em minha voz. — Ei, estou indo. Você pode vir ou ficar aqui.

Seus olhos também estão fechados.

Quero gritar. Quero sacudi-la, gritar com ela e...

Um movimento atrai meus olhos para além dela. Atrás do portão.

Tem uma picape vindo.

Agora, minha voz está calma.

— Cara, olhe. Tem alguém lá.

O pensamento de que alguém vindo por trás dela ou a preocupação mais tranquila em minha voz a traz de volta. Ela abre os olhos; eles estão úmidos, com lágrimas que ameaçam cair, e meu coração se parte. Me arrependo de como falei com ela, mas não digo. Direi depois.

Se houver um depois. Largo a bicicleta e vou em direção ao portão com as mãos erguidas acima da cabeça. Estou desarmado, e eles precisam confiar em mim.

A picape para a cerca de três metros do portão. Um homem sai de trás do volante e caminha até a frente da caminhonete. O passageiro abre a porta da cabine e fica metade dentro, metade fora. Ele é alto e tem a pele marrom. Há um rifle pendurado em seu ombro, e ele mantém a mão na alça. O motorista fica com a mão na arma em seu quadril.

— Como podemos ajudar? — pergunta o motorista, um cara branco, de mais ou menos cinquenta anos.

Não sei o que dizer. Eu estava tão preparado para ser baleado ou para não encontrar nada além de mais cadáveres e lojas vazias que minha mente fica em branco. Cara também não fala nada, portanto deve estar pensando a mesma coisa ou então está nervosa com uma repetição de Fort Caroline.

O homem com o rifle pergunta algo em espanhol, mas os dois anos de espanhol que estudei no colégio não me ajudam em nada.

— Ah — digo. — Desculpa. Eu... Nós precisamos de ajuda. É o meu amigo.

O homem do rifle se move rapidamente e aponta a arma para nós. Eu me encolho, esperando que puxe o gatilho, mas ele não atira.

— Ele está doente? — Sua voz agora soa em pânico.

— S-sim — consigo dizer. — Mas não é o vírus. Juro. Ele foi baleado por... pessoas que queriam nos machucar. — Só Deus sabe como essa história é longa, mas nada disso importa agora. — A ferida infeccionou e ele pode estar em choque séptico. Ele está morrendo. Por favor, nos ajude. Vocês não precisam nos deixar entrar, só nos deem qualquer antibiótico que possa ajudar.

Os homens se olham. Não vão nos ajudar. Somos inúteis para eles; por que nos dariam algum remédio? É igualzinho ao que aconteceu com Walt em Fort Caroline. Jamie atirou nele, Fort Caroline lhe recusou os remédios e deixou a infecção matá-lo.

É carma, mas Jamie não merece. O carma pegou a pessoa errada. Jamie não fez nada além de me amar e me salvar, e eu não posso salvá-lo.

— Por favor — digo. Lágrimas brotam em meus olhos, e tudo fica embaçado. — Vou trabalhar, custe o que custar, minha vida inteira, se for preciso. Mas, por favor, ajude-o. Eu não posso perdê-lo também.

Só que não vão ajudar coisa nenhuma. Eles parecem prestes a dizer: "Obrigado por sua inscrição e, embora suas habilidades sejam impressionantes, lamentamos informá-lo..."

— Ajudem nosso amigo. — A voz de Cara me surpreende. — Ele não é mau. Nenhum de nós é. Vocês têm que ajudá-lo.

O homem com o rifle entrega a arma ao motorista e dá um passo hesitante à frente. O motorista diz:

— Eddie. Tem certeza?

Ele dá de ombros.

— Quem é que tem certeza de alguma coisa hoje em dia, cara?

Em seguida, Eddie pega um conjunto de três chaves. Usa uma para destrancar o cadeado e abrir a corrente ao redor do portão, depois o abre.

— Deixa eu dar uma olhada no seu amigo.

Eu o levo até o carrinho e lhe mostro a ferida. Eddie respira fundo por entre os dentes.

— Certo, pegue suas coisas e me ajude a levá-lo para a traseira da caminhonete. Deixem as bicicletas por enquanto, depois a gente volta para pegá-las.

Faço o que ele diz e coloco minhas mãos sob as axilas de Jamie. Ele está ardendo. Ele geme quando Eddie levanta suas pernas e eu pego seu torso.

— A irmã da Holly voltou da guerra — murmura Jamie.

— Como é que é? — pergunta Eddie com um grunhido, enquanto caminha até a picape.

— Ele está delirando. — Jamie me contou sobre choque séptico quando a febre começou. Febre, taquicardia e respiração acelerada. O delírio vem em seguida, depois, falência de órgãos e morte. — Precisamos de antibióticos, rápido. Por favor, me diz que você os tem.

Ele não responde, o que me deixa nervoso. O motorista passa por nós e tranca o portão novamente.

A porta traseira da picape está abaixada. Cara estende o cobertor, e colocamos Jamie ali. Em seguida, Cara e eu entramos. O motorista manobra rapidamente e depois aceleramos pelo caminho de onde ele veio.

Olho para baixo e vejo os olhos de Jamie me encarando.

— Holly quer que a gente volte para casa — diz ele. — Estou com saudade dela.

— Eu também — digo. Não faço ideia de quem é Holly. — É só ficar aqui comigo que depois a gente vai ver Holly.

— É o que eu quero.

— Você vai ficar bem, e aí a gente vai lá ver Holly, tá bom?

Jamie choraminga algo e fecha os olhos.

— Jamie! — grito. Coloco as mãos em seu pescoço quente. Não consigo sentir o pulso, a picape balança demais. — Jamie, por favor.

Ele não responde. Ele não abre os olhos.

JAMISON

Nunca deveríamos ter saído da cabana. É o único pensamento que tenho entre os sonos sem sonhos. Quando abro os olhos, parece que dormi por anos. Fort Caroline nos alcançou. Porém, se isso fosse verdade, eles não estariam me mantendo vivo. Já deveriam ter nos matado. O sol da manhã se infiltra pela janela à minha direita. As luzes acima de mim estão apagadas. O quarto cheira a álcool, antisséptico e alvejante.

Andrew está ali.

Em uma cadeira à minha esquerda, encolhido, com os joelhos no peito e a cabeça pendendo para o lado. Não tem como ser confortável. Seu braço está na minha direção e sua mão segura a minha. Eu a aperto levemente, e ele se mexe antes de virar a cabeça e soltar um ronco.

Meu coração acelera e solto um suspiro trêmulo. Olho ao redor; estamos em um quarto de hospital com teto rebaixado e piso de linóleo. Há um pequeno curativo colado na dobra do meu cotovelo. Puxo para baixo o cobertor dobrado sobre meu peito. Estou usando uma bata de hospital e há um novo curativo onde fui baleado. Puxo-o de lado, e olho para a ferida. Está rosa e enrugada, e os pontos foram cortados, mas o pus e a vermelhidão desapareceram. Cutuco-a com a mão livre. Há cola mantendo a pele unida, em vez de pontos.

A porta do hospital se abre, rangendo.

Cara.

Seus olhos se arregalam; em seguida, ela desvia o olhar.

— Você acordou.

— Estou *vivo*. — É uma surpresa para mim, então só posso imaginar que deve ser para ela. — Onde estamos?

— Ao sul de Key Largo.

Key Largo. Apenas um pouco mais até Islamorada. Uns trinta, quarenta minutos, talvez? Vinte, se não houver trânsito. Isso me faz rir.

— Há quanto tempo estamos aqui?

— Quatro dias. Eles te deram antibióticos de amplo espectro e soro, e você começou a melhorar, mas os analgésicos te mantiveram desmaiado. Como está se sentindo?

— Incrível.

E é verdade. A lateral do meu corpo dói para cacete, parece que fiz oitenta e cinco milhões de abdominais em três minutos e estou *morrendo de fome*. Mas estou vivo.

Andrew continua dormindo. Ele consegue dormir em qualquer situação, né?

— Cara — digo. — Pode me ajudar a levantar?

— Acho melhor eu chamar uma enfermeira.

Uma *enfermeira*. Quero esclarecimentos sobre isso, mas me sinto claustro-fóbico aqui. O ar é seco e quente, e eu só preciso sair desta cama.

— Tá bom, mas primeiro me ajude a levantar.

Puxo as pernas para fora dos lençóis dobrados, e seguro um travesseiro con-tra a barriga para me apoiar enquanto me inclino para frente. Beijo a mão de Andrew e a coloco de volta na cama.

Cara me ajuda a ir até a janela, e dou um suspiro. Há uma bela praia de areia branca em frente ao estacionamento vazio. Como um hospital conseguiu vistas à beira-mar?

— Essas pessoas são boas? — pergunto, mas sei a resposta.

Só podem ser, se me colocaram em um quarto de hospital. E também são mais preparadas do que Fort Caroline, se têm antibióticos de amplo espectro que estão dispostas a desperdiçar com estranhos que não fizeram nada por eles.

— São.

— Preciso que me faça um favor — digo. — Me leva até aquela praia.

— A gente devia acordar o Andrew.

— Não — digo. Me viro para Andrew. Ele parece tão adorável, mas tam-bém está com cara de que não dorme há meses. — Deixa ele dormir. E você pode me dar um roupão, para que minha bunda não fique aparecendo na parte de trás desta bata?

Cara fica vermelha.

O hospital não tem funcionários como um hospital normal; nem vemos ninguém enquanto vamos até o estacionamento. Pela posição do sol, posso dizer que é de manhã, mas o asfalto já está quente — dá para sentir através dos chine-los que Cara me deu.

Cada passo que dou puxa os músculos ao redor da minha ferida; meus pas-sos são curtos e lentos. Levamos quinze minutos para chegar à areia, e já estou suando. Ainda assim, a brisa salgada do oceano vale a pena. Tiro os chinelos e sinto a areia quente entre os dedos.

— Vou te deixar em paz — diz Cara.

— Obrigado, Cara.

Ela me deixa, e eu respiro fundo o ar salgado. Sei que ela vai acordar Andrew. Quero ouvir a voz dele, mas precisava sair do hospital. Estar em um prédio depois de viajar na estrada por tanto tempo parecia estranho, antinatural. Dou um passo para dentro da água. As ondas puxam a areia dos meus pés e eu afundo lentamente. Essa sensação é melhor.

Achei que chegar até aqui seria um alívio, mas agora não tenho tanta certeza. Sim, com certeza é um alívio não ter morrido. No entanto, o vazio do hospital me lembra o de Fort Caroline, apesar de o povo daqui ser mais generoso com seus suprimentos. O mundo mudou — mesmo que pessoas como as de Fort Caroline desejem tanto que volte a ser o que era. As pessoas daqui também. Podem até ser mais legais, mas continuam tentando recuperar o que lhes foi tirado quando o mundo acabou.

A maré está apenas começando a subir. Afundo cada vez mais na areia enquanto as ondas batem contra meus tornozelos.

Os braços de Andrew me envolvem, evitando cuidadosamente meu ferimento, e ele coloca a cabeça em meus ombros.

— Esta é a primeira vez que eu fico mais alto que você — sussurra ele em meu ouvido. — Quem é Holly?

Meu estômago revira. Como ele sabe da Holly? Tento pensar se alguma vez eu a mostrei na cabana, mas não consigo me lembrar.

— Como você sabe sobre Holly? — pergunto.

— Você murmurou sobre ela quando estava delirando. Dizendo que sentia falta dela. É alguém de quem devo ter ciúmes?

Franzo a testa.

— Sim. Holly e eu temos um amor especial que você nunca entenderia. — Viro, apenas para ver o olhar em seu rosto. Sorrio e dou-lhe um beijo no cantinho da boca. — Holly é um gnomo de jardim que comprei para o Dia das Mães quando tinha dez anos. Ela está sentada na frente da cabana, em um pequeno cogumelo e tem uma ovelha no colo. Não sei como você não a viu quando *invadiu*.

Andrew ri, como eu sabia que faria.

— Não sabia que ela tinha um nome. Eu só disse "tchau, gnomo" quando saí.

— Ah, então Holly era boa o suficiente para um adeus, mas tudo o que recebi foi um bilhete? — Ele me abraça novamente, enquanto voltamos nossa atenção para o oceano e ficamos em silêncio durante um tempo. — E se a gente parar por aqui? — pergunto.

— Mas já chegamos até aqui.

— Mas e se ela tiver morrido? A Amy, no caso. E se perguntarmos por aí e descobrirmos que ela morreu e que tudo isso foi em vão. Fui baleado e...

— Para com isso, Jaime. Você está vivo. Estamos aqui. Se ela não estiver, voltamos. Levamos Cara conosco, se ela quiser, e voltamos, e podemos dar a

Henri um ponto final. Vemos se ela quer fazer uma viagem um pouco mais curta. Depois, nós quatro nos escondemos no meio do nada e evitamos toda a confusão do mundo enquanto pudermos.

— A cabana está ficando muito cheia.

— Precisa de uma ampliação e certa melhoria mesmo.

Rio, sabendo muito bem que eu iria deixá-los ficar, mesmo sem uma ampliação.

— Tudo bem. Mas e se ela estiver aqui?

Ele não responde de primeira.

—- Acho que talvez esteja.

Viro e estremeço quando os músculos ao redor do meu torso se esticam. Puxo meus pés para fora da areia, fico mais alto do que ele e me viro completamente.

— Como assim?

— Enquanto você estava apagado, perguntei a uma das enfermeiras se ela conhecia a livraria Esconderijo de Henri e a proprietária.

— Não vai me dizer que o pessoal daqui tem uma livraria aberta também.

— Claro que não. Enfim, este assentamento vai de Key Largo a Islamorada e segue até Key West. Tem muita gente aqui.

— Uma agulha em um palheiro do tamanho da Flórida, então.

Devo dizer que estou decepcionado. Sempre foi um tiro no escuro, mas eu meio que esperava que tropeçássemos nela, como tropeçamos em sua mãe.

— Não, Jaime. O assentamento é enorme, mas eles têm um censo. Houve um influxo de pessoas no ano passado, mas eles conhecem todos que passam por aquele portão. Até nossos nomes estão registrados agora.

Prendo minha respiração.

— Se for a Amy certa, ela está aqui. Ainda em Islamorada.

Estou tonto de emoção.

— Você foi vê-la?

Ele ri.

— Não. Eu estava esperando por você, seu bobo.

Quero dançar. Mas, já que levei um tiro, me contento com um beijo profundo e longo.

É incrível. Até que Andrew diz:

— Você está com um bafo de hospital péssimo.

Fico mortificado. Ele ri e me beija mesmo assim.

xxx

Me deixam sair do hospital dois dias depois com comprimidos de antibiótico para uma semana. Estamos na traseira da picape de um cara chamado Dave há mais ou menos um minuto quando vejo outra pessoa. Um homem na beira da estrada com um rifle. Ele acena para os dois sujeitos na frente da picape, que acenam de volta. Depois de cerca de oitocentos metros de estrada, vejo novamente a praia, à nossa direita.

Algumas casas têm painéis solares nos telhados. Olho para a praia e vejo uma grande estrutura parecida com uma estufa que se estende até a água.

Andrew bate na traseira da janela da picape. O centro da janela se abre e ele aponta para a praia.

— O que é aquilo?

— Casa de dessalinização — grita de volta Eddie, o passageiro. — Cavamos uma pequena piscina para que, quando a maré suba, ela a encha, e possamos coletar a água sem sal da condensação. Há uma a cada poucos quilômetros. Não são as coisas mais bonitas, mas são fáceis de reconstruir se caírem. É só até os engenheiros descobrirem como reiniciar a estação de tratamento de água e o encanamento.

Engenheiros. Estação de tratamento de água. Encanamento.

Então mais gente aparece. Crianças, adolescentes, adultos. Começo a contar e me perco por volta dos sessenta, quando passamos por um grupo de crianças entre três e dez anos em um *playground* à minha esquerda.

Assisto-os brincar, e minha visão fica embaçada com as lágrimas. Abro a boca para perguntar quando foi a última infecção da supergripe, mas não consigo nem dizer as palavras. Não quero mais saber. Tantas pessoas; ou são todas imunes, ou a supergripe se extinguiu.

Finalmente, desvio o olhar e encontro o de Andrew. Ele está tão emocionado quanto eu. *Existem* pessoas aqui. Pessoas *diferentes*. Vemos até alguns que devem ter quase oitenta anos. Olho nos olhos de uma mulher mais velha, usando chapéu de palha, enquanto ela ergue o olhar de um jardim. Só que não é um jardim; parece mais uma fazenda de colheita, em miniatura. Ela sorri e acena para nós. Andrew e eu acenamos de volta.

Cara, pelo visto, está simplesmente absorvendo tudo, mas seu rosto parece mais tranquilo do que nunca.

Tudo isso é muito diferente de Fort Caroline. Todos que vemos parecem ter um propósito real. Eles não estão esvaziando prédios, um por um, ou fazendo tarefas repetitivas para mostrar seu valor. Aqui, não preciso contar.

Depois de mais alguns quilômetros, e muito mais gente, paramos em frente a uma grande casa de praia cor-de-rosa. Dave se vira e diz pela janela:

— Esperem aqui.

Ele bate na porta da frente da casa, e eu viro para ver a comunidade ao meu redor. As pessoas estão saindo das casas, e andando pela rua, para olhar para nós. Não parecem assustadas; talvez nervosas ou apreensivas. A porta da casa se abre, e o motorista fala em voz baixa com a mulher que está parada ali. Ela tem longos cabelos castanhos descendo pelos ombros. Quando olha para nós, com seu rosto franzido em perplexidade, meu coração salta no peito.

— Puta merda — diz Andrew, embora soe mais como um suspiro de incredulidade.

É ela. A única foto que vimos de Amy foi quando ela era uma adolescente desajeitada. Agora, com trinta e poucos anos, ela se parece com Henri em sua foto de casamento.

Andrew se levanta e desce da traseira da picape.

— Andrew, espera — sussurro.

Olho ao redor, esperando que as pessoas apontem armas para ele, mas ninguém se move. Amy abre a porta um pouco mais.

— Vocês disseram que conhecem minha mãe? — grita ela.

Nós concordamos com a cabeça. Ela parece insegura, então olha para a multidão que se formou do outro lado da rua e franze a testa. Quando olha de volta para nós, abre mais a porta.

— Entrem.

Andrew, Cara e Eddie me ajudam a descer da caçamba da picape. Dave e Eddie voltam para a caminhonete, e Amy dá um passo para o lado para que entremos em sua casa. Passamos pelo vestíbulo com paredes em forma de arco, indo em direção à cozinha. As janelas têm vista para um deck, para a praia e para uma doca com um pequeno barco a remo.

— Posso pegar uma água para vocês? — pergunta ela.

— Seria ótimo — diz Andrew.

— Eu aceito, obrigado — digo.

Cara agradece silenciosamente. No entanto, seus olhos estão mais focados nas janelas com vista para a praia.

Amy vai até a geladeira e a abre. A luz interna acende, e meus olhos se arregalam. Olho para o fogão elétrico e para o micro-ondas acima dele. Ambos mostram o horário, em verde. Enquanto Amy nos entrega os copos de água, ela segue meu olhar até o fogão e ri.

— Você não tem ideia de como todo mundo ficou empolgado quando recuperamos a eletricidade. Ela vem de painéis solares e de um pouco de energia eólica. Muita gente na Key já os tinha, mas o restante nós trouxemos das lojas de ferragens quando a energia acabou.

Tomo um gole do meu copo; tem um gosto melhor do que qualquer água fervida que tomei desde que saímos da cabana.

— Bom... — diz Andrew, colocando seu copo na ilha de granito. — Não quero ser grosseiro...

— Ah, não — murmura Cara, assim que digo o nome dele em tom de advertência.

Ele continua, levantando as mãos em defesa.

— Não, é que... quem virou a chave aqui? Vocês estão muito bem preparados e, pela nossa experiência até agora, de um jeito super...

Ele está tentando encontrar uma maneira delicada de dizer isso, mas Amy o ajuda.

— Progressista?

— Pois é. Quer dizer, isso ainda é a Flórida, certo?

Ela sorri e se apoia no balcão.

— Sim, e ainda há alguns floridianos misturados, mas a maioria dessas pessoas é de outros lugares.

— Como todos vieram para cá? — pergunta Cara.

— Você tentou a antiga rota SR-905 para cá? — pergunta Amy.

— Pegamos a Rota 1. Estávamos prestes a voltar para a 905, mas os homens na picape apareceram.

Andrew me lança um olhar de surpresa ao ver como a timidez de Cara desapareceu.

— E vocês teriam perdido tempo — diz Amy. — Há uma ponte lá...

— Card Sound — acrescenta Cara, de maneira prestativa.

— Isso mesmo. Bom, devo dizer que *havia* uma ponte lá. Nós a destruímos.

— Por quê? — pergunta Andrew.

Cara nos auxilia mais uma vez.

— Uma estrada para entrar, uma estrada para sair.

Amy sorri.

— Estamos cercados de água, por todos os lados. Quando demolimos a ponte, a Rota 1 se tornou a única estrada que precisaríamos proteger. Aparentemente, havia algumas pessoas no país que pensaram o mesmo. Um cara chamado Jarrod andou até aqui, vindo de Seattle, e pegou cerca de cinquenta outras pessoas ao longo do caminho. Uma romancista de New Hampshire tinha uma casa aqui, para passar o inverno. Por isso, ela veio, e trouxe um punhado de gente. Vocês conhecem Daphne De Silva?

Andrew e eu balançamos a cabeça, mas vejo os olhos de Cara piscarem em reconhecimento. Mesmo assim, ela continua quieta.

— Enfim — continua Amy —, alguns outros do Texas, da Califórnia, de Illinois. E todos chegaram com um pequeno grupo que encontravam na estrada. Há um antigo apresentador de *podcast*, que está aqui, e diz que é uma coisa real esse negócio de várias pessoas terem a mesma ideia ao mesmo tempo, mas vai saber, né? Pode ser só papo furado. Lâmpadas, telefones, toca-discos. Aparentemente, todos inventados simultaneamente por mentes diferentes. Descoberta múltipla? Concepção múltipla? Algo assim.

A questão é: cada uma dessas pessoas veio para cá porque pensou que seria seguro e isolado.

As coisas que minha mãe e eu esperávamos, quando fomos para a cabana.

— Quantas pessoas há aqui agora? — pergunto.

— Umas duas mil e quinhentas. Mais ou menos. Trouxemos alguns durante as buscas de suprimentos.

Duas mil e quinhentas pessoas. Isso não é tão isolado. Este pode ser o maior assentamento dos Estados Unidos. Pelo menos na costa leste, pelo que Andrew e eu vimos.

— Então, minha mãe...

Ela está nervosa. Provavelmente estava pensando que Henri havia morrido muito tempo atrás. Será que ela já pensou em ir para o Norte para conferir com os próprios olhos?

— Estávamos viajando por Bethesda, e Henri nos parou. Ela fez jantar para a gente e nos deixou passar a noite. Falou de você.

Contar essa história em voz alta faz tudo isso parecer um sonho.

— Ela pediu para vocês virem aqui?

Ela parece prestes a chorar.

Andrew fala primeiro.

— Não, foi uma escolha nossa. Perguntamos se ela queria vir junto, mas ela disse que estava velha demais para a viagem. Mas, se você quer saber, ela estava se virando muito bem sozinha.

Amy dá uma risada alta e tapa a boca com a mão.

Andrew e eu sorrimos.

— Ela nos ajudou, e pensei que poderíamos recompensá-la avisando que ela ainda está viva.

Ela concorda, com a mão ainda cobrindo a boca.

— E... — Enfio a mão no bolso de trás e tiro o canivete multiúso com o entalhe. Os olhos de Amy se arregalam. — Eu queria te dar isso. Ela disse que era do seu pai, e que já não tinha mais utilidade, mas achamos que você poderia querer mantê-lo na família.

Lágrimas caem de seus olhos; por um momento, acho que fizemos a coisa errada. Talvez fosse melhor quando ela pensava que sua mãe estava morta. Agora, ela sabe que sua mãe está viva e a mil e seiscentos quilômetros de distância.

Em seguida, ela me puxa para um abraço e me aperta. Seguro um gemido, quando a dor explode na lateral do meu corpo. Contudo, é apenas por um momento. Ela estende a mão e também agarra Andrew no abraço. Cara dá um passo para trás, para evitar ser puxada também, mas posso ver um leve sorriso e seus olhos úmidos.

— Obrigada — ela consegue sussurrar.

Quando nos solta, ela ri, enxuga os olhos e pega o canivete das minhas mãos ainda estendidas.

Ela abre a faca, depois a fecha, abre o alicate e vai percorrendo cada recurso enquanto fala.

— Meu irmão, Tommy, e eu costumávamos ajudar meu pai a consertar uma picape velha que tínhamos antes de nos mudarmos para Bethesda. Meu pai tinha uma caixa de ferramentas *enorme*, aquela merda devia pesar uns quarenta quilos, e fazia Tommy e eu levá-la para a garagem para ele. Só que ele nunca usava nenhuma das ferramentas de lá. Só enfiava a mão no bolso, tirava isso e depois nos mandava pegar uma chave de soquete em casa. Tipo, por que é que a chave de soquete não ficava *dentro* da caixa de ferramentas? Depois que ele morreu, procurei isso por toda parte, mas não conseguimos encontrar.

Ela enxuga uma lágrima, e ri.

— Desculpem. Vocês aparecem com boas notícias, e eu fico me debulhando em lágrimas. Vocês vieram de Bethesda? É um caminho muito longo.

Não a corrijo quando ela diz que viemos de muito longe, e concordo com a cabeça, tentando não chorar. Andrew, no entanto, não consegue evitar; rios de lágrimas escorrem por suas bochechas. Ele ri, e ela o puxa para outro abraço.

Um choro alto ecoa de dentro da casa, e Andrew se afasta de Amy, assustado. Ela olha através do arco para o vestíbulo, onde ficam os degraus para o segundo andar.

— Ah, droga. Ela acordou. — Ela olha para nós. — Vocês me dão licença rapidinho? Já volto.

Quando Amy desce as escadas, há um bebê em seus braços. Ela vem até mim, sorrindo.

— Esta é a única Henrietta que eu pensei que tinha sobrado.

A bebê Henri olha para nós com os mesmos olhos que sua mãe e sua avó têm.

Andrew dá um passo à frente e olha com admiração.

— Olá, bebê Henri.

Ela parece a coisa mais maravilhosa do mundo. Quero estender minha mão para ela, mas sei que se deve lavar as mãos antes, e vai saber como Eddie e Dave mantêm a limpeza da traseira de sua picape.

— Todos os bebês nascidos no ano passado são imunes à supergripe. Eles ficam resfriados e fungando, mas nada muito grave. Eu estava muito preocupada em ter o bebê e ela adoecer nas primeiras semanas. Mas ela ficou bem. — Sua voz muda para um tom alto e feliz. — Sim, você é guerreirinha, né?

— Ela é linda — diz Andrew.

Amy sorri.

— É mesmo. E agora, graças a vocês, ela pode conhecer a avó, um dia.

— Você acha que vai até Bethesda? — pergunta Andrew. — Vocês têm uma estrutura muito boa por aqui.

Interrompo.

— Pode ser difícil convencê-la a viajar para cá.

— Não se ela não precisar vir andando até aqui — diz Amy, e seu sorriso cresce. Abro a porta, e ela sai para o deck, olhando para o oeste ao longo da praia. Ela aponta. — Está vendo aquilo ali?

Cerca de oitocentos metros abaixo, há uma marina. Seis grandes veleiros estão ancorados na entrada, e outro navio maior está ancorado mais longe da costa.

— Estamos navegando pela costa desde março, em busca de suprimentos. Porém, o lugar mais distante ao Norte a que chegamos foi apenas o sul da Virgínia. Na verdade, estamos administrando o Golfo, desde novembro do ano passado. Também temos uma pequena rota comercial com uma minicomunidade de Cuba.

Sinto meu abdômen flutuar de ansiedade — e de dor. Eu me pergunto se eles conheceram Fort Caroline. Eles parecem estar viajando pelas mesmas rotas, saqueando as mesmas áreas. Eventualmente, talvez comecem a negociar com eles.

— Fim do embargo — diz Andrew.

Amy ri, enquanto a bebê Henri mexe os bracinhos.

— Se quiserem ficar por aqui, talvez possamos enviar vocês e alguns outros para o Norte, para buscar minha mãe? Eles estão sugerindo que esperemos até que a temporada de furacões termine para sair em cruzeiros prolongados. Mas também tivemos sorte com isso este ano.

Ficar? Eles nos convidaram para entrar; me deram antibióticos e me deixaram descansar em seu hospital.

— Como você sabe que é seguro nos ter por perto?

— Por que não seria? — pergunta ela. — Vocês já mataram alguém, por acaso?

Ela quis dizer isso como uma piada, mas Andrew e eu trocamos um olhar que faz seu sorriso sumir. Em seguida, ela meneia a cabeça, como se entendesse.

— Vocês tiveram um motivo? Não, que jeito horrível de fazer essa pergunta. Não sei se há um jeito bom de fazer essa pergunta.

Olho nos olhos de Andrew e sei que eu teria matado Harvey de novo, se precisasse. Não sei que tipo de pessoa isso me torna ou que tipo de pessoa isso torna Andrew por me amar. Não respondo, mas Andrew, sim, e ele não desvia o olhar de mim nem por um instante.

— Fazemos o que temos que fazer para sobreviver.

Algo no meu peito dói quando ele diz isso, porque sei que não é aos Foster que ele está se referindo. Ele ainda carrega essa culpa, mesmo depois de toda essa jornada. Mesmo depois de cumprir a missão pela qual partimos de Alexandria.

Quero puxá-lo para perto, abraçá-lo e dizer que o amo. Quero tirar toda essa dor dele. Se eu precisasse levar um tiro uma vez por semana, só para acabar com essa dor, eu levaria.

— Vocês me perdoem, mas isso não me dá muita confiança — diz Amy.

Com o canto do olho, posso ver Cara ficando desconfortável. É como se ela quisesse ajudar — ela sabe que somos bons —, mas talvez ela também saiba que nós mesmos é que precisamos dizer a verdade.

— Provavelmente não temos uma boa resposta para você — digo. É verdade. Não há uma maneira certa de Amy fazer a pergunta e não há uma resposta certa para respondermos. Todo mundo é diferente agora, porque o mundo é diferente. — Eles iam nos machucar. Portanto, a gente os impediu antes.

— Um de nós ainda se machucou. E quase morreu. — Andrew está olhando para meu braço em volta da barriga, protegendo os músculos abdominais.

Amy olha de volta para Henrietta em seus braços.

— Você diria que é mais feliz por isso? Com essas pessoas fora do mundo?

Eu deveria estar feliz, porque salvei Andrew. Eles certamente teriam matado nós dois, mas isso não mudou nada. Isso piorou as coisas e, mesmo depois de escaparmos, ainda estamos lidando com as consequências. É como se algo dentro de mim fosse levado, como se tivesse sido tirado de nós dois.

— Não — digo.

— Então acho que vocês são confiáveis. Vieram até aqui para me dizer que minha mãe continua viva. Não vão ganhar nada com isso, mas vieram mesmo assim. E vieram sem nem mesmo saber se eu tinha sobrevivido. Acho que, se há uma coisa que o novo mundo precisa, é de gente como vocês. — Ela observa meu rosto e avalia minha reação. — E então, o que me dizem? Querem ficar um pouco e depois fazer uma viagem de barco?

Andrew fala por nós.

— Parece mesmo um ótimo plano.

— Fantástico. Teremos que instalar vocês em uma casa. Pode ser com algumas outras pessoas, mas não é como se fosse uma casa de fraternidade de faculdade. Farei com que Dave venha mais tarde. E, quando estiver tudo resolvido, podemos trazer algumas tripulações de barco e conversar sobre rotas e cronogramas.

Cara fala, talvez um pouco ansiosa demais.

— Posso ajudar com isso.

— Perfeito. Então está resolvido. Agora, porém, está na hora reabastecer a máquina de cocô aqui. — Ela acena para Henri II. — Vocês ficarão bem sozinhos, por alguns minutos?

Olho para o oceano e para os veleiros e sorrio.

— Acho que sim.

Quando ela entra, eu me viro para o oceano azul. Andrew pega minha mão e coloca a cabeça no meu ombro. Beijo sua testa. Cara me dá um sorriso, por cima da cabeça de Andrew. Pequenas ondas batem contra as estacas cobertas de cracas no cais à nossa frente.

Quando ficamos em silêncio, juntos, por quase um minuto, sinto algo no peito. Como se fosse mais fácil respirar. Inspiro profundamente o ar salgado. É a sensação de alívio.

Finalmente conseguimos; depois de tudo, estamos aqui.

No entanto, antes que eu possa ficar muito animado, me lembro de tudo que nos trouxe até aqui e meus ombros afundam. Meus olhos ardem com lágrimas; de repente, um soluço percorre meu peito. Coloco a mão na boca, tentando abafar o som, mas não consigo. Andrew e Cara se voltam para mim, e, por um momento, fico envergonhado. Não quero explicar a mistura de alívio, amor e tristeza que sinto ao mesmo tempo.

Porém, quando olho para eles, sei que não preciso.

Nenhum dos dois tem um olhar curioso no rosto. E, como se não bastasse, ambos parecem entender. Andrew se aproxima e segura meu rosto com as mãos. Fecho os olhos e deixo as lágrimas caírem enquanto encosto minha testa na dele.

— Está tudo bem — sussurra ele. Sua voz está pouco acima do som das ondas. — A gente vai ficar bem.

Quando ele me beija, meu peito fica mais leve novamente, como se ele estivesse removendo um pouco da minha tristeza, me passando um pouco do seu amor. Distribuindo de maneira uniforme, assim como fizemos com os suprimentos em nossas mochilas, durante essa jornada. E eu me lembro daqueles primeiros dias fora da cabana, quando ele estava mancando, e eu carregava mais coisas. Ou quando eu estava ferido, e ele carregava tudo. Foi assim que sobrevivemos juntos.

Concordo enquanto Andrew se afasta, ainda segurando meu rosto com as mãos.

— A gente vai ficar bem — repito para ele.

Se as coisas ficarem difíceis de novo, eu vou carregá-lo. E ele vai me carregar. E vamos ficar bem.

EPÍLOGO

O SOL JÁ ESTÁ SE PONDO, MAS ELE ainda não está em casa. Abro a porta dos fundos e olho para o oceano. Lá está ele, novamente no final do cais. Fecho a porta ao sair e começo a caminhar até a praia. Chamo seu nome, mas ele não me ouve com o barulho das ondas.

Ele tem feito muito isso ultimamente. Como se estivesse aqui, tentando saborear o momento: o cheiro do ar salgado, o som da água contra as estacas, as nuvens arroxeadas no céu. Para memorizar e guardar para sempre. Porque pode não ser nosso para sempre.

Hoje é dia catorze de outubro, e a temporada de furacões permaneceu amena; portanto, provavelmente poderíamos ter saído semanas atrás. As águas estão ficando mais frias, o que alguns *nerds* do clima dizem que significa menos chance de tempestades.

Devemos sair para buscar Henri em mais ou menos duas semanas. Nós dois, Cara e um grupo de mais quatro pessoas. Já nos levaram para uma volta e nos deram algumas aulas de como velejar. Cara é um talento nato, exceto por toda a questão do enjoo.

Coloco minhas mãos em sua cintura, e ele se assusta.

— Você ainda está aqui — sussurro em seu ouvido e o beijo atrás da orelha. — Você vai entrar?

— Daqui a pouco.

Não o solto e fico apenas sentindo seu corpo quente contra o meu no vento frio de outono que sopra do oceano.

— A gente não precisa voltar — digo.

Conversamos muito sobre isso durante os últimos meses. Sussurramos na cama que compartilhamos à noite. Ele diz que pode ser melhor assim. Ambos aprendemos que podemos sobreviver sem essa comunidade. E nossa presença aqui pode se tornar um problema, mais cedo ou mais tarde. O mundo ficou tão pequeno, que é apenas uma questão de tempo até que a comunicação comece entre os assentamentos de sobreviventes que estão surgindo. Incluindo Fort Caroline.

Foi bom o que compartilhamos na cabana. Só nós dois.

É muito mais difícil viver neste novo mundo. Afinal, os mansos não herdaram a terra. Aquelas pessoas que lutam pelo poder, independentemente de quem saia ferido no processo, continuam por aí. E, como se não bastasse, estão trabalhando mais do que nunca.

Às vezes acho que ele está certo. Devíamos ir para o Norte, trazer Henri de barco para reencontrar a filha e depois ir embora. Sempre haverá pessoas como as de Fort Caroline.

Outras vezes, porém...

— Eu sei — diz ele. Ele se vira e me puxa para perto. O suéter tem seu cheiro, o que faz me aquecer ainda mais. — Gosto daqui.

— Eu também.

Outras vezes, amo as pessoas que conhecemos aqui. Os amigos que fizemos. A segurança que sentimos.

— Mas depois de tudo...

Sua voz diminui, mas ele não precisa terminar a frase. É tudo previsível. Este lugar é muito melhor do que Fort Caroline, isso é verdade. Ambos acreditamos nisso.

Nas últimas semanas, tenho pensado na ideia de progresso. Todo o progresso que o mundo fez nos últimos cem anos, mais ou menos, desapareceu em um espirro. O progresso foi interrompido e possivelmente revertido. Revertido, se as pessoas não lutarem por ele, se não nos lembrarmos do que tínhamos e nos agarrarmos a isso.

Há um risco em viver aqui. Um risco de que, um dia, um dos assentamentos com os quais negociamos possa se voltar contra nós. De que Fort Caroline se expanda e nos encontre aqui. De que nosso próprio assentamento mude de ideia a respeito de quem merece ficar. De que a gripe encontre uma maneira de sofrer mutação e retornar pior do que antes. Há muito em jogo, para todos.

Às vezes, não tenho certeza se o risco vale a pena. Nem ele.

Há momentos em que meu estômago revira, meu peito se aperta e todos os pensamentos sombrios turvam minha mente. E se Fort Caroline não for o único assentamento com supremacia branca em mente? E se as pessoas não puderem se posicionar contra a injustiça — ou o que era considerado injustiça, antes de tudo isso —, porque precisam da ajuda de uma comunidade? E se tudo continuar em uma espiral descendente e a história se repetir porque as pessoas que estão aqui para reescrevê-la escolhem os caminhos? Elas sabem o que colocar e o que deixar de fora; o que ensinar e o que ignorar. De repente, tudo parece tão desesperançoso.

Em seguida, olho para ele; ouço sua risada, vejo seu sorriso, e a escuridão desaparece. Então, tenho esperança — mesmo que por pouco tempo —, porque sei que há algo neste mundo pelo qual posso lutar. Algo pelo qual *vou* lutar, se for preciso.

O que sempre nos traz de volta à pergunta: devemos ficar? Sabendo que tudo pode cair sobre nós e sobre as pessoas daqui, será que devemos ter esperança? Lutar?

Ou devemos fugir? Voltamos para a mata e para a nossa casa e nos escondemos, porque sabemos que lá, longe do que for reconstruído à imagem da civilização, podemos estar mais seguros? Na cabana, sabemos que a segurança não é uma ilusão, porque somos apenas nós. Vamos resolver o que for preciso com o pessoal de Howard e ficar por nossa conta.

Isso nos torna covardes? E eu me importo com isso? Falei que estava disposto a lutar por ele, mas também quero viver por ele. Quero que nós dois vivamos. Se estou disposto a lutar por ele, significa que existem outras pessoas por aí que também têm algo pelo qual vale a pena lutar.

Dou mais um beijo nele.

— Ainda temos tempo para decidir.

— Eu sei.

Estou com medo e com raiva, e esses pensamentos preocupantes retornam. Todas as coisas horríveis que poderiam acontecer conosco. Mas então ele coloca o braço à minha volta, e eu me sinto seguro novamente. Ficamos assim até depois do pôr do sol. A maré está subindo agora, e as estrelas começam a aparecer. Faço carinho nas suas costas, e indico para que entremos. Em sincronia, nos viramos e caminhamos para casa.

Falaremos sobre isso muito mais vezes nas próximas semanas. Só que por hoje já chega.

Esta noite, somos apenas nós dois.

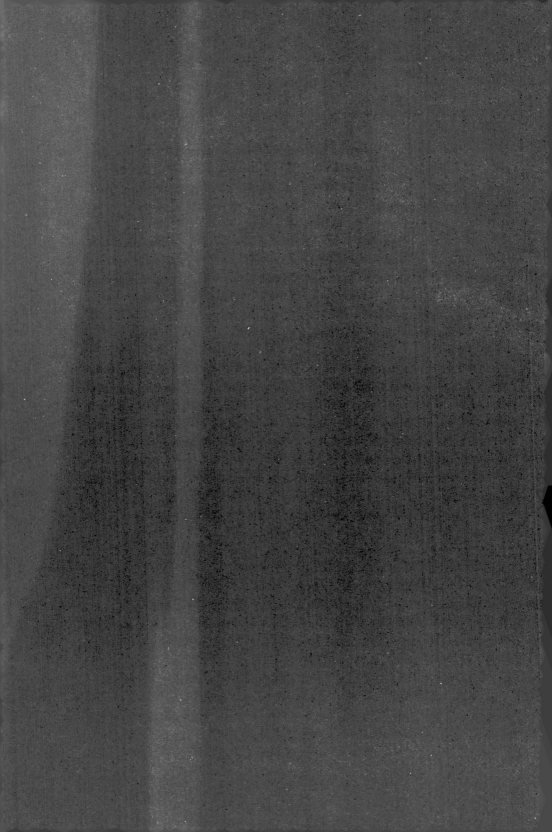

NOTA DO AUTOR

Por que escrevi um livro sobre pandemia? Sei a razão que dei ao meu editor, quando ele fez uma proposta pelo romance que você tem em suas mãos, e meu motivo não mudou (embora muitas outras coisas tenham mudado): eu estava cansado de não ver representação *queer* em histórias pós-apocalípticas. E esse livro é exatamente isso.

Uma história pós-apocalíptica.

Editar *Agora esse é o nosso mundo* nos últimos dois anos tem sido um ato de equilíbrio difícil. O que escrevi originalmente, em 2015, teve que ser alterado, porque parecia falso. A supergripe deste livro não era para ser um extremo da covid. Era algo completamente fictício.

Quando Balzer + Bray, nos Estados Unidos, e a Hachette Children's, no Reino Unido, decidiram publicar este livro, em março de 2020, eu não queria *nada* sobre Covid-19 nessas páginas, porque todos estávamos vivendo aquilo juntos. Por que adicionar momentos de pandemia do mundo real quando minha intenção sempre foi escrever um livro para escapismo? Que motivo eu teria para abordar a Covid?

Contudo, quanto mais a pandemia avançava, mais irresponsável parecia tentar ignorar seu impacto em nosso mundo e não a incluir no romance. Eu estava dividido entre criar uma realidade alternativa, na qual a Covid nunca havia acontecido — e, assim, o mundo de Andrew e Jamie nunca poderia ter aprendido as lições decorrentes da doença —, ou fazê-lo acontecer em um futuro próximo após a Covid, no qual, nem mesmo as lições que o mundo aprendeu seriam capazes de nos proteger de um novo vírus mortal.

Então, voltei para o ato de equilíbrio. Quanta realidade coloco na ficção? Ajustei isso — com a ajuda e a compreensão da minha equipe editorial — até o último segundo possível (Registro de data e hora: onze e quinze da manhã, em trinta de setembro de 2021). Embora existam breves referências à Covid, como parte das histórias dos personagens, as semelhanças param por aí.

Tentei abordar o assunto com o máximo de sensibilidade possível, mas este é um romance pós-apocalíptico. É triste, é assustador, é emocionante.

Porém, espero que você também tenha rido, ou balançado a cabeça e sorrido, ou até mesmo sentido aquele frio na barriga que uma paixonite é capaz de causar.

Como eu disse, escrevi *Agora esse é o nosso mundo* como uma história de dois adolescentes encontrando esperança depois de sobreviver a uma pandemia. Não fazia ideia de que, na época em que fosse publicado, o tema seria universal.

Mantenha a esperança, se cuide e ajude a cuidar dos outros.

AGRADECIMENTOS

Sinto que os agradecimentos são para os escritores e para as pessoas que são mencionadas neles. No entanto, espero que você leia sobre essas pessoas que ajudaram a trazer este livro para suas mãos, pois elas merecem tanto crédito quanto eu.

Em primeiro lugar, ao meu agente dos sonhos, Michael Bourret, que me tirou da lama e conseguiu recitar — literalmente — meus pensamentos exatos sobre este livro, sem que eu precisasse dizê-los em voz alta. Não posso agradecer o suficiente por sua sabedoria, seu apoio e seus instintos. Pela sincronia, também. E obrigado a todos da Dystel, Goderich & Bourret, incluindo Michaela Whatnall, Lauren Abramo, Andrew Dugan e Kemi Faderin. Obrigado também a Ben Fowler, Anna Carmichael e Felicity Amor, da Abner Stein, por me representarem no exterior.

Aos meus maravilhosos editores, que trabalharam de forma tão brilhante juntos, para ajudar a dar forma a este trabalho confuso. Para minha editora norte-americana, Kristin Daly Rens, da Balzer + Bray, as palavras imortais de Whitney Houston: *I have nothing… if I don't have you* ["Não tenho nada… se eu não tiver você"]. Desde a nossa primeira ligação, fiquei muito empolgado em trabalhar neste livro com você.

Meu editor do Reino Unido, Tig Wallace, da Hachette Children's, seu entusiasmo e apoio — assim como seus comentários que me fizeram rir alto — são tudo no mundo para mim. Não esqueça, você me deve histórias assustadoras. Estou acompanhando. E obrigado também a Amina Youssef, da Simon & Schuster Children's.

Na Balzer + Bray, também quero reconhecer o trabalho do assistente editorial Christian Vega, que tenho certeza de que é uma das principais razões pelas quais os prazos sempre foram cumpridos; do designer Chris Kwon, que fez este livro ficar muito mais bonito do que eu jamais poderia imaginar; e do ilustrador Na Yeon Kim, que deu vida a Andrew e Jamie para a capa absolutamente linda dos Estados Unidos! Obrigado à equipe de edição e gerenciamento editorial, incluindo Caitlin Lonning e Alexandra Rakaczki, por detectar erros de gramática e enredo — se ainda houver algum erro, desculpe, é culpa minha. Allison Brown, na produção, Michael D'Angelo, no marketing, e Mitch Thorpe, na publicidade. Obrigado a todos!

E um agradecimento muito especial a Alessandra Balzer e Donna Bray, por seu entusiasmo e apoio, não apenas ao meu livro, mas a todos os livros que escolheram publicar. A Balzer + Bray vem lançando livros jovens incríveis e inovadores há mais de uma década, e estou muito honrado por fazer parte dessa marca.

Na Hachette Children's, quero agradecer a Michelle Brackenborough, por projetar a impressionante capa do Reino Unido (incluindo uma picape muito especial!), a Luke Martin, no Suburban Avenger Studios, pela bela ilustração, a Laura Pritchard, pela edição, a Beth McWilliams, no marketing, a Lucy Clayton, na publicidade, a Helen Hughes, na produção, e a toda a equipe de vendas: Jen Hudson, Nic Goode, Minnie Tindall, Sinead White e Jemimah James. Todos vocês deixaram este autor estreante um pouco menos ansioso, portanto, muito obrigado!

E obrigado, caro leitor. Se você conseguiu comprar este livro, emprestá-lo ou solicitá-lo em uma biblioteca, ou mesmo se o recebeu como presente, você ajudou a apoiar todas as pessoas trabalhadoras que acabei de mencionar.

Às pessoas que leram os primeiros rascunhos deste romance e mesmo assim expressaram tanto entusiasmo: Kieryn Ziegler, Hannah Fergesen, Alexandra Levick, Molly Cusick, Sylvan Creekmore e Alice Jerman. Todos vocês forneceram muitos conselhos e comentários atenciosos e foram essenciais para o desenvolvimento deste livro.

Um agradecimento especial à minha leitora beta favorita, líder de torcida e amiga maravilhosa, Erika Kincaid, que me deu o melhor conselho em um rascunho inicial: "Eles se beijam cedo demais, guarda para o final." Os fãs de romances que se desenvolvem lentamente ao longo da trama agradecem muito.

Amy Ignatow leu um rascunho semifinal e deu um feedback tão intenso e profundo, que acredito que tanto a HarperCollins quanto a Hachette Children's deveriam entrar em contato com ela em breve com uma oferta de emprego.

Katherine Locke ajudou a dar forma à carta de apresentação para este romance. Eles fizeram um trabalho tão incrível que você descobrirá que muito dela ainda permanece — ainda que mais curto — como a cópia descritiva deste livro!

Ao Philly Kidlit Group, que me deu conselhos, incentivou e comemorou vitórias comigo. Sinto falta dos nossos Low Groggeries mensais e estou ansioso para retomá-los, no futuro próximo e saudável.

Aos bons médicos dr. Nosheen Jawaid e dr. Benjamin Clippinger, que forneceram os melhores conselhos para manter Andrew e Jamie vivos no apocalipse.

Se eu tiver dito algo errado, é porque entendi mal, e eles nunca me deixarão viver com isso.

Muito obrigado a todos que leram e apoiaram este livro desde o início, especialmente os talentosos e maravilhosos autores que concordaram em divulgá-lo.

Aos meus primeiros fãs e líderes do fã-clube de Erik J. Brown:

Naz Kutub (Presidente), Brian Kennedy (Vice-presidente), Susan Lee (American Gladiator) e Anna Gracia (Badass MC).

O 22Debuts, que tem sido um grupo de apoio incrível de autores e, claro, Jason Momoa.

Aos meus amigos formidáveis, que não sabem nada sobre publicação, e me permitiram comemorar cada marco deste livro, quando eu ainda não podia falar sobre ele: Brandon McMullin, Kellie Clark, Maureen Belluscio, Bob Gurnett, Brittany Young, Allie Beik, Tim Davis, Nick Biddle, Waleed Yousef, Melissa Marsili, Caddy Herb, Deven Snyder, Kristin Stever, Bob Morgan e tantos outros numerosos demais para citar, mas absolutamente nenhum agradecimento a Jon Keller (VOCÊ SABE O QUE FEZ).

A John Brown, Sean, Jamie, Ryan, Ethan, Nolan e Dylan Brown, Stephanie Sullivan, Sean Mclean, Hunter Brown, Eileen Johnson, Aaron Keels e ao resto da minha fantástica família de todos os lados, por seu apoio e amor.

A minha avó, Margaret Keels. Eu realmente não consigo expressar como me entristece o fato de você nunca ter lido este livro, mas você me disse tantas vezes o quanto estava orgulhosa de mim. E eu sei que ainda está.

A minha mãe, Ann Marie Brown, a quem este livro é dedicado, e a razão pela qual sou escritor. Quando eu era pequeno, e as coisas não aconteciam do meu jeito, você costumava cantar "You Can't Always Get What You Want" ["Nem sempre dá para ter o que a gente quer"], enquanto eu chorava no estacionamento do shopping. E você enfatizaria que, se eu tentasse algumas vezes, conseguiria o que preciso. Uma coisa que os Rolling Stones não mencionam é a importância do apoio na tentativa de obter o que precisamos. Você sempre me apoiou e me disse que as coisas que eu achava impossíveis eram possíveis. Obrigado, eu te amo.

Finalmente, a Michael Miska, o parceiro mais solidário e amoroso do mundo. Você nunca tratou minha escrita como apenas um hobby. E nunca, nunquinha, em nosso relacionamento expressou qualquer dúvida de que eu seria capaz. E é por isso que, como diz aquela música, "I will always love you" ["Eu sempre vou te amar"].

E só para constar: é a da Dolly Parton, não a da Whitney Houston.

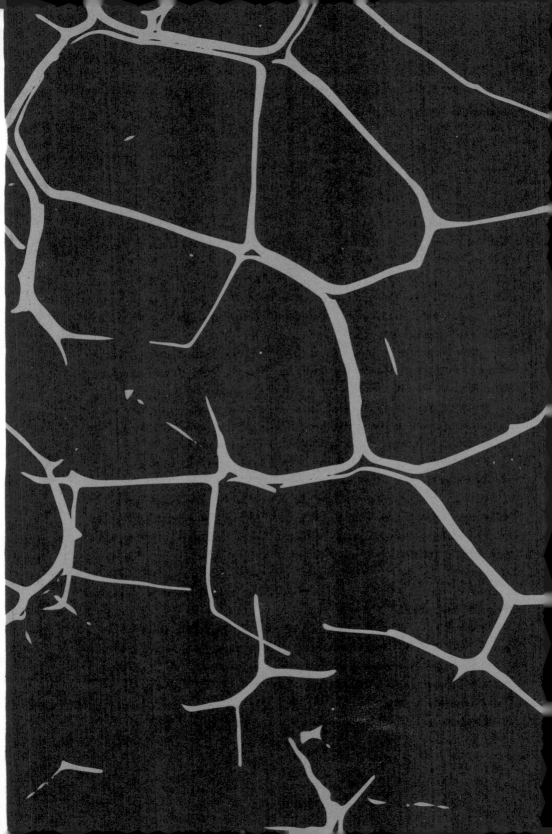